黄召晖◎著

天津出版传媒集团
天津人民出版社

图书在版编目（CIP）数据

师范生 / 黄召晖著 . -- 天津 : 天津人民出版社，2021.1

ISBN 978-7-201-16523-3

Ⅰ . ①师… Ⅱ . ①黄… Ⅲ . ①长篇小说－中国－当代 Ⅳ . ① I247.5

中国版本图书馆 CIP 数据核字 (2020) 第 219995 号

师范生

SHIFAN SHENG

黄召晖　著

出　　版　天津人民出版社
出 版 人　刘　庆
地　　址　天津市和平区西康路 35 号康岳大厦
邮政编码　300051
邮购电话　（022）23332469
电子信箱　reader@tjrmcbs.com

责任编辑　谢仁林
封面设计　凤凰树文化

制版印刷　天津雅泽印刷有限公司
经　　销　新华书店
开　　本　710 毫米 ×1000 毫米　1/16
印　　张　14
字　　数　208 千字
版次印次　2021 年 1 月第 1 版　2021 年 1 月第 1 次印刷
定　　价　49.80 元

目录
CONTENTS

第一章

一列由北京到深圳的火车从北向南飞驰而去。

从苏州火车站挤上火车的人群中，有两个人格外醒目。一个穿着绿军装的青年男子，刚在火车的过道上站好，转身对一个同样穿着绿军装的青年女子说了句什么，立即拉着她的手，全然不顾周围的人，就像对火车上的一切都轻车熟路般地往车厢里挤。他一边挤一边对着座位上的顾客说些什么，而且一个不漏地发问，像是便衣警察盘问似的。当他在车厢内挤过一半多的座位时，他才回身向过道上的青年女子说："杨柳，快过来。"那个叫杨柳的姑娘向他招手，"嗯"了一声，带着行李往车厢里挤了。

杨柳挤到他身边说："静夫，到哪儿才成？"

"这次运气好，这两位坐着的大叔大娘，过两个站就下车。"他向她露出有点得意的微笑，她却像没有看见一样，他心里有点不快，但这点不快一闪就过去了，他知道她对他的辛勤劳动一定默记在心。这个中等个儿、脸色微赭赤的叫"静夫"的青年姓李，他和她都是江南师范专科学校大三的学生，他读物理系，她读英语系。这是放寒假后回校，再过半年，他们就要毕业了，原则上是分配到学校当教师。

他们把行李放在脚边，紧靠在一起站在大叔的座位旁边，要不断化解被人挤散的可能。因为一旦被挤散了，要再找个有个座位的机会就更为渺茫。李静夫和杨柳就这样站着等待大叔大娘下车，估计要站一个多小时。

谢天谢地，总算待大叔大娘到站起身下车，他们连说了几声“谢谢”，就顺势坐下去。

杨柳屁股一沾上座位，就疲惫不堪地靠着车厢的窗边倒头便睡。

李静夫迅速把行李放在架上，也靠着椅背闭目养神。

李静夫和杨柳同是苏州人，他们从小学到高中都是同班同学，1982年参加高考，竟然同时考上江南市江南师范专科学校，只是李静夫被物理系录取，杨柳被英语系录取。因为在同一所大学读书，所以他们每年寒暑假往返学校，都是铁定的搭档。当然，李静夫要展现男子汉的风范，负责买票、挤火车开路、抢座位等。考上大学第一次外出，他们根本没有想到坐火车就像打仗一样艰辛。刚上火车他俩就被挤散了，当他俩确定都挤上了火车后，互相寻找，终于看见了对方，但要越过人墙走在一起还要费九牛二虎之力。当他俩终于挤在一起时，有一种说不出的愉快，李静夫发觉杨柳满脸绯红，像春天里盛开的桃花，娇艳妩媚，让他怦然心跳。而此时的他俩竟拥抱在一起，他已经感到了她的心跳。他俩好像都意识到了这一点，想马上分开，但周围都是乘客，转身就会和别人挤抱在一起，这是他俩更难接受的选择，他俩只能感受这美好而极难为情的局面。他只听得她“啊哟”了一声，便全身柔软地伏在他身上，这种境况让他终生难忘。直到几年后，他才知道她全身柔软地伏在他身上是女人的一种什么状况。因为从这一刻起，他已经认定，这就是爱情，这就是他人生的另一半。然而，让他懊悔的是，无论他怎么努力，这种感觉、这种状态却好像越来越没有再现的可能。

初上大学时，当他俩到达江南市火车站走下火车时，杨柳穿的碎花格子连衣裙沾满尘土污垢的斑迹；李静夫穿的深灰色学生装竟有米粒和面条等食物黏着，右手衣袖不知什么时候被划了一个约二寸长口子。这是他妈为他上大学买的新衣裳。看着李静夫的狼狈相，杨柳忍不住扑哧一声笑了。好在初到学校，谁也不认识谁。有了这次经验，李静夫建议各买一套军装供寒暑假坐火车用，一来衣服弄脏了好洗；二来穿上军装多少也可防小偷小摸的。他的这一建议得到她的热烈响应。特别是防小偷小摸这一点上，她特别上心。他俩穿着军装经过几次往返，确实顺畅了不少。有一年寒假返校，上火车后车厢里挤得水泄不通，李静夫费尽心机，询问了整个车厢有座位的顾客，都是到终点站的。他们只好在站累的时候坐在过道的地板上，最后，疲惫得谁也不知道谁先睡去。他俩就这样被折磨得人不像人，鬼不像鬼地到了江南市火车站。下了火车后李静夫检查了行李，一件不少，也许真的是靠了这身军装。

他看着她熟睡的样子，就像在家里睡着一样放松，他心头一热。正是因为有他的同行保护，她才有这放松的睡相。本来已经袭来的睡意，被他心头瞬间掠过的热气驱散。他用双手揉了揉脸，与对面坐着的旅客打了个招呼，请他帮看着座位，他要去洗手间洗洗脸打打精神。这时火车到了一个中转站，他待旅客上下就绪火车继续开动后，才起身去洗手间。

他从洗手间回到车厢，就听到一首充满青春活力的歌《年轻的朋友来相会》：

年轻的朋友们
今天来相会
荡起小船儿
暖风轻轻吹
花儿香，鸟儿鸣
春光惹人醉
欢歌笑语绕着彩云飞
啊，亲爱的朋友们
美妙的春光属于谁
属于我，属于你
属于我们八十年代的新一辈

这首脍炙人口的歌是他时常吟唱的。他朝歌声飘来处望去，正是他座位的旁边处。他走回座位，见杨柳已经醒来，看样子是被这歌声闹醒的。她朝他看了一眼，正正衣服说："我去下洗手间。"

这歌声是从一台录音机中放出的，俗称"三用机"，包括了收音、放音、录音三种功能，形象生动。只见三用机的主人是一位中年男子，他手里拿着一盒磁带说："我姓钱名有。这里有原装正版磁带卖。大家都听到歌曲了，多清纯的歌声，多便宜的磁带，一盒仅卖 12 元，若买两盒优惠折算 20 元。"

他旁边坐着的人说："合算，我买一盒有刚才放的这首歌的磁带。"

钱有从他脚下的一个袋子里拿出一盒磁带给他。

一位旅客走到他身边说："有香港歌星的吗？"

他看看左右前后，用手招呼这位旅客，并在耳朵旁轻声说："有。你要几盒？"

"看看货再说。"

钱有从行李袋中拿出一盒磁带放到三用机内按下播放按钮，三用机中传来一位香港歌星轻柔缠绵的歌声。才放了一阵，他就把三用机关了说："怎样？要几盒？"

"两盒。"旅客拿出 20 元给他。

钱有伸出三个指头。

"30 啊。你不是说两盒 20 元吗？"

"那是内地的，香港原装进口的要 30 元。"

旅客翻看了一番，爱不释手，最后说："那买一盒多少钱？"

"18 元。"

"那么贵哎。"虽然旅客这么说，但还是付了钱满脸高兴地回到他的座位上。

有一位干部模样的人走到钱有身旁说："你这是在搞投机倒把活动。"

周围的人都一愣，他私自在列车上销售商品，确实像是在从事不正当活动，一齐看着他。钱有不紧不慢地看了看这位干部模样的人说："你是什么人？多管闲事。"

"我是什么人不重要，重要的是我要管管你这样的坏分子。"

"现在是什么年代了，还投机倒把呢？还坏分子呢？你想吓唬谁？我这是在搞活经济，搞活流通，自谋职业。"

旁边那人两边劝说："都有道理。这位大叔觉悟高，我们要向你学习；那位大哥自谋职业也不容易。大伙儿在这里闷着烦，听听音乐，解解闷，想买的买，不买的听听免费的音乐，有什么不好？”

“别多管闲事。”

“别噪了。”

“放放音乐。”

大伙儿七嘴八舌。

钱有赶紧按下三用机上的播放按钮，那个干部模样的人尴尬地走了。

旅客又沉浸在歌声中。突然歌声停了，大家又把目光投向钱有。他连忙摆弄着三用机,机内的磁带就是倒不出来,急得他满头大汗。他几番摆弄，磁带盒出来了，磁带条却还卡在机内。旁边的人都在为他出主意，先按这个那个的，就是不见效。他旁边已经买了磁带的那个人以为磁带质量有问题，从包里拿出已买的那盒磁带说：“我看你的磁带有问题，退货。”

钱有说：“质量绝对没问题。”

“那为什么会卡带？”

“我这不是在检查吗？”

那些买了磁带的人见状也拿着磁带走过去要求退货。钱有连忙辩解说：“大伙儿请放心，磁带都是原装进口的，质量绝对没有问题，只是三用机出现了一点小问题。待会儿容我把它修好。”

但是，他的辩说并不奏效，旅客们还是要求退货。

李静夫看在眼里。对他这个学物理的人来说，他不仅知道问题所在，而且知道如何解决。因为他课余时间就帮人修这修那的，修理什么三用机、电风扇、自行车等都是他的拿手绝活。他在考虑要不要过去帮钱有修理，一是在公共场合不方便露出身手，怕惹麻烦；二是若是钱有不同意，自己的面子放不下。杨柳不知是闷得慌想听听音乐，还是有意要他显露一手，用手肘撞撞他。他看了她一眼，见是鼓励的目光，便起身走了过去，对钱有说：“能不能让我来试试？”

钱有见有人来为自己解围，求之不得，像是找到了一根救命稻草，哪有拒绝的道理？再见他是个穿军装的年轻人，便投出信任的目光。

李静夫不客气地坐在钱有让出的座位上，在三用机的几个按钮上按了几下，卡住的磁带就出来了。然后他伸出左尾指插进磁带带动孔，右手拿磁带旋转几下，那被钱有拉出的磁带条就老老实实、服服帖帖地收回到盒子内，随后放入机内按下播放钮，歌声又从三用机上传出来。

大伙儿看着他变戏法般三下五除二地解决了问题，报以热烈的掌声。

李静夫反而有点不好意思：“小事一桩，小事一桩。”

钱有脸上露出感激的笑容，对他说：“小老弟，想不到你有如此好的手艺，真是帮了我的大忙嘞。”

“举手之劳，不足挂齿。”

“我知道,劳动是要报酬的。你要多少钱,我给。”大伙儿对钱有一阵笑。

“你听错了。”李静夫有点不高兴，转身要回座位。

钱有拉住他，从脚下的袋子里拿出一盒磁带对他说：“一点小意思，感谢小老弟。要不，我就不知该如何感谢你了。”

李静夫没有想到会是这种场面，一边回绝他一边像是对他又像是对大伙儿说：“依我看，大伙儿要买的买，磁带质量没有问题；要听音乐的就静心的听音乐吧。”

他回头见杨柳正望着他微笑，心里一动，像小孩子得到大人的一块糖的奖赏一样回到她的身边。

杨柳见他回到身边，屁股往里挪动了一下，带着不无感叹的口气说：“还是学物理的人好，走到哪里都用得着。”

“又笑话我了。学物理是苦力活，不像你学英语的，毕业分配都抢着要。”他坐下后说，“就要毕业了，一点着落都没有。”

她没有想到是这种效果，她本来是要鼓励鼓励他的，一时又没有想到更好的话题，说了怕给他带来伤感，便往车窗外望去。他见她不说话，想想自己说得也不妥，像有点向她诉苦的味道。他也确实有点累了，靠着座背便睡着了。

“到了。”她用手肘撞了他一下，“到江南市了。”

他揉了揉眼睛，看了车窗外说：“唉，总算到了。”

他俩挤下火车，杨柳眼尖，对着站台上的几个年轻人招手喊道：“白梅，白梅。”李静夫朝她招手的方向看去，不仅看到了中文系的白梅，还看到了和白梅在一起的中文系的丁一帆。丁一帆是学校虎溪文学社的社长、社刊《过河卒》的主编，白梅是副社长、副主编，他和杨柳是文学社社员。巧了，竟然在站台上遇到他俩，或许是杨柳叫他俩来接的？他看杨柳竟有一丝不满的脸色掠过。正想说什么，丁一帆他们已走到他俩跟前。杨柳高兴地与白梅拉着手说："真想不到在这里相遇，不是来接我们的吧。"

丁一帆笑着说："我们又不是神仙，你们又没有告诉我们今天回校……"

白梅马上打断他的话，白了他一眼说："我们这不是接到他们了吗？这不是接到了吗？"

杨柳瞪了丁一帆一眼说："还是我的好姐妹白梅会说话。"

"抓贼啊，抓贼啊！"李静夫正想说话，身后传来喊捉贼的声音。只见前面一个人拿着一个行李包拼命地往他们的方向奔跑，后面一个人焦急地追赶。就在前面拼命奔跑的那人跑到他们身旁的时候，李静夫看似无意地迅速把右脚一伸，那人立即倒下成了个狗吃屎状。他和丁一帆马上把那贼按住，往那个后面追赶而来的人一看，竟然是钱有。钱有把那人手里的袋子抢过来，见袋子内没有什么丢失的东西，才看了李静夫他们一眼，惊愕地说："小老弟，怎么又是你哟？！你真是我的救命恩人哟，贵人哟！"

"说什么救命恩人哟，贵人哟，今后小心点就是。"李静夫若无其事地说。

"嗯，嗯。"钱有情急之中有点不知所措。

"你不是还未到站吗？快上车，要不来不及了。"李静夫对他道。

钱有这才回过神来，连忙从行李袋中拿出两盒磁带和一张名片硬是塞进李静夫上衣口袋里。这次李静夫推辞不过收下了。钱有高兴地踢了那人两脚，"你这个死贼，这次便宜你了。"然后飞快地奔向火车。

这场面让白梅看得惊呆了，更让她眼馋的是钱有送给李静夫的那两盒磁带。她边走近他边伸手去他口袋里拿磁带，明知故问："送给你的是什么？"杨柳眼尖，未待他回答，便插在他们中间，一边向她叙述了火车上发生的事，一边从李静夫的口袋里掏出那两盒磁带。这两盒磁带，一盒是邓丽君的专辑，一盒是苏小明的专辑。她看了兴奋地跳起来说："找都找不到的好带子，没收了。"她也没看李静夫就装进自己的挎包里。白梅气得白了她一眼，又不便说什么，毕竟他们的关系比自己铁。而在丁一帆旁边看着的那个人见他们如此熟悉，便问说："这两位是？"丁一帆见他们并不认识，便故作惊奇地介绍那个人："杨柳，李静夫，你们不认识吧。这是大名鼎鼎的《江南日报》记者部副主任苟先团记者。"然后转向苟先团，向他介绍说他俩是文学社的社员。苟先团与李静夫和杨柳礼貌地握握手说："幸会，幸会。刚才李静夫的行为完全可以写篇短消息或者小通讯。"

"又一篇新闻稿。杨柳，嫉妒了吧。我俩是接到苟老师的信，提前几天回校到江南日报社临时实习的。"白梅得意地看着杨柳补充道，"一块儿加入我们的行列吧。"

杨柳横了白梅一眼，对她说："我是嫉妒了。还说是好姐妹呢，有好事也背着我们。"说完便追着要打她。其实她看到白梅与丁一帆在一起，心里不是嫉妒而是吃醋。

丁一帆也希望杨柳、李静夫加入进来，于是试探着对苟先团说："苟主任，我们能凑巧碰到一起也是缘分，你就让我们一块儿继续采访吧。"

苟先团好像不大乐意带太多的实习生，其实他是不能决定谁来实习的，谁能到报社实习要请示社领导同意后才成。丁一帆和白梅是他事先向社领导请示后，由于学校没有介绍信，社领导酌情说是因为春运人手紧，才写信让他们来临时实习的，但他又不能跟他们说这些内部的规定和情况，便摆了个架子说："对于这两位同学的实习请求，看以后的机会吧。"

杨柳听出苟先团在敷衍了事，便对他有了一些看法。其实她也不是想去报社实习，无非是在车站遇到丁一帆和白梅，想一起走走，并没有要他署上他们名字的意思，他反而说出这一番话，就觉得他不够厚道，而且给他一条杆子就往上爬，便将了他一军："我没有去贵社实习的愿望，请不要去请求了。"

苟先团也是见过大风大浪的人，连看也不看她一眼，有意对她说："年轻人,不要一下子没有满足要求就自暴自弃。"这样既保持居高临下的架势，又不动声色地把她的话挡回去。

杨柳本想回击他，又怕影响丁一帆与他的关系，想了一下便忍住了。丁一帆感到很尴尬，说杨柳不是，说苟先团也不是，倒闹得他有点里外不是人。李静夫见状，好像是对苟先团又好像是对杨柳说："我们实习的机会有的是。你们说是不是？我们坐了一天的火车，疲倦死了，还带着行李，多有不便。我看，还是先回学校吧。”

荀先团既感到占了便宜，又感到这样下去对谁都不好，便顺着杆儿往下滑说：“我看今天采访得也差不多了，你们就一块儿回校去吧。”

第二章

李静夫、杨柳他们寒假结束回到学校才半个月，学校就宣布毕业班级的学生被分配到江南市各县、区有关学校去实习。由各系按班召开会议，各班辅导员做动员讲话和实习的要点。全校各系的动员词大概为：这次实习是走向神圣的人民教师岗位的战前练兵，各位同学要在学校党委的正确领导下、各实习学校的积极支持下，做好实习阶段的各项工作，以优异的成绩完成好学校安排的实习任务。实习要点为：一要备好课；二要听好课；三要讲好课。实际上就是说要过好这“三关”。

李静夫和丁一帆等八人被分配到江南市南水区红都中学实习。学校辅导员带领他们来到红都中学，与教务室主任黄卫东交接后就先回去了。红都中学是一所新办中学，建在城郊，只有两栋五层楼高的教学楼，一栋为初中部，一栋为高中部。学校领导把他们安排在初中部实习，八人同住在顶层五楼的一间教室里，然后领着他们去与各自的指导老师见面。

李静夫简单地铺好床铺后，就去见他的物理指导老师傅百强，一个 40 岁开外的中年男子。傅百强住在三楼，他将李静夫迎进房间后说：“没想到李同学心这么急。”

“不是急，主要是来看看老师。”李静夫连忙解释道，“希望老师不吝赐教。”

“我会尽责。”

让座。

坐下。

他们像是还没有找到交流的话题。李静夫环视了一下房间。房间里非常简陋，一张床、一张书桌、两把凳子和一把椅子。桌子上放着几本书、一个粉笔盒和一叠学生作业本，还有一个热水瓶、一个水杯。李静夫看这样坐下去不是办法，就对傅老师说：“我知道老师比较忙，我就不打扰了。老师，能不能借你的教案本给我学习学习？”

“还说不急。这不是急了？”他并没有看他说，“我没有教案本。”

他感到尴尬，便说：“傅老师，那我就先走了。”

李静夫算是碰了一鼻子灰。他回到住地跟丁一帆说，丁一帆听了也愣愣的，感到实习这一关不会很好过。第一关是备好课，可指导老师不给教案本，备课就不知从何处入手，这对李静夫来说，成了问题。

第一天听傅百强的课，李静夫坐在教室的最后边。傅百强拿着一本课本、一个粉笔盒、一节电池和一根十多厘米长的一头接着电灯泡的电线进来。他走上讲台放下手中的东西，对学生们说：“打开课本第六页，今天老师讲电产生的原理。”

然后，他讲解说电是能量的一种形式，包括负电和正电两类，它们分别由电子和原子核中的质子组成，或由负电子和正电子组成，通常以静电单位或电磁单位度量，从摩擦生电物体的吸引和排斥上可以观察到它的存在。电是自然现象，自然界的闪电是电的一种现象。电通过一种叫作正电，另一种叫作负电之间的相互作用而生产。通过实验，我们发现带电物体就同男女之间一样同性相斥、异性相吸。

讲到这里，学生中爆发出一阵笑声。

傅老师也笑了，或许他知道青春期的学生对此有着特有的兴趣，才有意在讲课中带出异性话题，以调动学生的听课积极性。他接着讲，这种同性相斥、异性相吸的物理现象，所遵从的是库仑定律。如果把男人比作电的正极，把女人比作负极，他们之间如果产生爱慕之心，就是正负相吸了。我们说谁与谁之间“来电”了，就是这个意思。

学生中又是一阵会意的笑声。

他接着说，电又是一种非自然现象。它是电子和质子这样的亚原子粒子之间产生排斥和吸引力的一种属性。称为电或电荷的分为两种：一种叫作交流电，另一种叫作直流电。说着，他把一头接着电灯泡的电线接入电池的两端，电灯泡亮了。他说，这种大小和方向都不变的叫直流电，又称恒流电。相反，大小和方向随时间做周期性变化所产生的电流叫它交流电。古代的人们是通过天上的“闪电”来发现它的产生和存在的。古人认为闪电是阴气与阳气相激而生成的，《说文解字》中有“电，阴阳激耀也，从雨从申”。《字汇》中有“雷从回，电从申。阴阳以回薄而成雷，以申泄而为电”。这是人们的感性认识。我们前面看到，直流电正负极不连接不通电，同样原理，交流电也只有正负两极相连接才能产生作用。

说到这里，他走下讲台，按下门边的开关，日光灯熄灭了。他问道：“不管是直流电还是交流电，正负极相通才通电，同学们说是不是这样？”

得到学生们满意的答复后，傅老师接着说，18 世纪，人们开始对电有了理性认识，西方开始探索产生电的种种现象和原理。美国科学家富兰克林认为，电是一种没有重量的流体，存在于所有物体中。当物体得到比正常分量多的电就称为带正电；若少于正常分量，就被称为带负电。所谓“放电”就是正电流向负电的过程。这个理论并不完全正确，但是正电、负电两种名称则被保留下来。但他并不满足这种“电”的观念。因为这只是对物质感性上的主张。1752 年，他在一个风筝实验中，将系上钥匙的风筝用金属线放到云层中，被雨淋湿的金属线将空中的闪电引到手指与钥匙之间，证明了空中的闪电与地面上的电是同一回事。这对后来的科学家对电的研究从感性认识上升到理性认识有着极大的启发作用。丹麦物理学家汉斯·奥斯特在 1820 年发现电流的磁效应现象：如果电路中有电流通过，它附近的普通罗盘的磁针就会发生偏移。1821 年，英国人法拉第从中得到启发，认为假如磁铁固定，线圈就可能会运动。

他指了指教室墙壁上的日光灯，换了一种口气说：“我认为，这就是交流电产生的雏形。根据这种设想，富兰克林成功地发明了一种简单的装置。在装置内，只要有电流通过线路，线路就会绕着一块磁铁不停地转动。事实上，是法拉第发明的第一台电动机，是第一台通过电流让物体运动的装置。虽然装置简陋,但它却是今天世界上使用的所有电动机的祖先。1831年,法拉第制造出了世界上第一台发电机。由此,一代伟人产生了。由于交流电的产生,一个以工业发展为主的新时代横空出世了。”

傅百强就这样古今中外地、天南地北地大谈电的产生和它的原理。一节课下来,他只是在黑板上写了几行字,却自始至终没翻过课本。就是在即将下课时布置作业,他也没有翻课本,只告诉学生做习题的第二条、第四条,然后下课。

李静夫追上去想请教他。他好像没有看见一样,径直走出教室。李静夫愣住了,备感尴尬。

李静夫没精打采地回到宿舍,一头躺在床上。

“静夫,我拿到教案本了。”丁一帆兴高采烈地拿着教案本冲进宿舍对他说,“这个黄老师就是比你的指导老师傅老师热情。”

在宿舍的实习同学听了都围过来。

李静夫翻身起来接过丁一帆递来的教案本翻看了一下,每节课的主题思想、中心内容、各段落的小结、作者写作时的时代特征和时代背景等都准备得很详细,总的感觉,黄老师备课严谨、完善。其实,刚才躺在床上,他就想如何根据傅百强的讲课内容来备课,并初步归纳出要如何来备课的办法,看了黄老师的教案,基本上心中有数了。他对丁一帆说:“还是你有本事,一下子就把教案本拿到手了。”

丁一帆略有所思地说:“是我运气好。你们猜我们中文系的语文指导老师是谁?”

“还用猜,刚才你不是说了黄老师?”不知是谁说道。

丁一帆见也没有多少悬念,就说:“就是我们到校时接待我们的教务室主任黄卫东老师。”

“是他啊,倒是蛮热情大度的一位老师。”李静夫像是想起来这个人似的说。

“正是。”丁一帆说完,刚想拿回教案本,却被手快的一位同学抢去,又被另一位同学抢去……

丁一帆没有法子,急着说:“别把教案本抢烂了!”

李静夫见状，马上拿起汤匙打着饭盆说："吃饭去哎。"

丁一帆乘机把教案本争抢回来。

在去学校食堂的路上，丁一帆看到前面拿着饭盆朝食堂走去的黄卫东，跑上前热情地打招呼："黄老师好。"

黄卫东见是丁一帆，笑呵呵地说："新办学校，不能与大学相比，条件差点。大家有什么困难和问题尽管向我提出来。"

李静夫他们向黄卫东笑笑，丁一帆说："没什么。黄老师的备课备得很好。"他说完就后悔了，因为自己还没有来得及看呢，若是黄卫东提出问题来就惨了。

"好好琢磨，你们几个都看看。只要你们按着教案本的方法去做，你们完成实习任务就没有问题。"黄卫东说话的口气有点像学校领导。

丁一帆听了吐了一口气说："我们先谢谢黄老师了。"

李静夫他们也齐声说："先谢谢黄老师。"

李静夫等其他系的学生在内心都有点羡慕丁一帆等中文系的同学遇到了一个好的指导老师。

丁一帆看完黄卫东的教案本，感到非常平淡，除了按规定备课外，看不出课任老师离开大纲后的独特见解。他也不知道自己这样的想法对不对。在听了他的几节课后，他更怀疑自己是不是在听语文课。因为在他看来，语文比其他课要来得生动活泼，而黄卫东的课讲得中规中矩，但又不能说出他的什么来。而且就要转入试教了，黄卫东要他试教的第一节课就是鲁迅的《狂人日记》，并要求他按照教案备课。小说《狂人日记》是他最喜欢的鲁迅的小说之一，另一篇是《阿Q正传》。他翻了黄卫东的教案，教案中写着《狂人日记》的主题思想是对封建礼教的深刻揭露，深刻地揭露了"仁义道德"的极端虚伪性，发出了"救救孩子"的呼声，不仅表现了鲁迅的"忧愤深广"的人道主义情怀，更表现了他改造社会和人生的总体精神。《狂人日记》表现的是半封建半殖民地的旧社会是吃人的社会，只有新中国劳动人民才能过上幸福的生活。《狂人日记》还表明了这样一条真理：只有中国共产党才能救中国。因此，它在近代中国的文学史上，是一座里程碑，开创了中国新文学的革命现实主义传统。丁一帆不大赞同黄卫东对《狂人日记》主题思想的概括，怎么与只有中国共产党才能救中国都搭上了？要知道，《狂人日记》是鲁迅1918年5月发表的作品，怎么能用它来证明只有中国共产党才能救中国呢？

他对此非常苦闷，却又不知向谁诉说。

他看着窗外的木棉树，花开得火红，但不知什么时候花已开始谢了，有的树枝上已经长出嫩绿的枝叶。不知不觉中，他们已经实习了一个多月了。他突然想起杨柳来。不知她在桃县第五中学实习得怎么样，生活得怎么样。一种要见到她的愿望越来越强烈。然而，仅自己去不成，得想个两全其美的法子。

下午，他与同学们打完篮球后，与李静夫坐下休息。他问道："你那古怪的指导老师傅百强老师还是那副爱理不理的样子？"

"这也许是他的性格吧。他讲课还是很不错的。"李静夫想到听傅老师的课不仅是一种学习，而且是一种享受。傅老师上课总是那个样子，课本就像是粉笔盒的托盘，永远不用打开，还有不变的是学生们那轻松愉快的笑声。

李静夫用带有欣赏的语调说："那次是我鲁莽了。现在想起来，我们学校的辅导员对实习要点讲得不对，什么一要备好课，二要听好课，三要讲好课。其实一、二点应该倒过来，先听好课，再备好课。你说是不是？"

他说："他说得对，你说得也对。"

"怎么讲？"

"他讲的是实习三要点，没有错；你讲的是三要点应该是怎么一个逻辑顺序，怎么一个排列组合。"

"一帆，你也学会耍圆滑了。"李静夫认可他比自己的脑子转得快。

"哪里是耍圆滑啊？按照哲学老师教的，应该说是比较全面地看问题。"他见彼此心情都好，就说，"由于寒假返校后紧接着实习，我们虎溪文学社的刊物《过河卒》准备出的期刊一直没来得及组稿。我想，毕业前，我们无论如何也要出它一期。"

李静夫顺着他说："是要出它一期，要不半学年不出一期，说不过去。但多的话恐怕没有时间，大家都要忙着毕业实习、毕业论文、毕业分配等事情。”

“我们想到一块儿去了。”

“那你应该尽快抽空去找杨柳、白梅她们商量呀。”

丁一帆见他按自己的想法走，就说：“白梅、杨柳是在桃县实习，离这里不近。”

“可以利用星期六、星期日去找她们呀。”李静夫说，“真有点想她们了。也不知她们实习得怎么样。”

“我们一起去。”

“我不去。”李静夫不是不想去，只是经济上有点拮据，“你们中文系的傅珍、洪伟等几个人是不是在江南市区的乐义中学实习？”

丁一帆想了一下说：“好像是。”

“那我们是否可邀傅珍一起去？”

丁一帆多少知道一些他的家庭情况，想邀傅珍去无非是想她是否能帮助他分摊一些费用，而自己又不想再多个人知道去看杨柳、白梅的事，于是就说：“别再邀人去了，就我们一起去。来回车票和其他费用我出。”

“这样不怎么合适吧。”李静夫有点不好意思地说。

“我这是真心请你去，为了文学社的事，有什么合适不合适的？”他这样一说，李静夫就不好再说什么了。

第五中学在桃县的长河镇，离县城30公里。从桃县到长河镇每天只有上午和下午各一班客车。丁一帆、李静夫从县城转车来到长河镇已经是上午十一点钟了。第五中学坐落在镇东的一座山坡上，校门前是一片农田，校门后是一个足球场，一幢幢平房校舍在绿荫中错落有序地沿山而建。丁一帆、李静夫在一位学生的带领下来到杨柳、白梅的宿舍。门关着，靠门的窗户用旧报纸糊着，看不到里面的情况。他们显得有点无奈地等着她们。

突然，李静夫指着糊窗子的报纸对丁一帆说：“真是无奇不有，你看，竟在这里看到你们发表的文章。”

丁一帆凑近一看，窗上糊着的正好是一张旧的《江南日报》，在头版中有一篇题为《春运返城高峰期井然有序 江南火车站日人流量达一万多人》的消息，署名是记者苟先团，实习生丁一帆、白梅。丁一帆当然看过这篇消息，只是在这样的地方看到它别有一番滋味在心头。他指着报屁股上的一篇文章说：“这里还有一篇写你的呢。”

李静夫一看，是一篇题为《大学生智擒贼》的小通讯，说的是他在火车站帮助钱有抓到偷磁带的贼。署名是丁一帆、白梅、苟先团。李静夫看后心里甜滋滋地望着丁一帆笑，“真有你的，发表了也不说一声，不够朋友吧。”

“见报后想要告诉你的，只是当时不知因为什么事情没有及时告诉你，后来就忘记了。”他轻描淡写地说。

“只是写得有点夸张了。”李静夫看后说。

“写文章不夸张点没文采。”

“但这是新闻呀。”李静夫想压压他的狂气。

果然，丁一帆极不满意地说：“你这个人真没有良心。给你做好事，你还在鸡蛋里找骨头。”

“好啊。你们不仅来看我们，还带了好吃的。”宿舍的左边传来白梅朗朗的说笑声。她后面跟着手里拿着一束花卉的杨柳。他们的突然到来，令她们非常惊喜。

“没有带什么好吃的哟。”丁一帆双手伸开说。

“你不是说有鸡和猪骨头的？”白梅眼露微笑，盯着丁一帆好一会儿又说，“来前为什么不先打个招呼？”

“我们也没有商定，是说来就来了。”丁一帆避开她的眼睛看着杨柳说。

杨柳把欣喜的目光移开，对他们说：“走了那么远的路，不累呀，进屋内坐吧。”

“我们还是吃吃白梅说的鸡和猪骨头吧。”李静夫好像意犹未尽地说。

杨柳说：“我都被你们说糊涂了。你们究竟在玩什么猫腻？”

李静夫说了刚才与丁一帆的争论，指了指窗子上糊着的报纸的文章。杨柳看后好像有点不快，淡淡地说：“这就奇了，我和白梅天天在这里经过，就是没发现。”

白梅附和着说：“我也是。”

“我们要不是等你们，也发现不了。”丁一帆接着说，有意看了杨柳一眼。杨柳把拿着的花束交给李静夫,转身去开门,没有看到他那有意的眼神。丁一帆只得径自进去坐在左边的床上，这正是杨柳的床铺。李静夫把花束靠近鼻子闻了闻，递给杨柳说:“有点淡香，是买的还是采的?”说完便坐在丁一帆的身边。

“在这个鬼地方沉闷死了，还有卖花的?”杨柳接过花束，把桌上的一个玻璃瓶中的花束拿下，插上新花束，“这是我们刚从山后采来的。”

“鲜花一放，房内顿时增添了不少生气。”李静夫看着花束说，“这几朵红色的花朵，我知道是杜鹃花，那几朵小小的白色花朵不知道叫什么。”

丁一帆见他老是说这些无聊的事,早就有点不耐烦了,便盯着他说:“你这个学物理的都不知道，我们就更不用说了。”

“是呀，我是学物理的，不是学生物的，所以……”李静夫较起真来。

白梅见他们又要抬杠了，便抢着说:“你们要吃点什么?”

他俩同声说:“随便。”

李静夫巡视了一下宿舍，两张床并排放着，一张桌子放在靠门的窗前，一张凳子放在桌子边，再就是她们的日用品，除此外没有其他用具。前后两个窗，不仅前面的窗子用报纸糊着，后面的窗子也用报纸糊着，也许是为了防备别人往里偷看，或是为了防风着凉，或者还有其他什么作用，如防蚊、虫、蛇等。

杨柳从丁一帆买来的苹果中拿出一个削了皮递到李静夫面前说:“吃苹果。有什么好看的，说话啊。”

李静夫接过苹果咬了一口说:“我只管跟随领导，说什么又说不到点上，还是丁主编做指示吧。”

“你这个猴精，享福的是你。”丁一帆听了他的话，心里高兴，咽了嘴里的苹果说，“我想最后出一期文学社的刊物《过河卒》，同时向你们组织稿件，毕业前就这一期了，质量要上一个层次。”

“好啊。我正在写一组诗歌呢。”白梅接着道。

李静夫关心杨柳的实习生活情况，就说:“文学社的事当然重要，可以慢慢商量。我们来到这里才知道你们实习的条件比我们艰苦，还是先谈谈你们的实习情况吧。”

他不说还罢，一说杨柳的眼眶红红的，可能有什么说到她的心坎上了。李静夫看在眼里就有点后悔了。白梅默然了一下说：“这里确实不是人待的地方。我是本地人还罢了。像杨柳来自苏州这样的大城市的人，实在难为她了。”

“没什么。大家都一样，克服克服就过去了。”杨柳摆摆手，像有什么不愿说的事。

丁一帆知道刚才考虑不周，自己来自农村，对这样的环境条件没有感到有什么艰苦，没想到杨柳没有到农村生活过，对她来说这算是比较艰苦的。只怪自己想念她的话不敢明说，于是只能说说文学社的事，却没想到会有这样的结果，一时也没了话说。

一时无话可说也不是个办法。还是白梅快人快语地说：“也没有什么，只是杨柳对这里的生活不大习惯罢了。”

杨柳也觉得人家打老远来看白梅和自己，这样下去也不好，便说：“不知是名人的话或是俗语说：一个人的快乐与众人分享变成众人的快乐，一个人的痛苦与众人分享变成众分之一的痛苦。”

“该是杨柳语录吧。”李静夫知道杨柳不知是没有默背下名人名句和俗语还是什么，总会说些类似名人名句和俗语的话，而且这话又像是警句。

大家听后哈哈大笑，气氛一下子活跃起来。

白梅见状说：“你们猜一猜，杨柳到这里实习最难堪的事是什么？”

“卖什么关子，快说，快说。”丁一帆像等不及了。

“是解手。”

杨柳对此虽不见怪，但毕竟在男同学面前，脸还是一下子绯红起来。

“还是你说吧，比较真实。”白梅对杨柳说。

“你就别难为我了。”

“好。我说。”白梅说，“其实简单，概括起来也就是三个字：惊、吓、闭。”

“怎么惊法，怎么吓法，怎么闭法？”丁一帆追问道。这算是把他的胃口吊起来了。

白梅接着说：“你们说的茅坑，我们这里叫屎缸。一个非常形象的说法。实习的第一天，杨柳就遇到难题了。吃、喝、拉、撒是人一天中不可缺少的事情。我们这一批实习生基本安顿好宿舍后，我和杨柳去解手。走到屎缸门前，杨柳刚想进去，里面迎着她飞出一群苍蝇，令她一惊，她几乎不敢进去了。无奈内急，她只得硬着头皮进去，往屎缸下面一看，众多蛆虫在屎中蠕动，吓得她‘哇’的一声，双脚抖擞，差点站不稳掉下去。”

“那，闭呢？”丁一帆愣着问道。

“这样还能拉吗？”白梅说完就被杨柳用手捶她。

丁一帆像是悟到什么，手抓着头发，一副傻样。

“别只说我了。”杨柳像是为他解围，又像是报复白梅说，“其实她也有那‘三个字’。”

这回轮到白梅脸上绯红起来，“你啊，真是哪壶不开提哪壶。”

“也没有什么，都是文学社的人，只是你们不要说出去。”杨柳带着有点警告的口吻对他们说。

“哪里的事。尽管说。”李静夫说。

白梅对杨柳说：“你说。”

“我嘴巴笨，还是你说。”杨柳知道说故事自己不如白梅。

白梅想了想说：“还是不说吧，想起来还真可怕，难受。”

杨柳便说：“是上个星期的事。我和她下午下课后打了一阵乒乓球，天色暗了才去吃饭洗澡。这里的洗澡间基本上没有分男女，只是相对而言一边为男浴室，一边为女浴室，我们正洗澡。突然，我听到白梅尖叫一声。因为是隔壁间，我便问她有什么事。她说没什么。但我没有听到她继续洗澡的声音，便胡乱洗了一下穿好衣服去看她，隔着门问她洗好没有。她像是才回过神来问：‘是杨柳吗？’在得到我的肯定回答后，她才说：‘外面没有其他人吧？’‘没有。’她这才洗好穿好衣服，要我进去。我进去后，她便抱着我痛哭。哭完，她才说遇到色狼偷看她洗澡。”

白梅接着说：“当时没有开灯，我隐约像是看到墙缝中有一只眼睛，吓得惊叫一声瘫坐在地上。也许是我心神差，没有这回事。因为过后也没有听到什么声音，只听到杨柳洗澡的声音。”

“这个鬼地方！不管怎样，从那之后我们俩不敢都进去洗澡，只能轮流洗，以防万一。”杨柳像是补充说。

李静夫没想到她们竟是这样的境况，当初还不如按丁一帆的思路谈谈文学社的事为好，便安慰着说："搞文学创作的人有这样的经历也不错，好在离实习结束也只有十多天的时间了，转眼间就过去了。"

"就是，就是。"丁一帆也怕说错话，增添不愉快，并转移话题说，"我实习讲的第一节课，指导老师安排讲《狂人日记》。白梅，你呢？"

"我的指导老师还没说呢。"她像又回到现实中来，"对了，我们只顾着聊，已过了吃饭时间。我们去街上小店随便吃点东西，边吃边聊。杨柳你就不要争了，算我请客。"

丁一帆看看天色说："好吧。我们还要赶下午两点半的汽车，错过班车，我们要在这里住一宿了。"

"也好，让你们也遭受一下这里的罪。"杨柳开玩笑说。

"这对他们来说是小菜一碟。不像你，大城市的人那么娇贵。"白梅像是话中有话地说。

丁一帆指着李静夫说："他也是大城市来的。"

"男人的命像棵草，撒到哪里都一样生长。"李静夫装出一副无所谓的样子。

杨柳便道："那就把他撒到大海里去生长吧。"

李静夫耸了耸肩说："好吧，先撒到饭店里去再说。"

他们边说笑边走出宿舍。

丁一帆和李静夫回到红都中学就进入实习的讲课阶段。丁一帆决定不按黄卫东的教案讲课，而是用自己准备的对《狂人日记》的理解来向学生授课。他认为，作为实习生，按自己对作品的理解授课，如果讲得不对，指导老师可以给予纠正，不会有什么失当的地方。

当他第一次站在讲台上，心里有些紧张，手心溢汗，朝教室内环视一下，与后排坐着的黄卫东老师的目光相遇，那目光是鼓励的，他深吸了一口气，开始他的首次讲课。

他首先说，在鲁迅先生众多小说中，自己最喜欢的就是《狂人日记》，之所以喜欢，是因为小说的优秀之处就是鲁迅先生用日记体和狂人的内心独白这种独特的手法来写这个故事。接着他从《狂人日记》以十三节长短不一的日记连缀成篇，刻画了一位觉醒和反抗的狂人形象，到最终揭示出封建专制社会是一个人吃人的社会，给人以极大的震撼和启迪作用。他告诉学生，“狂人”这一词本身就是一个隐喻，与常人的区别就在于狂人的形象在文中是“先觉者”的形象。为什么这样说呢？因为，狂人尖锐地揭示出传统文化“吃人”的本性，发现其中时时处处都晃动着“兽”的影子。常人与兽类没有区别，充满着兽性。白天，人世间活动出没的都是人：赵贵翁、大哥、孩子等等，而到了“黑漆漆的，不知是日是夜”的时候，人一个个都潜行匿迹，世界被狗、狮子、兔子、狐狸所统治。其实，白天的世界与黑夜的世界本来是统一的，但是在狂人眼中，二者却是分裂的：白天的世界是虚假的、伪饰的；黑夜的世界才是本真的、实在的。这个世界并不是人生存的世界，而是兽横行的世界，并在黑夜中显现出其本来面目。狂人借意在黑夜里翻看历史描绘的“仁义道德”的字缝里看到“吃人”两个字。在狂人的眼里，周围世界的本相，就是一个笼罩着“吃人”欲望的世界，是一个野蛮的世界，是一个动物世界。

他讲着讲着，已忘记自己在讲台上，像与同学交流一样自如。他说，我们现在学习鲁迅先生的这篇小说，有着强烈的现实意义。在小说中，我们看到，过去国人中很大一部分人的兽性大于人性，现在是到了要逐渐灭兽性、倡人性的时候了。对于刚刚过去的“特殊时期”，我们还记忆犹新，那也是人们的内在兽性爆发极具代表性的年代，人整人在各个地方普遍存在，一夜间，突然会出现亲人变成仇人，父子反目、兄弟反目、夫妻反目等不正常现象，人的内在兽性一面被充分暴露。

“丁同学，紧扣课文。”黄卫东在后排说。

丁一帆也许在兴奋中，像是没有听到黄卫东的话。他继续说，记得恩格斯在《反杜林论》中说过：“人来源于动物界这一事实已经决定人永远不可能摆脱兽性，所以问题只能永远在于摆脱多些或少些，在于兽性或人性程度上的差异。”我们要摆脱兽性，张扬人性，只有依靠人类文化的提升，才能实现。

一节课下来，学生没有多大的反应，也许还要消化吸收，也许还要经历验证。他看看后排，黄卫东老师已不知什么时候走了。他没有多想，对他的讲课，也许黄老师认为比较满意，不用再听；也许黄老师有什么事情先走了。他没有想到，黄卫东对他讲的课非常不满。更没有想到，黄卫东还想要置他于死地。这是后话。

第三章

两个月的实习期在不知不觉中结束。李静夫没有想到，指导老师傅百强给他的实习成绩评为“优秀”，而热情周到的黄卫东却给丁一帆的实习成绩只评了“合格”。这让丁一帆气恼了好几天，也让他感到奇怪，在与黄卫东的接触中，好像他是个很好讲话的人。李静夫便问丁一帆：“你是否在什么地方得罪了他？或者被他误解了？”丁一帆想了想说：“没有过哦。”

“再想想。”

“我在台上讲课的时候，没有按照他的教案讲课。这算不算？”

“当然算了。”李静夫想到问题就出在这里，便分析给他听，“黄老师是个控制欲非常强的人。他对人的热情是建立在要人围着他转的一种态势上，给其他老师看的。你不按照他的教案教学，他能高兴吗？！”

丁一帆说：“已经这样了，他给我一个不合格不是更解恨？”

“非也。这样会显得他没有肚量，而且给你一个不合格，就会把他要给你使绊的意愿暴露出来。给你一个合格，他说话就会游刃有余，你却像哑巴吃黄连——有苦说不出。”

丁一帆觉得李静夫说得有点道理，问道：“应该说他的目的达到了吧？”

“一般来说是这样。但还是向他解释一下为好。”

“我不再想见到他。”丁一帆斩钉截铁地说。

他认为丁一帆也有黄卫东一样的性格特征，便说：“也罢。反正合格，而且实习成绩在毕业分配中不是很重要。”

“算了。我只是没看透黄老师是只笑面虎，当面给你一颗蜜桃，背后给你一把刀。”丁一帆虽然嘴里说算了，但心里还是有点愤愤然。

李静夫见他一时心里还不顺，但没有什么大的问题，便去忙自己的事了。

他回到学校最急切的是忙着学校老师、同学拿来要他维修的电风扇、三用机、收音机、单车、手电筒等家庭和个人生活用品。实习两个月，带给他最大的损失就是不能从事维修工作，经济上的压力越来越大。他不仅要解决自己在大学的生活费用，而且要协助母亲解决家里的生活费用。他从大一开始就向学校学生处要求，是否可以把值班保卫室旁边的一间空房给他作为维修室，为学校师生服务。学生处处长充分肯定了他的这一做法，说这是学生勤工俭学的有效方法。

李静夫虽然生活在苏州市区，但父母是普通劳动者，靠在菜市场卖菜来维持生活。更不幸的是前几年他的父亲因病早逝，只能靠他母亲来承担整个家庭的经济压力。作为家中的老大，他不仅要解决自己的学费问题，还要分担母亲的负担。

昨天母亲来信说弟弟中学的学费还欠着，想退学去深圳打工。他回信说最近就有一笔钱，可以解决弟弟、妹妹的学费问题，并要求弟弟一定要坚持下去，不要轻易退学，一定要考上大学。然而，实习结束回到学校，重新打开维修室的门，拿着损坏的生活用品来上门维修的人却不多，也许是他们还不知道他已实习回来。他现在的经济状况显得尤其紧张，由此想到返校时在火车上遇到的钱有和他推销的磁带，如果能拿来推销，可是来钱的有效途径。因为他想到在火车站杨柳和白梅争抢着要钱有送给他的磁带，结果自己连看都没有看一眼就被杨柳没收了，这说明磁带在江南师范学校还是有市场的。他拿出了钱有给他的名片。

这是他第一次收到他人送的名片，也是一张十分奇特的名片：

钱有

深圳市罗湖区康乐文化发展有限公司文体部部长助理

康乐文化发展有限公司文化服务中心经理助理

康乐对外联络服务部副经理

康乐文体部《今日快讯》广告部部长

中央人民广播电台国际广播台通联部新闻组通讯员

广东人民广播电台采通部社会生活组通讯员

深圳人民广播电台采通部本地新闻组通讯员

……

共有十多个头衔，一直转到名片的背面。李静夫每次看到这张名片，心里就会发笑。钱有要那么多的头衔干什么？而且在他看来，后面的那些头衔也许就是胡诌上的，就像苟先团记者署上丁一帆、白梅的名字一样，很可能是记者为了方便以后采访署上他的名字，而他却把鸡毛当令箭了。他想写封信给钱有，但又觉得写信时间比较长，不如打个长途电话过去。他来到值班保卫室向值班员老胡说要打个长途电话。老胡要他登记后，他按照钱有名片上的电话号码打过去，把他想代销磁带的想法跟钱有说了。钱有听了表示支持，只是希望他去深圳一趟，面议代销的有关事宜。他想到去深圳要办边境通行证，车费、吃住等方面还要一笔不小的开支，又有点儿犹豫不决。他想和杨柳商量商量，看能不能做这笔生意，又怕她反对，而且他还想向她借钱。因为在学校只有对杨柳，他才敢说出自己的想法和提出借钱的事。他在学校的球场上走了几个来回也没有做出最后决定。回到宿舍，躺在床上翻来覆去睡不着觉，他想着刚给妈妈回信说不要她担心，感觉不去一趟深圳，已经很难解决目前的经济困难，而且面临毕业分配，用钱的地方也多，如拍毕业照、同学聚餐等，不去一搏，靠维修家电用品只能解决自己的问题，家里的困难就无法解决。更主要的是只要这一问题解决了，待两个月后毕业分配到新单位，不管是哪所学校，领了工资，自己和家里的经济问题就完全好转了。他想到这里，他决心找杨柳说一说，撞撞运气。

吃早餐时，他在食堂等着杨柳，见到她后，将自己的决定说了出来。杨柳听了他的主意，说：“我和你一起去。”

他听了有些愕然，随后说：“姑奶奶，这不是玩的。”

“为什么你能去，我就不能去？”她不解地问。

他这才想到自己只想着主意，没告诉她如何坐车，便说：“我想，因为从江南市到深圳的火车班次和过往列车不多，所以只能乘汽车，而且只能利用周末去才不用请假。我的计划是星期六下午乘客车至星期天早晨到深圳，星期天下午从深圳乘客车星期一早晨回江南。这样计算下来，来回在车上要待上二三十个小时，中间只有一个上午的时间在深圳，你受得了吗？”

她伸出舌头做了个鬼脸，知道这种强体力活动，不是在游玩深圳。

他见她没有坚持，笑笑说：“待我领到第一笔工资就请你去游深圳。”

她微笑着望着他说：“到时谁也不知道谁在哪里工作，也许你就把我忘了。我是个不要口头承诺的人哟。”

“我们谁跟谁呀！”他深情地望着她说，“只是现在我需要你支持。”

“我就知道你会向我来这一手，不就是钱吗。成。”

他试探着说：“不是小钱，我想借 100 元。”

她想了想说：“100 元恐怕不够。我爸才寄来 200 元，你先拿去吧。”说完她从挎包里拿出钱来。

他说：“100 元肯定够了。”

“要就拿去，不要就去跟别人借。”她边说边把钱拿回来。

他连忙把钱抓在手里说：“除了你，我还能跟谁借啊。我只是怕管不住手，把钱花了，一时还不了。”

她听了“扑哧”一声笑了，“有你这样说话的男人吗？”

他没有听懂她这话的意思，不知是嘲笑他还是赞扬他，一时竟说不出话来，有点傻傻地望着她。

星期六，李静夫坐上前往深圳的客车。刚上车没多久，他就靠着座位睡着了。等他一觉醒来，已经是零时过后。他朝车外望去，公路上的汽车一辆接一辆，把公路照耀得如白昼一般，蜿蜒的公路又像一条飞腾的火龙，看不到头，看不到尾。这样的景象让他震撼。他从来没有看到过深夜里还有这么繁忙的景象，这在苏州和江南市，别说是深夜，就是白天也都是未见过的景象。这景象让他心潮澎湃，他好像触摸到经济的动脉，感到一阵晕眩，心跳加速。他感受到了只有经济快速发展的地区才有的一幕壮丽画卷。他索性打开车窗，尽情地呼吸窗外新鲜的空气，贪婪地看着车窗外的一切。突然，一块路牌飞过，借着灯光，他看到了两个字：汕尾。已经到了广东省汕尾了。他估算，从汕尾到深圳大约还要五六个小时，早晨六七点钟可以到达深圳市。此时他感到有点饥饿，想起昨天下午五点多从江南汽车站踏上客车后到现在还没有吃东西，便从挎包里拿出一包饼干，打开军用水壶，饼干配凉开水就算用餐了。

由于在路上遇到车祸，堵车近一个小时，到达深圳时已经是七点多钟了。李静夫走到汽车站出站口，看见有一个穿着白色衬衫，打着蓝色红点领带的中年人，一手举着写着“李静夫”的小纸牌，一手拿着一个面包啃着，再定神一看，果然是钱有。

他们寒暄了一下，钱有从皮包里拿出两个面包递给他说：“先凑合着吃点，我先要请你游游深圳。”李静夫也许是太饿了，也不客气，拿过来就狼吞虎咽起来，一会儿工夫就把两个面包消灭了，用手擦擦嘴说：“我先去买张下午回去的车票，明天一早要到校。”

“不用去了，我已经给你买好了，是下午四点五十分的。”钱有边说边从皮包里拿出一张车票来。

他接过车票一看，票价竟比来时多出10元，心里咯噔一下：特区就是特区，同样的路程，票价竟高出百分之六十。尽管如此，他还是被钱有的热情周到所感动，从挎包里拿出钱来说：“感谢你想得这么周到。这是车票钱。”

钱有接过钱说：“我在这里等了你好一阵，想到你今天一定要回去，顺便去买了。说感谢，我才要感谢你呢。那次回深圳，要不是你帮忙，我的经济损失不知有多大呢。为感谢你的帮助，我要带你好好游一游深圳。”

“不了。我们还是到你单位坐坐，把事情办完就成了。”李静夫一来知道在深圳消费水平高，怕消费不起；二来确实是为了把事办了就回去，没有到深圳参观旅游的愿望。

钱有也许是知道他的想法，便说：“事情好办，现在还有点时间，其他的你不用考虑，就算我尽点地主之谊。”

钱有说到这份上，李静夫没得说了。

他们来到罗湖海关。

李静夫走进大楼，见熙熙攘攘的人往同一方向走去，走了一阵，走到有许多铁栏杆摆放的地方。人群中有的人往栏杆内排队；有的人走到旁边，拿着桌子上的表格单在填写着什么。钱有看他东张西望的样子，打趣地说："开眼界了吧。"

他好像没有听清他说的话，随便应了一声，继续往前走。钱有拉住他说："不要再往前走了。前面经海关人员检查后过关就是香港了。"

他听到前面就是香港，认真地看了一下，竟然感觉不到特别的地方，像有点失望地摇了摇头，跟着钱有走出罗湖海关。钱有又带他到上海宾馆走了一圈，对他说："深圳还在发展中，我们从南到北算是走完了，往西走就是南山、蛇口和宝安，没什么好看的；往东就是沙头角，倒是值得去一去，只是要办个通行证。下次来我们再去好不好？"

"好，好。"他确实也有点烦，有点心神不定，因为要办的事还没办好，哪有心情去购物或去看什么风景名胜？

"那我们就回单位看货了。"钱有把手一招，拦了一辆出租车直接去他的单位。

在一幢楼前，他们下了车。钱有领着他上到三楼，一边拿锁匙开门一边说："到了。"

趁他开门之时，李静夫看到门边有一块牌子，上面写着：深圳市罗湖区康乐文化发展有限公司文体部。

钱有立即知道他对他或许有疑虑，就说："深圳都是这样。我是自主经营，挂靠一个单位，经营起来方便些，无非一年要上交一些管理费。"

李静夫听了，似懂非懂地点了点头，随他进去坐在一张沙发上。他心里想，自己也是一锤子买卖，管它呢。

钱有把茶泡好，端给他一杯，指了指旁边堆放着的十多箱磁带说："磁带你是听过了的，质量没有问题。"

他呷了一口茶说："这个当然，要不我就不会来了。"其实他也不知道他送给他的那两盒磁带质量好不好，因为只有杨柳才知道。只是在火车上听到他卖的磁带质量还是不错的。

钱有听了顺耳，就说：“朋友归朋友，现在谈生意，综合各方面的原因，我就直说了，一盒 8 元批发给你。你看怎么样？”

李静夫想了想，这个价位在他的下限。他来时考虑一盒在 8 至 9 元间能接受，他出售的价格在 11 至 12 元之间，便举起茶杯与钱有碰了一下说：“我听你的。”

“要多少？”

“100 盒，成吗？”

“100 盒，我以为你最少要 200 盒呢。”钱有以为自己听错了。

“我不是做生意的料，只要 100 盒，看能否解决毕业前的经济困难。”他实话实说。

钱有像是理解他的处境，就说：“也成。生意慢慢做开了再说。”说完利落地从货堆里搬出一箱放到茶几上，又说：“一箱刚好 100 盒。”

李静夫看着纸箱随意“哎”了一声，便继续喝茶。

钱有是希望他接着他的话付款，见他“哎”了一声就没有动静，心里有点火，但一想他还是个大学生，不是生意场中人，便直接说：“如果满意就交钱。”

李静夫听了他的话，有点蒙了，磁带还没有卖出去，怎么就要交钱呢？他用迷惑的眼睛看着他说：“交钱？”

“一手交钱，一手交货。这是行规。你连这都不懂，做什么生意嘞。”钱有有点生气地说。看来这桩生意做不成了。

李静夫也有点生气地说：“如果我有钱，我还做什么生意呀？”

钱有听了他这幼稚的话，不仅知道他没带钱来，而且知道再说什么也没用。

李静夫也是个脑子灵活的人，想想他说的一手交钱一手交货的话，确实自己说的没头没脑的，便说：“我确实没有 800 元。你看这样成不成？”

钱有看着他，让他继续说。

“我用学生证抵押成不成？”

“学生证能抵换 800 元？”钱有笑了笑说。

李静夫用手拍拍胸脯说：“我这是用我的信誉担保。不是能不能抵换钱的问题。”

钱有知道他还有书生气，怕说重了伤了他的自尊心，毕竟他真心帮助过自己，便也不说什么，看看手表说：“生意做不成没有什么关系。到吃午饭的时候了，饭还是要吃的，我们吃饭去。”

李静夫心里十分沮丧，真想在无人处大哭一场。这次千里来深圳，由于考虑不周，只想到自己帮助过他，以为他也会尽力帮助自己，没想到涉及经济上的问题，仅有诚意是不够的。何况自己与他也就是一面之交，要他把 800 元的磁带无任何物质保证的条件下，交给自己去出售，确实难为他了。只是这次到深圳不仅没有达到目的，而且花了不少钱，反而更增添了自己的负担,让他一时无法排解。他深深地吸了口气,让自己平静了一下，跟着钱有走了出去。

钱有在单位附近随便找了一间叫春花的小饭店用午餐。饭店内人不是很多，他俩选择一张靠窗边的饭桌坐下。钱有像是无话找话地对他说：“这边到饭店吃饭的人多，我们抓紧时间随便吃点。”

李静夫已经没有心情吃饭了，漫不经心地点点头。钱有招来服务员点了一份红焖花生猪手、一份姜葱白切鸡、一份热炒油菜和一份鳙头汤，叫服务员尽快把饭菜上来。钱有知道他的心情一定不好，但他也只能这样。尽管李静夫帮助过自己,但毕竟是一面之交,不是很知心。纵使是知心朋友，也不能把这么大数额的钱不当一回事。然而，他又极不愿意看到他愁眉苦脸的样子，心里琢磨着准备送他十盒磁带，一是难为他来深圳一趟，用了不少钱；二是这样算是解决一些他的经济困难，也算是再次答谢他对自己遇到困难时的援助之举。他正这样想着，服务员端上了饭菜。

李静夫看到这么丰盛的饭菜，心里有些过意不去，然而自己又饥肠辘辘，一边拿起筷子夹菜一边说：“太盛情了。”他狼吞虎咽一阵后，抬头看钱有还没有举筷子，随他的眼睛望过去，只见斜对面一张桌子上坐着两个相貌姣好的青年女子。他也顿时没了食欲。突然，其中一位用手捂着嘴指着一盘菜说：“苍蝇！”另一位长得像日本影星山口百惠的青年女子看后招来服务员要她看那是什么。服务员却装作没有看见什么，用汤匙想把死苍蝇舀出。

“别动。”“山口百惠”说，“想灭罪证？叫你们主管来。”服务员无奈，只得找来一个男子过来。那男子说：“我是这里的主管，有什么事？”“这盘菜里有死苍蝇，要换份菜。”她们指着那死苍蝇说。主管听了二话没说，以迅雷不及掩耳之势把那只死苍蝇用手夹进嘴里吞食进肚后说：“没有的事。”那女子急得要哭了，好像她冤枉了这间春花饭店似的，大声说：“你要赖。”主管说：“谁要赖了？小姐说话要礼貌点。”说完就要离开。

“是要赖！我看见有死苍蝇。”李静夫气愤不过，突然站起来说。

主管对他说：“你离那么远，怎么看得见？小心点，别没事找事。”

钱有连忙拉住他的手要阻止他，李静夫一甩手走了过去说：“做什么事情都要讲良心、讲规矩，特别是不要欺负顾客，你们常挂在嘴边的上帝。”

钱有跟随他走过去。

主管也不看他，指着那盘菜说：“你看见哪里有苍蝇？”

李静夫已经走到主管身边，从主管的嘴往下指着他的腰部说：“在这里！”

主管毕竟做贼心虚，又不知道李静夫的来历和背景，不知软好还是硬好，望着他一时说不上话来。

“如果没有怎么办？损害我们声誉的责任，你敢负吗？！”服务员看见主管接不上话来，赶紧说道。她认为反正苍蝇也被吞入肚子了，没了证据，再用语言吓唬一下，李静夫就会软下来。

只见李静夫不慌不忙地从嘴里吐出一句话：“马上动手术，如果他肚子里没有苍蝇，我愿意用命偿还。”

主管遇到这样的硬汉，彻底服软了，说：“误会，误会。这一桌算我请客。”话刚说完就溜了。

这时，“山口百惠”走近李静夫握着他的手，感激地说：“谢谢你！要不是遇到像你这样主持公道的人，我就是跳进黄河也说不清。”

“没什么，只是他们太过分了，我看不过罢了。”被她这么一说，李静夫反而有点不好意思，并想把她紧握的手抽出来。

她还是握着他的手不放，说：“你叫什么？在哪里上班？”

“过客，过客。”他稍用了下劲儿，把手抽出来。

钱有见状说："他不是深圳人，只是个大学生。"说完递给"山口百惠"一张名片，拉着李静夫走出春花饭店。李静夫感觉背后像有一双火辣辣的眼睛在注视着他离开。

"我们的饭菜钱还没有算呢。"他想起饭菜钱还没有付，提醒钱有说。

"我们吃气都吃饱了，还付它只鸟。"钱有头也不回地说，"回我单位。"

李静夫不想再麻烦他，就说："我从这里直接去汽车站。你告诉我坐几路车就成。"

钱有打趣地说："被靓女迷糊了吧？"

李静夫回过神来："你改变主意了？"

"是的。100 盒。你拿去。"

"我保证尽快汇款给你。"

"不用急，你把它卖完再说。"

"来，给你学生证。"

钱有推着他的手说："你刚才的行动比学生证重要。"

"钱大哥，我太高兴了。"他不由自主地说出"钱大哥"来，"我总算没有白来一趟。"

钱有也高兴地说："在深圳这个物欲比较强的地方，能再次见到你身上拥有的乐于助人、见义勇为的精神，非常难得。我认你这个李小弟。"

他俩兴奋地拥抱在一起。

第四章

木棉树上火红的花朵不知什么时候凋谢了，树枝上青绿葱郁，时不时从浓密的树叶中随风飘散出白色的花絮，煞是好看。

“夏天”这两个字眼跳入人们的脑海里,英雄的木棉花退出人们的视野,要想到热烈的场面，就是满山盛开的杜鹃花、凤凰花和长流不息的杨梅河的清凉好处。然而今年这个夏天，是一个令人烦躁、郁闷的夏天。空气像凝固似的，树叶没精打采地垂着，给人一种热灼、压迫感。当人们被热得浑身是汗,不得不去浴室冲个冷水澡时,诚然会凉爽许多,然而一出浴室门,又是一身汗。这时就有人骂娘，有人叹气，但也有人美滋滋的，尤其是姑娘们，特别是漂亮的姑娘。

这天晚上，杨柳冲凉后，换上一件黄色短袖印有洛杉矶奥运会图案的毛巾衫，一件白色的时髦短裤，喷上一些廉价的香水。顿时，她像把干燥闷热的空间化作绿荫清凉的草地，草地里立马沁出玫瑰花般的芬芳。她翻出一叠诗稿，在房中旋了一圈，就像出笼的小鸟带着满身的灵气，冲向广袤的天空。

她去参加实习后《过河卒》的首次组稿例会。

这次例会在紧连着江南师范院校的虎山群岭中的一座山垢的半山坡上召开。说是会场，其实是一个小草坪。杨柳借着月光漫步走向半山坡，还未到小草坪，就已经听到先到的社员们在争论什么问题。

“黄冷果，这个老糊涂，独揽江南师专，我真想揍死他！”这是丁一帆激愤的声音。

“别黄冷果这黄冷果那的，他是校党委书记，你能揍死他？凡事都有个过程，欲速则不达，教育改革是如此，毕业分配亦如此。”坐在丁一帆对面的白梅尽量用比较缓和的语气来抵消他的火药味。

“我们苏州比江南市好多了，我希望能分回去。”李静夫想想留校肯定无望，但又不是很死心，便留有余地道。

“静夫该不是在苏州有女朋友吧？”丁一帆既想活跃一下氛围，也想试探一下他。因为他知道李静夫和杨柳不仅是同乡、同学，而且关系比较亲密，只是其亲密的程度不知如何，听说李静夫去深圳是为了他和杨柳毕业分配到深圳去活动，杨柳还给了他去活动的钱。

“我一个穷书生，有女人爱就成。”他打了个太极拳。

丁一帆穷追不舍：“那说明在那边有了。”

“什么这边那边的，男子汉志在四方。静夫，别做缩头乌龟喏。”杨柳听他们在讨论毕业分配和男女恋爱问题，并听到丁一帆有调笑李静夫的意思，顺便也戏谑了李静夫一句。

李静夫见是刚到的杨柳，笑着说：“你们看，老乡见老乡，背后打一枪。”

大家听了大笑。

白梅拉她坐在身边说：“转眼三年过，江南分东西。对此，你有何谬论？”

“在江南师专根本就没有什么看法。”

李静夫盯着杨柳雪白的大腿说：“妙！”

她看也没有看李静夫，继续说：“这有什么妙不妙的，事实就是这样。我们已经眼睁睁地看着两批毕业生走了，难道还不清楚？”

“这就应了一句顺口溜：一年纯，二年滑，三年叫系主任爹娘。”白梅打趣地说。

丁一帆接着说：“这你又看高系主任了，现在校党委领导才算是爹娘呢！”

“别说气话了。唉！我们这些人，没有上大学前，认为能上学就一生别无他求了，上了大学，又无端添了许多烦恼。”杨柳不知为何动感情了。

“烦恼，烦恼！人要有追求，有追求就会有烦恼、有痛苦，除非死了，才没有烦恼。”丁一帆盯着杨柳，口里飞溅了唾液，“这也怪了，你是内定留校任教之人，也有烦恼？我看用不着多愁善感，等着校徽白底换红底吧。”

“就你会揶揄人。”杨柳满是哀怨地瞅了他一眼。这眼神只有他能体会它所蕴含的意味。

“别以为过几天就可领到《江南日报》社的记者证，预支威风了。”白梅见丁一帆说得有点过分，抓着杨柳的手，接过她的话反戈一击。

“你们各有各的去路，别伤了和气。白梅，到时我有蹩脚的诗作投于《江南文艺》，你这个编辑可要手下留情、网开一面呀。”李静夫像从地底下冒出一句。其实，他从深圳回来后，不仅听到了丁一帆去《江南日报》、白梅去《江南文艺》杂志社，还听说了学校学生会主席、中文系的洪伟去江南市委宣传部等的消息。

“你……”白梅冷不防被他这样说，像被黄蜂蜇了一下，既不能说肯定又不能说否定，一时竟说不出话来。

“我是个烂泥扶不上墙的人，无所谓了。”他看了一眼杨柳又说，“但我还是那句话，想回苏州去。今天我们难得在一块儿，不要伤了同学情谊。还是争取在一起的日子里乐一乐，给我一个永久的美好的回忆。”李静夫说完拿出了一副扑克牌。

“好，我们玩个什么？”丁一帆提议。

“打拖拉机。”白梅说。

“锄大地。”丁一帆说。

“我们文学社的例会？”杨柳想起带来的诗稿。

丁一帆看了大家一眼说：“傅珍还没来，我们再等等。《过河卒》再出一期就谢幕了。希望大家拿出最好的作品来，来个结尾也是个响炮！”

杨柳拿出诗稿说：“我创作上比较笨，希望大家先给我指点指点。”

丁一帆拿过来借着月光一看，是首新诗《野花》：

我望着太阳微笑
我向着月亮眨眼

我自然地伸展腰肢
我自由地呼吸空气
我看着黑夜
默默无语

进入美丽的殿堂
用短暂的孤独
留给人们欢快的笑容
留给人们心悦的芬芳

耀眼只是瞬间
希望生命像江河长流

丁一帆看着诗句，想起到杨柳实习的学校时看到她们采野花回来的情景，心绪一下子被带到了难忘时刻。他沉思着，一时说不上话来。

见他不吱声，杨柳心里有点急，以为这首诗写得不好，“像块木头一样，有屁就放。”

“意境还好。”他说。

白梅抢过来看了说：“进步大呀，同样经历的事，我就没有捕捉、感悟到嘞。”

“你们都是尽说好话。我是要你们指出问题。”杨柳心里高兴，但她的目的还是要他们指出存在的问题。

丁一帆说：“如果最后一段能够倒过来说，就非常完美了。”

“那不是落入了‘飞蛾扑火’的俗套里去了吗？”白梅接过话说，“我觉得这首诗写得自然，写出了真情实感，表达了向往自由的美好愿望。”

“奉献精神、献身精神不仅是时代潮流，也是我们应该具备的品德。”丁一帆坚持道。

李静夫看后对丁一帆说：“你说的是共性。我觉得写诗要多一点个性。奇怪了，你不是一直都在鼓吹个性的吗？”

丁一帆脸红了一下，幸好在晚上，虽然有月光，大家没有看出来。他马上静定下来说："我就是根据全首诗的意境来说，第三段应该升华。"

"这样一说，也有道理。"李静夫接着说，"我喜欢这句：我看着黑夜，默默无语。"

白梅说："我不喜欢。前半句还可以，后半句不好。后半句不如改为'轻柔地送入梦乡'，更有诗意和合情合理。"

丁一帆看着杨柳说："如果保持原有诗意不变，最后一段也可以改为'闪光只是瞬间，生命如水长流'更为简洁。"

"我只是个普通人，只表达自己的一点情绪，不想把自己拔高成什么样的人。现在大家根据我的诗意毫不保留地提出修改意见，我感到很好。"杨柳说完一把夺过李静夫手里的扑克牌说，"大家都为我效劳了，我也为大家效劳，为大家算算运气。"

"好！"大伙儿一齐响应。

"你会算命？不要出丑哟。我们还是'锄大地'吧。"李静夫有意激她。

"我们就是要看看她的洋相。"丁一帆也想看看杨柳能卖什么膏药。

不知什么时候，月亮已经挂在半空，月光如雪。被太阳烤了一天的杂草像是在渐渐降低的气温抚摸下，慢慢抬起头来，并发出清淡的草叶味。晚风很狡猾，仅被人感觉到它的存在就溜走了。经过一段时间的争论，大伙儿都出了一身汗。从男人身上溢出的汗臭味，散发开来，令人不爽。丁一帆他们觉察到了便有意向杨柳、白梅身边靠近些，他们并不是为了使她们难堪，而是觉得要冲淡一些这无可奈何的气味，因为她们身上沁出的微汗，经香水的加工、中和，发出一种令人舒服和淡忘周围一切的气味。每当这个时候，杨柳就要调笑他们一番，在这点上，也是使他们不折不扣地信服的一条"真理"：女人比男人好。

杨柳把左脚伸直，右脚缩回。缩回的大腿倏然丰腴了许多，竟是个放牌的好地方。她洗了洗牌就叫人抽牌。白梅离她近，捷"手"先登地抽出一张牌，顺着月光瞅了一眼，放在杨柳的大腿上。大伙儿凑近一看，是梅花 9。

杨柳故作高深地看看牌，再在梅花 9 上摸了摸，闭目沉思，然后决然地说："9 朵梅花，说明白梅生性多疑，优柔寡断。虽然这样，但一下子开了9朵梅花，又说明她热情大方，正直坦荡，只是到了要决定事情时，又显得犹犹豫豫，不敢决断。”

经杨柳这样摆弄，大伙儿立即产生了兴趣，纷纷争着要抽一张牌算算。白梅笑了起来，扑打着她说：“就你会要嘴皮子。”

杨柳一边躲避她的手掌一边继续说：“我还没有算完呢。九朵梅花还说明这次毕业分配，白梅百分之九十要走了。”

“算砸了吧。李静夫不是说她留在江南市，怎么会走呢？”丁一帆不无得意地说。

李静夫接着说：“按理说，只有留校才算不走。这样看来，确实是要走了。”

“一帆，你做学校领导就好了，我就不用走了。”白梅哀怨他有不想她去《江南文艺》杂志社的意思，便调侃他说。

“休闲时间算算运气，请大家不要太当真。杨柳，你还是顺着你的算命术说。”李静夫为了不破坏气氛，促成杨柳继续要牌游戏，便搞了个平衡，并表现出对此十分感兴趣的样子。

杨柳假装正色道：“我首先声明，我不信这个。但对算命有‘信者有，不信者无’之说，大家自己把握。我继续算了。我看来看去，这花力气的‘9’有点特别，按照推理，一朵梅花是近走，9朵梅花倒像是远走，不是近走。而且……”

杨柳本来还想说，这花者，色也。9之字数为多数，而白梅又为女性，可解释为女色之美丽多彩，本是好事，又遇黑色梅花，黑色在五行中属水，水为财，属财旺，也属大好事。但有男为奇数、女为偶数之说，9字谓之奇数，归男不归女，白梅却属之，反而为好事变坏事，财或才变为祸水，《红楼梦》中就有贾宝玉说“男人是泥做的，女人是水做的”。这样算来，9朵梅花旺女色若遇黑心男人，十有八九有劫色之灾，而且9为多数，最少三次以上。如果上次在桃县第五中学实习时被人偷窥算一次的话，应该还有两次以上。她见白梅听到要远走这句话已吓得没了言语，心情也一下子沉了下去，便打住不说了。

李静夫却不放过说：“而且什么？”

白梅心里虽然不快，但好奇心促使她还想探听个明白，“你就直说吧，再难听的话我也能挺住。”

“说吧，别再浪费时间了。”丁一帆也催促道。

杨柳也想压压白梅平时高傲的气焰，就说：“因为梅花9为黑色，为多数，白梅又为女性，是为多姿多彩、漂亮佳人，黑心之人羡慕她的美色而胆大妄为者有三次或三人之多也。”

李静夫打趣地说：“当然了，白梅那么漂亮，是男人都会打她的主意。”

白梅听杨柳说得那么具体，反而感到不可信的成分多，便只当作玩笑而已，只是白了李静夫一眼说：“哪有谁像你一样一肚子坏水。”

丁一帆见状，也觉得挺有意思，急着要算算自己，也不管别人怎样，捡起杨柳大腿上的梅花9塞入牌中，将牌洗好后交给杨柳。杨柳让他从中抽出一张牌来。他犹豫着抽出一张牌，见是方块4，说了声：“晦气！”就把牌摔打在杨柳的大腿上，她的腿抽缩了一下，白了他一眼，随手把牌一甩，散了一地。大伙儿见状一齐“围剿”他。李静夫看在眼里，把牌一一拾起来递给了丁一帆，对他使了个要他对杨柳道歉的眼色说：“说不要当真，又当真了。”丁一帆想辩解什么，又一时没了词语，只得给她一个认错的眼神。杨柳“扑哧”一笑，接过他手里的牌说：“此人没有好运，看一看就知，四个有棱有角的东西，张牙舞爪，来势汹汹，而且已经溅血一身，只有死路一条了。”

“血口喷人！”丁一帆眼睛睁得像铜锣般，又要发作。

杨柳指着他对大家说：“真灵验！我还没有说完他就原形毕露地拔刀了。”

他没得奈何，只得狠狠地咽下一口气。

“别管他，算下去，他的好运还在后头呢。”白梅刚才听了自己的运气不好，正消沉，听到丁一帆的也不太好，心情好了些。她也想知道以后的情况，便出来打圆场。

“那你算算他的好运吧。”杨柳好像气还没消完，把牌推给白梅。

白梅接过牌，翻动了一下方块4，想说什么又说不出来。她知道杨柳不过是见到牌就信口开河，但是经她一说又像真有那么一点影儿。她想说丁一帆前程远大，极有才华，但又不能从方块 4 中引申出来，心里有点不是滋味，就笑望着对杨柳说："我没有这些求神卜卦的天才，换下一个了。"

杨柳看在眼里，得意起来，兴奋地说："不。此牌是方块 4，其实也不赖。你们看，虽然方块 4 的四个角都很尖，谁碰上它谁倒霉，自然很不好受，然而，这个方块 4 的四个边都是很柔和的、广泛的，自然也有和蔼可亲的一面，同时也说明他堂堂皇皇、正直坦率、有棱有角、有勇有谋、前途无量，是个难对付的家伙，只是太锋芒毕露了。"

经她这样一说，大伙儿的情绪又涨起来了，丁一帆也露出了笑容。

李静夫要算算他的，杨柳挡开了他的手说："我也算算自己的运气。"她不容他们抽牌，迅速洗好牌后，从中抽出张牌一看，是红桃 A。大伙儿都愣住了。这怎么算呢？李静夫自知对她比较了解，本想从中发挥一通，见这个光秃秃的 A，也把舌头卷了回去。大伙儿又闹着杨柳快快说说。

她诡诈地一笑，做出无可奈何之态。白梅催促她，她才像极不情愿地说："A 就是 1，说明在这次的毕业分配中，要一颗红心，两手准备，一切听从校党委的安排。"

"真刁，尽说套话。"丁一帆被她这左右逢源的敏捷才思逗乐了，看了她一眼，将她一军。他把杨柳手中的牌抢过来迅速洗牌后，把牌伸到李静夫面前说："你不是要算算吗？我给你算算。"

李静夫抽了一张牌，大家一看是黑桃 7。

丁一帆翻过来翻过去，看了又看，然后挺认真地说："7 像把锄头，而且一下子来了七把锄头，静夫真够你受的了。"

李静夫有点不耐烦地说："你就说怎么着吧。"

丁一帆一脸无奈地说："好，说了你不要生气。锄头，明摆着八成要当农民。"

白梅说："真是不搭天不搭地。现在大学生稀缺，怎么会当农民？"

"既非驴，又非马，你就不要出来溜了。还是请我们的'杨大师'来指点迷津。"李静夫也不失时机将了她一军。

杨柳也不接牌，便说："这 7 确实像把锄头。这说明静夫是个勤奋努力、默默耕耘的人，而且黑桃像把扇子。在古代，羽扇纶巾的人，不是地主、官僚，就是文人骚客。由此看来，是个智慧颇高的人，有诸葛之遗风，既勤奋，又有智慧，这个人不简单！”

“老乡见老乡，吹捧加表扬。”李静夫兴奋中不忘自嘲一下。

杨柳抢过话说：“好了，你们都算了。我的你们听了还不满意，只好补充几句。虽然我也写写一些劣诗，想做一个出类拔萃的人，但命运却执意不愿我成名。这个该死的A，就说明我一辈子要和英语打交道。”

“这是当然的，总理翻译嘛。”

不知谁调笑了一句，惹得大伙儿大笑起来。

她也笑了，正想说什么，突然见来了个人，就说：“我们的‘政治明星’来了。”

来人是学校学生会主席洪伟同学，见她嘲笑也不计较。他走到白梅身边，说是学生会要开常务会议。白梅跟他争辩了几句，见推辞不了，极不情愿地站起身来说：“真倒霉，什么事都跟我过不去。”但还是跟他走了，她毕竟是学生会的宣传部部长。大家知道，洪伟追白梅追得特紧，而她有没有这方面的意思却看不出来。

白梅一走，大伙儿的兴趣就降低了，但过了一会儿，还是被杨柳手中的像魔方一样的扑克牌迷住了，就连刚刚赶来还满身大汗的傅珍也抢着要抽张牌，看看她的运气。

第五章

洪伟和白梅离开小草坪，下山往回走，顺着山坡往市区眺望，整个城市在清澈的月光照耀下显得非常宁静，市中心多如繁星的灯火和城郊如星星点灯般的灯火，繁与稀，在朦朦胧胧、缥缥缈缈之间，给人一种似醉欲醉的感觉。

江南市，是中国南方的一个中等城市。它的南面是一片平原，土地肥沃，人们丰衣足食。随着国民经济的逐渐好转和对外开放政策的深得人心，一栋栋现代化的高楼大厦，在不断向市郊伸延。其中个体企业和中外联营企业的投产与发展壮大，使南区成了一个很有现代化气息的新城区。以秦江为分界，它的北面，一段平地过后，就是低矮的丘陵地带，这里大都是各个大专院校和一些民用工厂的所在地，这里的街道和楼房建筑是按照地形高低曲直建造的，与南面的有计划的横直道路的规范化、现代化的建筑成了鲜明的对比。而南北区分是由一条由东向西流动的秦江为主要标志，秦江桥是沟通南北交通的唯一要道。

江南师范专科学校坐落在江南市的秦江北岸，离市中心 4 公里的虎山的一条山脉下。校园按地形的走向而建。校园的高层建筑、古老建筑和市郊农民的低矮瓦房、间或有几幢两层楼的建筑，连成一幅跌宕有序、高低交替的幽雅胜景。随着虎山的起伏，它们就像大海里的大小船只，随浪起伏，很有一番壮丽的景致。

校园被一条清澈见底的虎溪河干脆利落地划成两半，北面靠山，南面是一片平地，恰似江南市的一个缩影。虎溪河由东向西流去，经过秀丽的江南师专，转个弯，汇入浩浩荡荡的秦江。

面对如此景致，作为土生土长的本地人洪伟，对它更有一种特殊的感觉。面对梦幻般的夜景和美丽的白梅，他感到心胸畅快淋漓，由衷地说："太美了！"

"说谁哪？"白梅见他突然说出这样感叹的话，以为是在说给她听，又不大确切，便追问了一句。

"当然是说你啊。"他说的那句话既有赞美江南市夜景，更有赞美身边的她的双重意思，听她一说，就一边倒了。

白梅心里高兴，却说："你是看着市区说的。"

他见她高兴，就说："我还不敢对着美人赞美呢。"

"你真有一套。"她轻碰了一下他说，"就是赞美赞美它也不妨。"

得到她的鼓励，他的话匣子就打开了："虽然你也是江南人，但你不一定了解它。"

"说吧，'百晓哥'。"她知道他是话痨，而且到学生会办公室还有一段路要走。

他指着沿着虎山蜿蜒而流的虎溪河道："先给你说说这条河为什么叫作'虎溪河'吧。"

这里流传着一个很动人的传说。

在初唐时期，由于唐太宗李世民事贤豁达，江南市的农林牧副、小手工业有了发展，人们已不满足原有的土地，而不断向南开垦、耕种，这里才有了人烟。虎山一带是一片古老的大森林，杉、柏等树林林总总，直插云天。大森林里没有路，到处荆棘丛生，狼、虎、豹、豺、野猪等成群结队，出入其中。它们都惊奇地窥视人的到来，看着人们开辟荒野，耕种水稻，兴修水利。当时人们的能力是有限的，主要沿虎山脚的平地耕种农作物。一到汛期，虎山上的洪水就如脱缰的猛兽飞奔而来，摧毁沿河两岸的农作物。每年水灾不断，严重影响农业收成，只有拓宽虎山到秦江的小河，加筑河堤，才能防止汛期洪水泛滥成灾。人们披荆斩棘，开辟渠沟，但由于人力、器具的限制，拓宽河流和加筑河堤进展不快，效果不显著，人们的意愿很难实现。然而，人们的这种吃苦耐劳、勤奋创业的精神，深深地感动了窥视着人们劳作的老虎们，它们也加入了拓宽河道和加筑河堤的队伍，用它们拿手的三个绝招，拓宽了河道，加固了河堤。它们的首领，最为勇猛雄威，最后它的头破了、尾断了、爪没了，满身鲜血淋淋，死在河道里，鲜血染红了整条河。人与兽相聚一起，悼念这位光荣的死者，一连三天三夜哀乐悠绕，情景极为悲壮。这是人与兽之间感情的一次升华。由于疏通了水源的流向，洪水不再泛滥了。从虎山中心出的琼汁，清澈透明，和晚霞相映，夺目生辉。人、虎在河中翻腾、雀跃，洗尘垢、净心灵，归真从善。人们劳作，五谷丰登；人们交欢，繁殖后裔，并对自己的子孙传颂这条河的开创史。人们不会忘记虎首领的功绩，不断缅怀虎的功绩，继承虎的开拓创新精神。由此，这条河自然而然被人们称之为“虎溪河”。

白梅不是第一次听到关于虎溪河的传说。但这次听了，突然有一种对生活了近三年的虎山和虎溪河有更亲切的感觉和依恋，同时也感到洪伟知识面确实够宽，难怪大家都喜欢叫他“百晓哥”。

“‘百晓哥’，谈恋爱呀，我们都等你们好久了。”

白梅听了好生奇怪，没想到自己刚刚想起他的别称“百晓哥”，就有人喊“百晓哥”。她随着声音望过去，是学生会副主席陈述在学生会办公室门口笑着对他们说，旁边还站着学生会组织部部长连瑶池。白梅吐了下舌头，扮了个鬼脸，不知不觉已到了目的地。

洪伟见状，得意地大声说：“谁说我们谈恋爱？不要乱说啰。”

白梅回过神来，瞪了洪伟一眼说：“谁说我们谈恋爱了？真是嚼舌头！”

陈述把他们让进办公室说：“我们的‘白雪公主’，开个玩笑。我们开会吧。”

洪伟见其他几个主任、部长、副部长、委员都到齐了，从皮包里拿出笔记本，却没有翻它，只是先简单说了会议内容：“根据最近毕业生的思想动态不稳的情况，学校党委和团委要求学生会针对这一现状，做好思想工作，把毕业生安全地送入社会，为中国社会主义教育事业多做贡献。大家先谈看法。”

“现在毕业生确实有思想比较浮躁的现象。”陈述首先说，“学校党委和团委对这一问题看得很准。”

连瑶池接着说：“今年毕业生的新情况是‘二多一少’。‘二多’是想留校的人多、想转行的人多；‘一少’是想回原地的人少。”

白梅想，搞组织工作的人就是不简单，自己就是毕业生，却不知道有那么多人想留校、转行，想回原地的人少，而且竟然概括出“二多一少”来。她不由看了看连瑶池，只见她在做着笔记，齐肩的短发，穿着花格子的确良衬衫，看不出有什么特别来，就说：“我没有看出有什么不稳定情绪来。人有些想法是很正常的。”

“如果影响了学校对毕业分配的安排工作，就不正常了。”陈述对她的话有点不满。

洪伟就是欣赏白梅的单纯，怕他们顶撞起来，连忙说：“个人有想法是正常的，但大家都想着如何能留校、转行，对学校来说就不好办了。”

“如何不好办了？”白梅不解地问。

洪伟考虑了一下说：“按照往届毕业生分配的情况，留校、转行的人数学校控制得很严。”

“所以我们要领会好学校领导指示精神。”连瑶池环视大家后，接过话题说，“不知你们有没有听到谁留校了，谁转行了？”

洪伟、陈述他们都不说话。白梅想想刚才文学社例会中李静夫说她去《江南文艺》杂志社和听人说丁一帆去《江南日报》的事，就说：“我听到了。”

“听到什么了？”连瑶池追问了一句。

洪伟看了白梅一眼，她没有领会到他的意思，直言直语说：“有人会转行。”

陈述说：“这不，是了。如果大家都留校、转行了，谁去基层中学当教师？”

“总不能大家都留校、转行吧？”白梅坚持道。

“但它影响了学校的教学秩序，影响到毕业分配工作。”连瑶池坚定地说。

白梅还想说什么，洪伟用手示意打断她。洪伟知道白梅在政治上不及他们，继续争论下去对她不利。他询问了其他几位成员，见他们没有意见，用手敲打着笔记本说：“刚才大家都开诚布公地讨论了我们现在所面临的问题，如思想浮躁、患得患失，到处寻人情、托关系、找门路等，以达到留校、转行的目的。我们对这些问题确实不能听之任之，让谣言满天飞。我们要认真做好思想疏导工作，为学校党委和团委分忧。我初步想了一下，提出两点贯彻意见：一是认真贯彻好学校党委和团委的指示精神，加强对毕业班学生的思想政治工作，让全体毕业班学生以饱满的政治觉悟和良好的精神状态走进社会；二是学生会的领导成员要起带头作用，首先要做到不信谣、不传谣，如果听到什么谣言，要主动辟谣，要把谣言尽量控制在萌芽之中。针对毕业班学生思想状态比较活跃的情况，结合各系毕业班学生的实际，我想在毕业生毕业前要做好几件工作：一是召开一个座谈会，各系各班派出代表，让他们谈思想信念，谈世界观、人生观、价值观，自觉抵制各种精神污染；二是举办一场文艺晚会，活跃大家的文娱生活；三是开展'我为母校做一件实事'活动。我就想了这么多，看大家还有什么补充意见。"

洪伟一口气说了这么多，白梅既佩服他的虚功实做，又讨厌他紧跟政治，对专业知识用功不多的价值取向，如果他能在专业知识上多下功夫，他将是一个出色的专家、教授。想着想着她不由得分神了。突然，只听洪伟用征求的口吻对她说："你有什么意见？"

她有点不好意思地说："没有。你讲得很好，看看其他同学有没有。"

洪伟总结说："他们都没有什么补充意见。我想，座谈会就由连瑶池负责；晚会由白梅负责；'我为母校做一件实事'活动就由陈述负责。这些事待我向学校党委和团委汇报同意后实行。"

"慢。"连瑶池说，"'百晓哥'，除了这些主旋律外，总得透露点上边的其他精神吧。"

洪伟收起笔记本，笑着对她说："就你像个炸油机。好吧。我刚听到一个消息，中央将要大力提高教师的政治待遇和工资待遇。"

"是真的吗？"陈述不大敢相信这一消息，"具体点。"

"具体点就不是听说了。"白梅笑着插了一句。

洪伟点点头说："从一些迹象来看，像是上边在吹风。但这对稳定教师队伍有极大的好处。最起码目前想转行、留校的人会大大减少。"

大家听了都感到很兴奋，毕竟他们是师范生。

散会后，洪伟和白梅一起回学生宿舍。

洪伟想起刚才在会中白梅说的有人转行可能就是她和丁一帆。他知道，江南日报社已将丁一帆的商调函寄到学校学生处，而白梅的却还没有听说。会上他有意制止她说出来，是怕影响到她的毕业分配。其实，他和连瑶池都是学校初定留校的人，而且江南市委宣传部要他的商调函也已到了学校。他现在正犹豫着是去市委宣传部好还是留校好，一时还拿不定主意，一直捂着不说，就是怕坏了好事。他试探着说："你说谁要转行？"

"你不是要大家不信谣、不传谣吗？"白梅有意卖了个关子。

"此一时彼一时也。"

当他示意她不要说话后，她已经领悟到可能在座要离校的毕业生都是要留校、转行之人，他们才需要大家不要去谈论留校和转行的事，其实就是怕去各方面活动关系的人多，把已定的人挤走。他们的鬼心思就是多，她自感不如。洪伟已给她面子，她不得不说了："听说丁一帆要去江南日报社。"

"还有呢？"

"还有谁啊？"她有点明知故问。

"还用问吗，当然是你啊。"他饱含深情地看了她一眼。

虽然是月夜，她还是感受到了。她低着头说："《江南文艺》杂志社丁主编电话征询我愿不愿意去。"

"答应了？"

"答应了。我不是不喜欢教师这一职业，而是感到去杂志社更适合我的兴趣爱好。"

"我先祝贺你！"他兴奋地说，"人往高处走，水往低处流。你的选择不会错。"

她有点担心地说："刚才大家一说，我才知道有那么多人想留校、转行。就怕想去杂志社的人多，把我挤掉了。"

他想了想说："按一般情况来说，他们主动要的人，都是能力比较强、专业素质比较高的人。像你和丁一帆都是有这方面才能的人，按理问题不大。但是，难说，有些人的关系、后台比较硬，就怕夜长梦多。是了，你的商调函是否发来了？”

“什么商调函？”

“哎呀，你连商调函都不知？商调函就是杂志社向学校发个商请协调应届毕业生分配名额指标给杂志社的函件。杂志社可以在函件中指定要你。”

“这个没有听丁主编说。”

“丁一帆的函件已经发来了，你不知道？”

她摇了摇头。

“他没有跟你说？”

“我没有问他。”

他虽然听说他们在谈恋爱，但从这件事来看，纵使是有这方面的情况，也不是很深。他对她的信心增强了。他关心地说：“就要毕业了，各方面尽量要把握好。”

“你知道我是个没有心机的人。”白梅感到今天和洪伟一起谈心非常及时，今天的会也开得非常及时，便说，“你看我要注意些什么？”

“说了你别不高兴。”

“洗耳恭听。”

他说：“我想，主要是不要有比较负面的东西。”

“说具体的。”她有点急不可耐了。

“作为学生会的宣传部部长，你不应该参加用扑克算命运的迷信活动，特别是在这毕业分配前的关键时刻，不能给领导留下不好的印象。”他把他的担心说了。

白梅听了，想起杨柳对她命运的解说心里就不快，争辩道：“这是娱乐，不是迷信活动。”随后气鼓鼓地坐在河北岸的白梅树下，狠狠地看着河面闪烁的水波。他没想到她突然会产生这么大的变化，跟在她的身后站着，注视着她的表情说：“现在很多事情，不说就没事，说了就有事。”

他见她不吭声，便在她的旁边坐了下来。

他只好转移话题说：“你就要被分配到《江南文艺》杂志社了。我相信，你去后经过几年的历练，会成为当代的李清照、苏小妹。”

白梅听了这些话心情好了些，笑着说：“没想到主席也会给女孩灌蜜汤。”说完站起来径自走了。洪伟紧跟着她，保持着两步远的距离。他这时的心情是极为复杂的，他不知道她心绪变化得这么快，一时不知如何应对。

她心情也很复杂。原来她想去杂志社，认为问题不大，很快就能踏上前面铺满鲜花的道路——师专毕业后去做一名令人羡慕的杂志编辑，这是多少人可望而不可即的事。参加了会议后才知仍有不少问题，解决不好就会泡汤。尽管《江南文艺》的丁主编已征询她的意见，而且她也答应了，她为此一直高兴着，但刚才洪伟对她说的商调函，还没有听丁主编说寄发，将她本来还好的心思打乱了。她隐约觉得她已进入校园内的白梅树林里，就在一棵白梅树边坐下来。洪伟跟了上来，靠在她近旁的一棵白梅树上。

他们俩沉默不语。

洪伟想起在《过河卒》创刊号上有一篇赞颂把“虎溪河”改为“杨梅河”的散文，写得很美。从虎溪河的传说，到“杨梅河”的命名来由，说明用“杨梅河”命名是天经地义、符合人们心意的。文章行云流水，清新悠扬。其中有段文字特别使他感兴趣：

河南沿岸有一片杨柳树，被夏风轻轻一弹，仿佛按下了她的总开关，合身随着轻盈地飘动起来，随后翩翩起舞，千种舞姿，万种妩媚，给人一种似醒非醒，如醉如痴的美感。河北又是一番景象，那一片白梅林，在冬天的怀抱里，仿佛抱着的一团雪，团团锦绣，洁白无瑕，人们的呵护到了白炽化的程度。人们一经和她接触，会杂念消散，顿添春色，精神振奋，拒严寒以千里之外……80年代的青年，最注重可摸可触的现实，难道这条流经校园的河，赞美为“杨梅河”不更使人感到可亲可爱吗？

洪伟虽然赞成这种说法，但是丢掉传统的说法，自行其是，是出格了，而且忘记了过去的传统，就如列宁所说：“忘记了过去，就等于背叛。”何况他们多少有点为白梅和杨柳这两个大美人来的，以吹嘘“杨梅河”来向白梅、杨柳献殷勤。据说，当时他们文学社以投票为准，偏爱白梅的说“白梅河”，偏爱杨柳的说“杨柳河”，票数相等，只好来个折中的办法，定为“杨梅河”。他想到这里，看看旁边坐着的白梅，觉得自己是爱她的，不管是从见到她的第一眼,还是现在。他相信那时,她也是有这种意思的。但是，随着时间的推移，他越来越感到他们中间有一条无法冲破的鸿沟，最使他苦恼的是不知鸿沟在哪里，是第三者？是生活习惯？是思想情趣？好像这些都是，又都不是。然而更使他痛苦的是，当听到她有可能被分配到《江南文艺》去时，一种想得到她的欲念在不断地绞织着他的心。也许还有一个原因增添了他的这种欲望，就是学校党委书记黄冷果的女儿黄晴儿。由于要向黄书记请示工作，除了在他的办公室外，他也会到他的家里去拜访他，在他家里认识了黄晴儿。一来二去，他看到了她灼热的眼神，感觉到她已经对他产生了感情。他怕重复与蔡厂长的女儿那样的经历，一方面尽量回避她的眼神；另一方面就是希望与白梅有一个结果，让黄晴儿死了那份心思。这样想来，他的心像在滴血，像随时都会停止跳动。而且他的运气一直很好，不管是政治觉悟，还是家庭环境、身材相貌，都是全校第一，然而却不能得到他爱的女人。他感到这是他的耻辱，是对他的宣战！由此，他说道：“从目前的情况来看，我留校是没有问题的，如果稍加努力，去江南日报社当记者，也是有希望的。你认为……”

“我相信。”他觉得这是从地里钻出的一句。但这句话不错，最少证明她在听着。他又说：“经过三年来的一块学习，特别是在一起负责学生会的工作，我们之间相处是不错的。如果我在工作和学习中有哪些对你做得不够和关心不够的地方，请你提出来，帮助我改正。”在高傲的姑娘面前，用检讨般的口气说话，最能奏效，他深信这一点。

果然，她侧身昂起脸来，看他一眼说：“没有，是你想得过多了。”

“真的？”他离开树干的支撑，一双明亮的大眼睛闪闪发光。

“你真是，这有什么真的假的，难道我会说假话？”她说着站了起来，拍拍屁股，想走了。

“不。这……难道……”他想留她，又一时想不出什么理由来，心一急，倏然一阵兴奋，向前去抱住她，“白梅，我爱你！”

她感到突然的恐慌和愤懑，便大声说：“快放开！”

“我不能没有你。”洪伟还是不放，而且抱得更紧。

“请留心你的党票。”情急之下，白梅嘴里蹦出这句话。

他有点诧异地看着她，兴奋的心情一下子凉下来，便无力地松了手。

白梅说出那句话时，已感到说得有点过分，而且惊讶自己怎么会说这样过激的话，见他迅速地放开手，便调皮地朝他笑了一下，算是对他表示道歉，然后拾起一颗石子投入虎溪河。借着月光，隐约可见河面闪现出一个个由大至小渐渐消失的光环，就像她对他发出的笑。

他有点后悔刚才的冒失行动，好在说话留有余地，没有说出去市委宣传部的事，真情地说:“我是发自内心……”

他不说还好，当他迅速地放开手，她内心已经感到了他并没有将她放在心中重要的位置。此时他还说这样的话，她便感到他有些虚伪。她哪里知道，每一个人都有其所顾忌的东西，特别是在瞬间发生的事情，很难做到思维十分明确。然而，她却不无讽刺地对他说:“你是学生会主席，‘优秀’的共产党员。再见,江南师专的‘政治明星’。”说完一转身,消失在白梅林里,留下一股淡淡的女人与香水气味混合着的馨香。

他听后深深地吸了口气，她真是朵带刺的玫瑰，内心深处更加喜欢她。他心里道:“你，等着瞧！你一定是我的妻子。”随后消失在夜色里。

洪伟从白梅林回到宿舍，房中还没有人，一看表，才十点多钟。这大热天，有谁这么早回房休息的？他想出去走走，但又提不起半点精神。刚才，由于自己的过于激动，使白梅的反应过激，本来好好的局面被打破了。若要弥补这一过失，必须认真想个办法才成。因为他从刚才的接触和谈话中相信，白梅的感情还在他与丁一帆之间游离，至少她与丁一帆之间还没有确定关系。为此，他有信心把她争取过来。他这样一想，一种被白梅冷落的怨气也就消去，只是当务之急是要想想办法让她消除误会，把她的感情套牢。他把头垫在叠好的被褥上，半躺着，从上衣口袋里拿出一包南洋双喜香烟，从中抽出一支叼在嘴上。他划着了火柴，想了一下，把火灭了，又把那支烟放回去。他脱了凉鞋，把脚伸向床边的一个箱子上，挟住一个装着烟丝、烟纸的塑料袋，移到胸前，然后打开塑料袋，卷起喇叭筒烟。随着他的吞云吐雾，半个房间弥漫着奶乳色的雾气。他就这样抽着、躺着、想着。

他1980年毕业于江南市工业技工学校，被分配到市农机厂设计室工作。那时他才22岁，血气方刚，无拘无束，凭着自己在技校学习的理论知识和根据农机厂的生产情况，大胆向新上任不久的蔡厂长献策，要求转型农机机械，以满足农村小型耕作形式的需要。蔡厂长新官上任，苦无良策，经他这样点拨，觉得是个良策，就接受了他的建议，大胆进行转产，效果果然极佳，利润猛增。而他也因此深得厂长青睐和信任。蔡厂长还在一次大会上，以他为事例，说明工厂正充分发挥和调动知识分子的积极性和创造性，使他们的聪明才智得到充分的体现。蔡厂长治厂有方的经验经《江南日报》报道后，被八方取经。洪伟也顺利加入了中国共产党，并被提拔为设计室副主任。然而，他却被胜利冲昏了头脑，沾沾自喜，在成为蔡厂长家里的座上客后，一来二往，与厂长的千金好上了，而且竟然她还怀孕了。由于蔡厂长的千金还是个高中生，蔡厂长碍于家丑，让她偷偷把胎儿打掉了；蔡厂长不敢对他处理得太重，明里只得说是为了爱惜人才、培养人才，加强对他各方面的锻炼，熟悉工厂各方面的情况，先选送他到车间当工人，实际是想把他打入冷宫，让他在他的控制下永世不得翻身。哪里想到，洪伟暗中偷偷补习高考，竟然考上了大学，来了个金蝉脱壳。

吃一堑，长一智。从众多的社会现象里，他渐渐摸索出一条投人所好、适可而止的社会生活经验，同时，不能长待在车间里，要冲出去，才有他的美好人生。他利用工余时间进行复习。功夫不负有心人，1982年，他成功考入江南市师范专科学校中文系。而和他一起入学的学生大都是19到20岁的人。他的年龄、社会经验、政治条件都高人一筹，“鹤立鸡群”，以优越的条件进入学校学生会。江南师专的学生会是学校团委指导下的自治组织团体，实际是团委工作的一个有效延伸，同时，又是考查学生干部能力的一个有效途径。一般情况下，学生会主席毕业后比较优秀的会留校任办公室、团委干部，甚至有直任团委办公室主任的，最起码也是留校当辅导员。当然不愿意留校者除外。因此，作为学生会主席，如果没有特殊情况，留校是没有问题的。而且，师专学生会的任职人员的基本结构是阶梯式，即大一先任学生会委员，特别优秀的可任副部长、副主席；大二才选任副部长、副主席；大三为毕业生，选任部长、主席。这是培养人才的一个有效方式和途径。洪伟属于特别优秀的学生，他在入学前就已经是党员，所以同学们认为他大一时就当上学生会副主席和所在班班长是顺理成章的事。

开学上课的第一天，同学们基本上都提前到教室等候老师。铃声响后，几乎同时进来了两个人。一个是黄看石教授，一个是十八九岁的姑娘。她的出现，使全班同学都行了注目礼。她穿了件深红的乔其纱蝙蝠衫，白色的直筒裤；一头松散油乌的头发随着她的走动，动情地飘扬起来；一双大眼睛极为明亮，仿佛那是一片晴朗天空，只要看上一眼，就能分出哪些是白云，哪些是乌云。也许是因为走了一段时间的路，她的脸蛋像苹果般红润，像冬夜里的火光，给人以一种意料之外的热情，而且这种热情一经接触，很快就会传到人们的心里，并在心里交流、震荡。洪伟被她富有节奏感的足音，碰得心里有节奏地狂跳。他低下了头，忘记了一切，直到老师要清点人数时，他才从中醒来。从此，他认识了她，并在心里深深地记住了她，一世难忘。她叫白梅。

他一有机会就接近她。学校学生会改选领导成员，洪伟凭着他的党员身份和比别的学生较丰富的社会经验、组织才能，被校党委、团委定为学生会副主席人选，并由他推荐大一年级学生进入学生会的组成人员。他向校党委书记黄冷果推荐白梅为学生会宣传部副部长人选。

一天上午的最后一节《政治经济学》课后，他把她留在教室里。他对她说："学校要对学生会改选领导成员，大一年级学生进学生会组织成员由我负责推荐，明天下午在学校团委会议室召开讨论学生会新的领导成员组成人员会议，我已向学校领导推荐你来任学生会宣传部副部长。"

这实在太突然了。白梅又惊又喜，想想还是摇摇头说："这是怎么回事？我连委员也不是。"

"这有什么的，我和你不是一样？领导说是就是了。"他开导她说。

"我干不了。你看我这点底儿，不行的。"她清淡地说。

"你能歌善舞，人又漂亮，天生的宣传部部长的料。"他循循善诱道，"而且你在班上不是文娱委员吗？文娱委员能干，自然宣传部部长也难不到哪里去。”

“那你让我想想。”

他怕她推辞，紧追着说：“有什么好想的，就算你帮我一把吧。”

“你这样一说，我哪里还好意思说‘不’？”她感到这确实也是一个锻炼人的机会，便不再推辞，对他露出优美的笑容。

“太好了，感谢你的支持。就这么定了，我的白部长。”他高兴地说。

“怎么是定了，明天不是要进行选举？”

“唉！你这个美丽的傻瓜，这就是你有所不知了，明天上会就成了。以后举行选举不过是个形式。我征求了你的意见，你同意就是定了。”

“你让我怎么感谢你？”

“感谢什么呀，都是同班同学。”

她感到也是，就诚心诚意地说：“那我今后就多向你学习、请教。”

“这样吧，今后我们互相学习、共同进步。”他见目的基本达到，便饱含深意地说。

“真有你的。”她真诚地点头。

他觉得这样既给她政治上的荣誉，提高她在同学中的地位，又能有较多机会接触她，慢慢就能发生和培养感情，然后再看具体情况来进一步行动。

还未进校，有个工友就对他说：“凭你的英俊和才能，找个漂亮的女大学生做老婆是轻而易举的事。”他不否定，但还是摇摇头，认为凡是能考进大学的姑娘，相貌肯定不会很美，因为漂亮的姑娘，上高中后成绩会渐渐下降，而且会不断地被求爱信和男同学的奇异眼神捣乱其心情，岂可专心读书？事实也证明，自恢复高考以来，据说江南师专几届女学生，没有一个漂亮的。然而，当他见过白梅后，上述的论证彻底被否决了。而且当他发现英语系的女学生杨柳也是个大美人时，他简直觉得有些不可思议了！江南师专历年平静的校园生活，就像一个平静的湖，而这两个美人恰如两颗玲珑透明的五彩石投到这个湖中，定会掀起一波又一波的涟漪和一浪又一浪的波涛，甚至是极大的波涛。而掀起这些波涛的主角又将是像他这样相貌堂堂、才华横溢的人。

他就这样天内天外地想着，竟忘了想如何化解白梅对自己的误解。他丢了烟蒂，又卷了一支。这时，丁一帆进来了，房中本来的宁静被打破了。

洪伟和丁一帆之间，说是“死对头”也可以，说不是也成。第一学年，丁一帆“两耳不闻窗外事，一心研读圣贤书”。第二学年他要组织文学社，矛盾才出现。洪伟知道情况后，第一反应是要制止丁一帆组织文学社。因为在他看来，在学生会外不能再有群众性的组织。他向黄冷果汇报后，黄冷果支持他的看法，但又没有什么具体规定说学生不能组织成立社团组织。团委则认为就是组织成立文学社也成不了气候，倒是同意洪伟的意见，想办法把文学社纳入团委或学生会的所属团体，当然最好是学生会下的所属团体。但丁一帆死硬颈，谈了几次就是不同意，又不能强迫他。这搞得洪伟很被动。他进一步想到自己来牵头组织文学社，但他在文学方面的才能不及丁一帆，试探了白梅几个人，也不反对他组织文学社，只是说这样给他们的压力太大。他还想求其次，做一般社员，或做个副社长之类的职务，但凡事做不了主，出了问题逃不了，反而惹得一身骚，更划不来。为了自己的前途着想，有班长和学生会主席之职，足以和任何人抗衡，何况……只是文学社成立了，不仅白梅，而且杨柳竟也在丁一帆的旗帜下，这使他既痛苦又愤恨，自然而然地不断找文学社的麻烦。学校对文学社进行了批评，他简直是幸灾乐祸，像是报了仇一般。他也知道，丁一帆也是一个自负和自私自利的人。记得第二年后，丁一帆在宿舍里的时间多了起来，因受不了那乌烟瘴气的烟味，就恶作剧地在洪伟的床边贴上一首“打油诗”：

我爱我的抽烟瘾，
天天可敬老师们；
手里虽然钞票紧，
勒紧裤带馋女人。

洪伟一看字迹当然知道是谁干的，但又不方便发作，因为虽然学生抽烟在江南师专是禁止的，但也没有把它当回事，只是在学校的规章制度上，或比较明显的公共场所的墙壁上贴着“禁止吸烟”的字样。由此，洪伟看到那首小调后，虽然火气大起，也只得“哑巴吃苦瓜”了。然而这首“打油诗”却很快在全校传开了。洪伟也初步认识到这位过去他不放在眼里的家伙，不是等闲之辈，简直是他的障碍和危险人物。但在表面上，他始终对丁一帆保持着友善的表情。

他见丁一帆闷闷不乐地进来，径直朝他的架子床上铺爬上去，斜躺着，没有任何声响。洪伟看在眼里，心里突然掠过一个念头。他把香烟在床沿上一摁，走到丁一帆的床边说：“一帆，是不是为去报社的事烦恼？”

丁一帆眼前还闪烁着杨柳流星般飞去的倩影。洪伟不知这些，见他没有动静，又说：“别看白梅表现很天真、老实，其实她也会声东击西。她的目标是去报社当记者。”

丁一帆动了一下。洪伟看在眼里，继续说：“唉，也是的，像她这样有思想、有才华、有主见，而又满腔热情的姑娘，倒也是当记者的料子。”

“分析得透彻。”丁一帆突然蹦出一句。

“然而，报社只给学校一个名额，不是把……”他以为丁一帆已倾向于他的话，就点到为止。

丁一帆没有任何反应。洪伟伸手去推推他说：“同学情谊归同学情谊，关键时刻还是要把握好自己。”

“由它去吧。”丁一帆嘴里喃喃说道，然后翻个身。

他这样说，一方面是为了让丁一帆与白梅之间的感情拉远点，另一方面是试探他们之间的感情有多深。丁一帆回了这一句话，进一步证实他俩之间没有达到恋爱的程度，最多也就是白梅在单恋丁一帆。他这样一想，倒抽了一口冷气。如果是这样的话，要争取白梅回到自己身边，难度就要大得多了。想到此，他反而憎恨起丁一帆来，话题一转说：“你们的《过河卒》办得越来越不像话了，多次发表对现实不满的文学作品。”

“你再说我揍你！”丁一帆未待他说完，一个鲤鱼打挺坐了起来。洪伟暗自一喜，接着说：“这话都是你让白梅在学生会举办的一次批判资产阶级自由化倾向的座谈会上说的。”

“那不是你们强迫要我们表态的吗？”丁一帆想起那次检讨的事，心里还火着，但火气少了些。

“过去的就过去了，只是去年下半年以来的几期，又有不少同学反映存在上述方面的问题。”他穷追不舍。

“那，你想怎么办？”丁一帆正视着他道。

“你看你，向你透露点消息，反而好心不得好报。你自己静静地思考吧。做人难，还是不说的好，不说的好。”他知道，丁一帆有个特性，最恨人说文学社的不是，他看工作已做到了火候，让这事像把剑在丁一帆的头上悬挂着，使其如鲠在喉。

丁一帆不得要领，也觉得自己有点过分，又觉得他是个善于耍手腕的利欲熏心的市侩，不足于论诸侯，说好说坏都不是，只好把身子往床上一横，伸手把被子拉盖过头顶。

洪伟见已达到目的，心里舒服，准备去卫生间放轻后睡觉。刚打开宿舍门，与急着进来的李静夫撞了个满怀。

他见是李静夫，不满地说："怎么搞的，像个'令逐尿'。"

李静夫本来是想看看丁一帆有没有回来。因为有人找他修电风扇，他提前离开文学社的例会，后来听傅珍说杨柳和丁一帆一起离开，心里很不是滋味。虽然他知道自己不是丁一帆的竞争对手，但他认为他们俩也不是很好的一对，丁一帆的性格会害了她。糟糕的是好像杨柳比较欣赏丁一帆的才华，而丁一帆又有追她的动向。他于是稀里糊涂地来看看丁一帆是否在宿舍，没想到与洪伟相撞，也没好气地说："你才像个'令逐尿'，以气来压人。"

洪伟本想随便说说也就过去了，没想到李静夫较真起来，也来了火气，说："我怎么以气压人了？"

李静夫说："谁不知你要被分配到市委……"他还未说完，嘴就被洪伟捂住了，而且把其拉到走廊边才放了手。洪伟对别人说他留校、转行等都无所谓，因为对于他这个学生会主席来说留校是没有悬念的事，但去市委宣传部就难说了，说不定还有有一定背景的同学及中央、省院校的人争着去，因此就是向白梅求爱也没敢说这事，就是怕把没有办成的事说了，不好收场。现在李静夫要说他去市委宣传部的事，他怕被丁一帆听到，所以没等他说完连忙捂住他的嘴。

“没有的事不要乱说。”洪伟说完又感到不大真切，换了口气说，“人都说我是‘百晓哥’，现在看来，你才是了。”

“随便说说。”李静夫虽然与他不在同一个系，没有过多的接触，但对他领导的学生会的工作还是比较满意的，因此对他还是尊重的。既然人家不想让人知道，就要替人保密。

洪伟见他顺着自己的话说，看来他也是一个反应灵敏的人，但为了确保他不乱说话，听说他在推销磁带，便像突然想起什么似的说：“听说你在帮人推销磁带？”

“是啊，‘百晓哥’。”他顺着说，“你人缘广，帮下忙，看有没有人需要？”

洪伟想了想说：“这样吧，我们学生会最近要搞几场活动，你拿十盒来。”

李静夫没想到他的财神爷就在眼前，兴奋得两眼发光，一时不知说什么好。正想说感谢之类的话，就听到洪伟说：“要记住，我们要的是革命歌曲和健康向上的民歌之类的磁带，不要邓丽君之流的靡靡之音。”

“我知道你这是为了搞宣传活动用的。”他好像明白什么似的说。

“不要画蛇添足了。”洪伟接着说，“那，我去市委……”

这次他听明白了，“那是扯淡，没有的事。”

“不早了，那你回去吧。”

他想起来看丁一帆的事，就说：“我想跟一帆说个事，不知道他回来没有。”

“他早回来了，睡了。”洪伟怕他再惹出什么事，催他走。

他听洪伟这样一说，心里也定了。

第六章

白梅从白梅林中走出来，觉得空气少了许多，而且沉闷闷的，仿佛温度也骤然升了几度，在与她作对。她无聊极了，回宿舍？才十点多钟，还早，而且宿舍里简直就是一个闷热的蒸笼；回虎山山坡上继续参加例会？他们也许散了，都是这个该死的“百晓哥”“政治明星”作的孽，他这样的求爱方式让她措手不及。而且在洪伟与丁一帆之间，洪伟似大哥的感觉多一点，丁一帆似朋友的感觉多一点，她的爱情好像更多地倾向于丁一帆。她朝河岸走去，在河堤上徘徊着。

白梅在江南市北山区黄坑乡中心小学里长大。她爸爸是这所小学的校长，妈妈是教师。她是父母唯一的掌上明珠，又聪明又伶俐，深得父母的疼爱。她从懂事起就知道她爸爸每天晚上伏在桌上写呀写，昏黄的灯光映照着他清瘦的身影。爸爸的每一个动作，她都觉得他在摇晃，而且仿佛随时都有可能倒下去。妈妈经常训斥爸爸，但爸爸从不还嘴，只朝她笑笑，妈妈就不再训斥了，把灯熄了。在妈妈训斥爸爸的话中，令她至今还记忆犹新的一句话是：“写写写！逞什么能耐？退稿都可以装几麻袋了，还不如省度电，买两本作业本给小梅梅学习用。”到她长大了一点，才知道爸爸在写儿童诗，什么“小猫猫，精神好；吃饭饭，做早操；做完早操打老鼠，试看帝修反哪里跑！”这样的儿童诗，她还能背好多，而且觉得很好听，妈妈为什么要骂他呢？她着实同情他，认为妈妈很不讲道理。而且她还认识爸爸桌上玻璃板下压着的字：

有志者，事竟成，破釜沉舟，百二秦关终属楚；
苦心人，天不负，卧薪尝胆，三千越甲可吞吴。
——蒲松龄

直到上了高中，她才知道那些字的意思，她就越发地可怜爸爸。她更敬佩他追求理想的勇气，而且这是漫长的没有任何收获的追求。她几次想对他说："那是气泡，不是彩球。"但又怕他觉醒后沉重的幻灭感摧毁他唯一的生命之柱。她曾发誓不步他的后辙，但有种强烈的创作欲望，令她抑制不住自己，手痒痒地翻他书柜里的书。直到考上大学中文系，踏上江南师专的校门，她还抱怨："这可怕的遗传基因呀！"

大学，是美妙的春天，有春的信息，春的活力，春的热情……在她青春的心里骚动，她的手在微微颤抖，她想跃跃欲试了，但一想起那昏黄的灯光下摇晃着的身影，她的心又不断地绞痛。然而，现在毕竟是诗的春天，她不忍强烈的感情白白地随着虎溪河的流水逝去。她要抒发，要写下来，留给自己，留给他人，留给社会。

她将诗作频频投向《江南文艺》，退稿信一封封地回她到的手中，有的石沉大海，连浪花都没有一朵。唉，可怕的父亲命运的重复啊！

她感到绝望的痛苦，折断了一支笔。然而，就在这时，洪伟闯进了她的生活，她的诗奇迹般地有了生机。

大学第二年的一个星期天，白梅躲在宿舍里，又在写那些变不了铅字的诗作。洪伟突然闯了进来，她连忙把诗稿压在书堆里，气恼地说："你怎么随便进女生的宿舍？！"她对他没有恶感，而且还有好感呢！当她第一次见到他时，还情不自禁地在心里说了句："How handsome he is！（真英俊）"可是，被人发现她在创作诗，就像小偷行窃中被人发现一样，令她极为难堪，故"女生"两个字说得极重。

他对她笑了笑，极随便地坐在床沿上说："怎么是随便呢？我喊了几句才进来的，而且是为你的好消息而来的。"

“尽说好的，该是学生会又有什么苦差事干了。”她的心情已经平静，屁股靠着桌沿，双手叉在胸前说。

“《江南文艺》要发你的诗作了。”

“要奚落、挖苦人，也要找对对象！”她刚接到退稿，火气又上来了，对他扬扬手说，“感谢你的好意，去你的吧！”

“我什么时候骗过你？你听我说。我知道你有写诗的才能，而且你在学生会宣传栏的黑板上登了不少诗作，我就抄了几首，托我的一位工友的姐夫看看。他的姐夫就是《江南文艺》的丁主编。”他说到这里，停了下，看她在专心地听着，就从口袋里拿出一封信，继续说：“这不，丁主编已来信了，请你去编辑部谈谈呢！希望大得很，这该不是无稽之谈了吧。”

她抢过信来，还未看完兴奋的泪珠已从眼里沁出。她激动得手在微微颤动着，什么话也说不出来，报给洪伟一个感激的微笑，只拉着他的手在摇，怕被突然闯进来的人看见，把这一精彩的镜头无意间传出去。洪伟的初步行动超过了他的预料，竟高兴了几天。

他陪她去认识了丁主编，是他使她的诗作在她生命长河中的第二十个年头变成了属于社会的东西。

然而，命运是极难捉摸的。她带着刊有她处女诗作的《江南文艺》回家去见父母。她想像着，父母在大道上迎接她，路边的不知名的花草随风飘摇，就像身着五颜六色的节日盛装的小学生在夹道欢迎她，连父母布满皱纹的老脸也像花朵盛开一样，伸开双手在等待她这个骄傲的公主投入他们的怀抱。当回到家她把《江南文艺》拿给父亲看时，父亲高兴地看着，特别是她的诗，他反复地看，并朗读着，然后把她紧紧地搂在怀里，忘情地吻着她的脸蛋，嘴里还喃喃地不知道说什么。他老泪横流，热泪滴在她红润的脸上、胸前。她能深深地体会父亲此刻的心情，任由他去。突然，他全身一阵抽动，发出扯人肺腑的叫声，竟心肌梗死地哑然逝去。

这诗，这魔鬼！这可诅咒的世界！！

她在料理完丧事后，看着桌上玻璃板下压着的蒲松龄的名对，心里阵阵痛楚袭来。她把它取出来，在他的坟前烧去，以祭他的在天的、呆板的、不屈追求之灵。

她暗下决心：要写诗，要出诗集。她成了丁主编家的常客。他妻子的眼睛由热情转向冷漠，由冷漠转向愤恨，这些，她可以理解、体味。使她苦恼的是丁主编那异样的既温柔又兴奋，既兴奋又被人怜悯的眼神。自他提出要调她到编辑部去后，竟要坐在她的身边来修改诗稿的意见。她感到伸也不是，缩也不是，心情一直很乱，何况她的心里早就已经不平衡了。丁一帆的崛起，使她首先发表诗作而雄居学校“文坛”成了历史。她曾妒忌过，但过后就只好拜服了，而且和他一起成立了虎溪文学社，并共同创办刊物《过河卒》。她觉得和洪伟在一起是春天和秋天，尽可在百花丛中晒太阳，若困了渴了，只要嘴一张，雪梨和点心就摆在面前，尽可欣赏和享受。和丁一帆在一起是夏天和冬天，既热火朝天，又布满荆棘，会使她在轰轰烈烈中晕眩，而又不能昏迷过去，因为也许随时都会有危险，仿佛随时都有雪山崩塌下来。这样的刺激，使她有如临深渊、如履薄冰的快感。她既需要温暖，又需要时时促她进击的危机，或这些都使她困惑、矛盾，在困惑、矛盾中作诗，寻找事业、爱情的去向与心里的平衡……

“白梅，怎么独自一个人散步？”一个40多岁的中年妇女拍着她的肩头说。

她回过神来，借月光一看，是陈洁雅副校长，就笑了笑说：“一个人散步另有一番诗味，陈大姐你说是吗？”

“鬼丫头，虽然有诗味，但是你正在青春盛旺、充满活力之时，诗味应该更浓烈。”

“这就是你校长大人的专横了，要允许‘百花齐放’哟。”她知道她是个思想开拓型的领导，且又平易近人，所以这样调笑说。

“你认为‘百花齐放’了，就可跟领导作对？”她突然板起脸孔说。

白梅不无恐怯地辩解道：“不，不是的。我确是……”

陈校长“扑哧”一声笑了，说：“你看你，语言的巨人，行动的矮子。典型的罗亭。今天我高兴，到我家坐坐。”

她不由白梅辩说，拉着她的手朝讲师楼走去。

陈洁雅原是中文系的副主任、讲师，去年师专要解决领导班子青黄不接的问题，陈洁雅作为各方面条件都较为具备的人选进入学校的领导班子，当上副校长。而且，黄看石也由于年龄关系，早已超过退休年限，辞去了中文系主任的职务，只当校长，她只好兼任了中文系主任一职。

传说现在正报批她的副教授职称。她的住处是二室二厅的套房，学校几次提议要她搬进领导、教授楼去，她都拒绝了。她觉得现在住的条件就够好的了，而且挺舒服。一个房间是卧房兼书房，另一个给保姆住，还有一个会客厅，一个饭厅。因为她没有子女，丈夫又在“特殊时期”中跟她划清了界限，现在一个人过惯了，而且有事业有学生，个人之事也随缘。

白梅既来之，则安之，何况与丁一帆他们来过不少次，就像回到家一样，随便坐在一张北京藤椅上。陈洁雅去卫生间冲凉，她随手拿本《当代文艺思潮》翻翻，和保姆阿珍闲扯。阿珍是个 20 岁左右的农村姑娘，刚来时脸色憔悴，胆小惧怯的，现在却脸色红润，也较活泼了，还敢和白梅这些大学生随便交谈。看来她跟陈洁雅浸了不少墨水，知识在一天天长进，文化水平在一天天提高。陈洁雅从卫生间出来，穿一件黄底白色磁花的睡衣，非常合身得体，她脸色极柔润，就连眼角的几条鱼尾纹也是极细极柔的，仿佛也能从皱纹的隐露中跳跃出迷人的活力来。

白梅看得呆呆的。

陈洁雅看白梅如此眼神，朝自己各处看看，没有发现什么不对的地方，就说：“你看得我起鸡皮疙瘩。”

“真美！”白梅由衷地说。

“你竟拿老师开心。”

“真的。”

“老了，这是你们的世界。阿珍，去做些莲子汤来。”

“不老，看你今天的形态，简直是个姑娘。如果我是个男子，非把你抢到手不可。”白梅站起来，坐在她的侧边，随后觉得她听了可能会不快，连忙转了话题，“老师今天高兴的事是什么，该是又有大作发表了？请快说说，让学生高兴高兴，分享分享。”

陈洁雅果然兴奋起来，倒了半杯凉开水说：“今天我看到了江南日报社来函要丁一帆。一帆总算没负众望。”

白梅记得丁一帆是她想搞的“罗森塔尔效应”的名单中的一员。她不过是想通过自己权威性的暗示，坚定教师对培养学生成才的信心，特别是对名单上的那些学生的信心。然而在一次校务会上，无意中被党委书记黄冷果披露出来，她的“罗森塔尔效应”行动计划没有进行下去。但丁一帆的崛起，他所展现出来的组织才能和文学天赋，无形中默认了她的“罗森塔尔效应”计划的成功，她怎么能不由衷的高兴呢？

白梅想到这些，就说：“丁一帆这鬼头，确实有两下子。他被江南日报社指名要去，这确实是值得大家高兴的事。这是我们文学社的骄傲，我们中文系的骄傲，我们江南师专的骄傲。”

“但这事还要校党委会研究才能定下来。其实，改革开放才几年，百业待兴，江南师专也急需人才啊！我从心底里不愿他走，还有你，在江南师专也是可以大有作为的。然而，也许他在报社更有作为，因为报社毕竟不会死水一潭。”她觉得有点说多了，转向白梅说，“你们都要走了，你有什么打算？”

“我？《江南文艺》想要我去，但还没有最后定。”白梅想到丁主编还没有发来商调函，心里忧虑着说。

“那你抓紧时间去问问，很快就要定毕业分配方案了，不能含糊下去。”

“这样的事，我感到自己去催问，不方便。”白梅希望她能够出面去催一催。

她想了一下说：“这样吧，我明天叫学生处的同志打电话去询问一下。”

“这……你真是我的好大姐。”白梅顺势搂着她的脖子，动情地说。

“你别高兴得太早了。”她见白梅坐回去后说，“我就要评论你的毕业论文了。”

“该不是要大改吧。”白梅试探说。

她呷了口凉开水说：“我看了你的毕业论文，总的来说，立论、论证、结论都写得不错，但你选择评论中国的新诗，主题材太大，很难写出新意。试想，自诗歌界出了孙绍振的诗论《新的美学原则在崛起》和徐敬亚的诗论《崛起的诗群》后，它们以强大的冲击波震撼了整个诗坛。虽然它们未能给诗歌界带来较大的转机，但它们内在的力量将会不断影响着今后的诗歌界。我相信，今后几年内的诗论都会如火星一闪，随后就悄然而去。何况你的关于现代派诗的立论，只是孙、徐诗论中的鸡毛蒜皮。你不用别扭，我只是凭我的感觉说说罢了。一帆就不同，他是通过你们几位和上几届学生发表过的诗作，写了《从江南师专近几届学生的诗作看青年思想的更新》的论文，既新颖又独特。”

“我怎能和他比，我真怀疑他有特异功能。”

“你不服？”

“不服怎在他手下做个副主编？”

“好了，就你嘴硬。这几天忙着开会，一帆最近情绪如何？你要多了解他哟。”她不无目的地说。

白梅听了脸上倏然红扑扑的。她何曾没有想过？而且她暗示过他，但他好像并未觉察出她的暗示，不像洪伟已有了明确地表示。她感觉到他俩中间有障碍，纵使是自己单相思，就要毕业了，也要找个机会表明一下。然而，她又不便对她说，就装作若无其事地说：“刚才我们还在开文学会的例会，一切如常。”

“陈姐，莲子汤煲好了。”阿珍把两碗莲子汤端到她俩面前。

“去冰箱里冻一冻。”她没看阿珍，还想把话题续下去。

“冻过了。”

她只得把碗接过来，对她俩说：“都吃吧。”

“嗯。”白梅和阿珍异口同声地说。白梅则调皮地又加了一句：“阿珍你知否？莲子，连子，老师使坏，教我们去‘连子’谈恋爱呢！”

“鬼丫头，该打！自己不老实，心野了，还嫁祸于人。”

随后一阵“格格格”“哈哈哈”“哧哧哧”的笑声，冲出了窗口，扩散在宁静的夜空里。

在陈洁雅家里，白梅感觉一切都是明朗的，什么都可去争取，什么都可以得到，只要你肯去追求。而且陈洁雅能在随随便便的谈话中，句句话直捣你的内心世界，叫你无法防备，无法回避，简直就像她随时都在你身边一样。而且她的出发点又是为你好，这就难怪大家都亲近她，都在称道她。然而，白梅离开后，回到暗淡的夜色里，思想又和这夜色一样模糊了。她就这样一路想，一路毫无目的地走着，竟然又想起丁一帆来，心里不由暗暗骂道："唉，又是这个丁一帆！"

她与丁一帆是这样相识的。

第二学年开学不久，江南的秋天，天气还像酷暑般闷热，就像个火炉。这里的人都喜欢把这天气比作"秋老虎"，可见热的程度。有个星期天，同室的女生都出城去了，白梅创作完一首诗，正准备午睡，突然听说门外有人找她，她极不情愿地坐起来，朝门外看去，见是一个男生，高个儿，脸蛋极平常。她满脸的不高兴，但也只好穿上衣服，有气无力地对门外的他说："进来吧。"

他进来后说："白梅，我想跟你商量点事。"

她见他进来就说要商量事情，感到奇怪和反感，便不客气地说："不好意思，这位同学，我不认识你喔。"

"笑话，你怎么可以不认识我呢？"他愣了下，笑着说。

"我为什么要认识你……呢？"她还是省略了"你"后面的"这野小子"几个字。

"因为，我们是同班同学。"

她想了一下，最终没有想起来。她平时不去注意不太显眼的男同学，就说："那又怎么样？"她的气消了不少，因为不认识同班同学，也不是件好事，但话里还有余韵。

"我能把你这个领导怎么样？"他只得换种口气说。

她在学校学生会和班里都有职务，他这样一说，她心里舒缓了些。她认为他是对她有意思，她已遇过几个这样的人，总是先说有什么事商量、有什么活动能否参加啊等等。对此，她有办法，就用对那些人说的话对他说："我们又不谈恋爱，能办则办，能参加则参加。"

她这是要人先打消这方面的念头。他听了满面涨红，随后转身想走，手捏得紧紧的。他想愤然离去，但还是忍了下来。一走，就说明是向她求爱而来，而他根本就没有想过这个问题，他反唇相讥："臭美！我还以为你会写几首诗，也许是个有修养的人，没想到'金玉在外，败絮其中'！"

她也被激怒了，一时竟没了词儿。

他们僵持着。

这时从城里回来的杨柳、傅珍她们在走廊边听了他们的对话和面临的僵局，走进来解围。杨柳走在他们中间说："好一场白刃战，刀对刀，枪对枪的，都是'好小子'。"最后的"好小子"，她用《霍东阁》的主题歌唱出，惹得几个人哄笑。她接着对他说："哪路豪侠，先通报尊姓大名。"

"小生姓丁，乳名一帆。你呢？"他好像在哪里见过她，又好像未见过，而且好像并不是同班同学，所以不敢造次，严肃而文雅地说。

"看来，昨天《江南日报》副刊上刊登的小说《由此及彼》，该不是同名同姓的作者呵？"杨柳听了他的声音，也好像在哪里听到和见过他似的，而且刚才在城里购物广场的阅报栏里看到的那篇小说，署名就是丁一帆，于是好奇地问。

他也惊奇她怎么会注意到副刊版呢？对一个不相识的女生又不方便问，他只得说："正是本人。请多指导。"他紧接着反问道："你还没有回答我的问题呢？"他怕像白梅不认识自己一样，自己不认识同班同学，使人尴尬，急忙补充一句："你呢，该不是同班同学吧？"

"我吗？你读过毛泽东的《蝶恋花·答李淑一》吗？第二句里有我。"她卖个关子，想测测他的智商。

"杨柳，够气派！"他已感觉到她比白梅有意思。

"不敢当。已知风帆靠岸，不知船载何物？"她极为自然地把话题转入他来的目的上。

提到他来的目的，他就侃侃而谈了："我想组织成立一个文学社，使爱好文学的同学都能在一起共同学习，提高创作水平，同时，办个文学刊物，供大家发表作品，共同讨论文学创作方面的思想、方法等等。"

傅珍追问道："你怎么单单找她？"

他看了白梅一眼说："我拜读过她最近在《江南文艺》上发表的诗作。"

"你怎不早说？真是'不打不相识'。我正感到孤军作战，困难重重呢。"白梅顺便接过话来，算是接上话题了。

"我也爱好文学，能参加吗？"杨柳终于想起他的声音是从何处第一次听到的了，便有了接近他的强烈愿望，于是有意问道。

"只要真正有志于文学创作的，而又有一定基础的都成。"他对着她们说。

这是白梅与丁一帆第一次接触，给他留下了不好的印象。虽然他一直没有介意，但没有介意和好感，总是不相同的。而且这反而促成杨柳大出风头，令他产生极大的兴趣和好感。

不管怎样，江南师专的第一个文学社团，就在他们中孕育起来了。

虎山的森林，异树群集，花草繁茂，千姿百态，生机盎然，带给江南师专清风阵阵,书香飘溢。从校园中默默流过的虎溪河,其脚步是那样匀称，总是缓缓地往西南流去。但她的最迷人之处，也许就是在那阳光下溅出的片片涟漪，使人感觉到活力的存在和醉人的神韵。其实，在她的底部正湍流股股激流，其中一股激流，正随时随地向水面冒进，并想掀起朵朵浪花，甚至惊涛骇浪。从虎山冲入杨柳林、白梅林中的股股劲风，把她的情意送进校园里的每一扇大门、每一扇窗户，并以她的无情，卷起在校园里沉睡多年的枯枝烂叶，送入太平洋的海底……

丁一帆就以在学校成立文学社的事宜，请示了陈洁雅等领导，他们都表示热情支持,这就更坚定了他的信心。由此,一个由丁一帆、白梅、杨柳、李静夫等 20 多名学生参加的文学社初具雏形。在筹备会上,文学社的章程、办刊及经费筹集等问题很快定下来。但什么社名、刊名名称比较适宜，却一时定不下来，他们争论了一阵后，丁一帆提示说:“这名不能俗，而且要能寓意我们办社、办刊的思想和目的。”

“有篇小说《桉树和它的诗友们》中的文学社叫‘桉树文学社’就很独特。我看，我们的就叫‘秋天文学社’。因为，我们文学社是在秋天成立的。”白梅若有所思说。

李静夫润了一下喉说:“不好，秋天是收获的季节，我们现在却还在耕耘初期，不如叫‘夏天’。”

“‘夏天’也不好，夏天虽然热情，而且是个很好的耕耘时节，但给人的印象是:只顾耕耘,不顾收获,这就没了希望。我看不要从季节中去起名,思路要开一点。”杨柳有一个想法。

“既有桉树，不妨叫白梅。”一个社员说。

“杨柳也成。”另一个社员说。

“别起哄，别胡扯！”丁一帆把议题引到正题上。

一阵沉默，此时仿佛能感觉出每个人的脑细胞都在沙沙作响，在狂跳飞腾……

杨柳的目光从书上挪开，看了大家一下说："从刚才的争论中，可见大家的热情都很高，而且很有锐气。由此，我想了个不成熟的名字。"

"有屁就放！别耍小姐气。"不知是谁极不耐烦地蹦出一句。

杨柳便不说了。

丁一帆催她说："别跟他一般见识，说说看。"

"我想就用我们经常看到的虎溪河来命名，叫虎溪文学社。"杨柳充满憧憬地说。

李静夫听后说："不错。"

白梅接着说："既有亲近感，又有想象空间，希望我们的文学社像虎溪河一样长流不息，一届一届接下去。"

丁一帆说："同时，我们的文学创作的源泉也能像虎溪河水一样源源不断。"

大家报以热烈的掌声。

丁一帆接着说："我们趁热打铁，把刊物名也定下来。"

"就叫过河卒！"白梅像刚刚激发出了灵感，快言快语地说。

"过河卒？"杨柳思考着问。

白梅像是胸有成竹地说："是,就叫'过河卒'。这是一个非常好的名字。你们试想一下，我们的文学社叫虎溪，刊物叫过河卒，它们之间是否有着天然的联系？"

"过河卒。真是珠联璧合。"李静夫愉快地说。

他们在用不同的口吻重复着这一句，似口里含一颗橄榄似的咀嚼着。

"好是好，就是露了一点。"傅珍体味了一下说。

"'特殊时期'有个旗手曾经自称她是'过河卒',我们别被怀疑为……"杨柳有点担忧地道。

丁一帆说："'过河卒'又不是那旗手的专有名词，她能用，我们为什么不能用？动机也许是一样的，都想走出自己的一条路来，只是效果、目的不同罢了。她自比'过河卒'是要天马行空，横冲直撞。我们自比'过河卒’是要有勇有谋，脚踏实地，一步一个脚印，踏踏实实地走出自己的路来。这路，就是要振兴我们的文学事业之路，振兴江南师专教育水平之路，振兴我们中华之路。”

丁一帆的话如行云流水，慷慨激昂，而又说理清晰、紧扣主题，简直是一段绝妙的演说，杨柳禁不住地鼓起掌来，随后掌声一片。她自觉失态，提前收手，已觉全身燥热。

虎溪文学社就这样成立了。

“文学社和刊物的大名都已定了。”丁一帆按捺不住兴奋的心情，继续说，“大家要一鼓作气，现在就准备《过河卒》创刊号的稿件，希望大家都能拿出拳头作品来。白梅，你的成名诗作早就闷得发慌了吧。”

“慌是不慌的。我想，不会比公开发表的差。”白梅极为自信地说。

“不妨吟来，我们先欣赏欣赏。”杨柳迫不及待地说。

“还没确定是哪首。静夫，你的‘闺女’总不能老锁深宫，让她哀怨吧。”白梅转移目标。

“我倒是有篇小说，过几天拿给大家指正。现在要先睹为快的是你主编的惊人之作了。”李静夫把绣球抛给丁一帆。

“好家伙！你们以守为攻，才过楚河汉界，就直冲帅宫，来势不凡呀！”丁一帆回将一军。

这一句惹得大家哄堂大笑。白梅和杨柳都觉得他还挺俏皮的。白梅就说：“内反了，光棍司令该如何办？”

“没有弟兄，只能投降了。”丁一帆想了想说，“我觉得我们师专的教学还很陈腐。我们读小学、初中、高中时，是接受填鸭式的教学。老师只管给学生灌注课本上的道理，并不管为什么会有这个道理，无非是要学生做课本的奴隶。我们走进大学的校门，还是和和尚念经一样，这只能培养出善于考试的书呆子，培养不出善于分析问题和解决问题的人才。而我们现在所处的是什么时代呢？20世纪80年代，是多层次、多渠道、立体交叉的信息化、系统化、综合放射工程化等瞬息万变的大变革时代，而且国外已经有‘创造教育学’这门培养教师的专门学科。而我们师专怎么样呢？还在讲《古代汉语》，白梅，不要插嘴。我不反对古代汉语，我国古代是有很多优秀的东西，但我们不能如老牛拉破车，还和孔乙已一样去讲‘回’字有几种写法。别笑,事实就是这样,我们已有‘储备’一词,就可不要‘寺’字;已有‘咬’字,就可不要‘齿’字;已有‘火光’一词,就可不要‘燏’字,由此等等。我们应该来一次扫除废字的行动。我们不要看轻这些去之不足惜，留之添累赘的字，这些字实际上占了《康熙字典》的一大半篇幅，这些只有加以剔除，才能减轻我们学习的包袱，减轻我们的学习无用功，才能适应当前日新月异的社会生活。其实，任何学问都要推陈出新，赘积意味愚蠢，更新才意味聪明。”

他一口气说了这许多，停顿下来，看看大家都在听。李静夫的目光是惊讶的，白梅的目光是欣喜的，杨柳的目光是鼓励的……他吸了口气继续说:“为了适应这个时代，我建议古代汉语，包括古代作品，成立一个专业，搞这种专业的，外国叫作‘第二文学’，我们不妨成立一个‘二次文学系’，培养研究翻译古代作品的专门人才，不受任何的影响，剔除废字，把古代作品译成和现代作品一样可读的作品。这会节省多少人的时间呀！人们只需像看现在的作品一样，就能了解我国古代文化的思想、艺术、历史，这是功德无量的事，我们何乐而不为呢？所以，我就想把这些想法写出来，成一篇杂感。请教于大家。”

“催人振奋，但火药味太浓。”杨柳说。

“既要赢得战争，就不要怕看开枪打仗的场面。”李静夫极感兴趣地说。

“我是说师专还没有这样的土壤。”杨柳补充了一句。

“创造！创造才其乐无穷。”白梅充满激情地说。

不出杨柳所料,《过河卒》创刊号一经问世，就搅动了江南师专这片平静的湖水。特别是丁一帆的这篇杂感，被《古代汉语》的授课老师黄看石看到了，结果被气病了。随后,《过河卒》又在几所有联系的大专院校引起了程度不同的反响。

江南师专虎溪文学社的刊物《过河卒》，以其虎虎生气，扎根在同学们的心中。

丁一帆，这个名不见经传的普通大学生，同时引起师生们的关注。

白梅想起创办虎溪文学社及近两年来所走过的历程，心里感慨万端，喜的是没有白过大学生活；惜的是时间过得飞快，转眼间就要结束大学生活了。而且，她极其苦恼的是丁一帆不理会她内心深处的情感。难道有点作为的男子，定要像某些电影上的那样，女人追男人，还要当他的面不能含蓄而要直率地表白？何况，丁一帆又不是搞科研的人，是学中文的人；而爱好文学创作的人，人家都说感情特别丰富，对男女之情那个……她又想起了刚才杨柳的扑克算命，心里又一阵不快。杨柳？是否他在爱她？好像是，可看不出他们有这方面的举动。而且她内心里极力排除这种可能，难道他不知道自己……真是让人猜不透的人生啊！她就这样一路想着回到宿舍。

她远远就看见宿舍里射出的光亮，仿佛还传来微弱的迪斯科舞曲的乐声。她走到宿舍门口，已确定乐声是从室内传出的，是一首歌名叫《男朋友》的流行歌曲。歌声轻快、明朗而又柔和哀怨，既节奏明快，又情调悠扬。录音机的声音控制在本室才能听清的音量上。她从窗外朝内看去，杨柳正随着歌曲的节奏跳着舞，舞姿极其优美。同室的同学基本都回来了，有的在听，有的在欣赏她的舞姿，有的在边听边折叠衣服，有的理着刚洗过的头发，但脚却在随着节拍跳动着。看来，这首歌她们都很喜欢。她们全无睡意，虽然已是晚上十一点多钟了。这都怨夏天，这撩人心烦的夏天。这是女生宿舍 A 座 304 室内的一幕。傅珍她们都在欣赏着杨柳优美的迪斯科舞姿和音乐，她们并不知道在这样的撩人心烦的夏天，杨柳为什么还有这样的雅兴。

杨柳在跳着，她已经忘记了周围的一切，忘记了整个世界。她应该是幸福的，上帝给了她迷人的身段，优美的容貌。她的一双明亮的大大的眼睛，水汪汪的，仿佛是两个深不见底的潭湖，又像是喷出清透玉液的两眼泉，清澈明亮，它的每一个转动，都是一个世界的侧面。它给你幻想，给你无限的幻想，它使真正感觉到这魅力的人，愿意在这幻想中死去！这时，这幻想的门户关闭了，她的一头黑色的秀发，随着她的摆动，像荡千秋一样地荡了过来，又荡了过去，遮住了她五官匀称的红润的脸。这秀发也是令人赞叹和费解的，从上而下一个很大的波浪飞流直下到肩底，就戛然而止，竟毫不顾及人们的视觉快感勇敢地向内转过弯去，把流向推向深不可测的迷宫里去，使欣赏者慨叹不止。她穿的还是那身得体的印有洛杉矶奥运会标记的短袖衫和白色的西装短裤。每天只伴着她学英语的录音机，今天竟也派上了此等用场。《男朋友》还在唱着，杨柳的乐感很强，随着她的一双玉手的摆动，她的双腿有节奏的分合；在摆动、分合中，创造出无穷的风韵。随着歌声的悠扬飘动，她仿佛也在室中飘动起来，并飘出窗外，在广袤的原野中飘动……这一切，让白梅嫉妒不已，感到她的一切优异的成绩都顿时消失，但她又很快找出种种有效的弥补方法。譬如，杨柳的脸色虽然红润，但不像她的白里透红，而且很脆嫩，仿佛触摸即碎；杨柳的个儿不及她一米六五的标准，离这还差五毫米；头发虽然也和她的一样像一条黑色的瀑布，但没有她的长，长得一直倾泻到纤纤细腰间……

从陈洁雅副校长处回来的白梅，一直站在门外倾听着，渐渐地也有了痴态，有点忘情了。突然"当"的一声，乐声停了，白梅才回过神来，看杨柳还在跳着，好像舞曲与她毫无相关。在日光灯下，她的手脚都在闪着光亮，是汗珠在闪烁。杨柳的脸转向门口的瞬间，白梅看到了她的眼睛里含着泪花，泪在往下流，和脸上的汗珠混合着，形成一颗颗较大的汗珠，随着她的转动往空间甩去。她的衬衫也湿成了一片，紧贴住她纤巧的腰身。然而，她却还在跳着转着……她哭了，她在用跳舞发泄心中的悲痛。白梅连忙推门冲了进去。

推门的响声把她们着实吓了一跳，都转过脸来，见是白梅，都不作声，好像在埋怨她撕破了她们的优美的画面。但杨柳停止了跳舞，去端书桌上的冷开水瓶，一连喝下两大杯，才用手抹抹嘴，瞅她一眼，转身躺在床上。

白梅看看大家，想说什么，又一时不知说什么好。一阵沉默，一阵可怕的沉默。但她还是走过去对杨柳又像是对大家说："谁惹了我们的大美人？有什么就说说吧。"

"去！我现在讨厌别人跟我说话。"杨柳边说边把脸朝里转去。

白梅只好转身对大家说："都快十二点了，休息吧。"说完爬上上架床，找来换洗衣服，拎着水桶，去浴室冲凉。

其他室友也觉得这样待下去无聊，有的拖被睡觉；有的出去洗漱，准备休息。

第七章

杨柳感到宿舍静了下来，便转过脸来。她耸立的乳房，在呼吸的牵引下起伏着，一双眼睛看着上面的白色蚊帐出神。她恨自己，恨自己这副好皮囊，无端添加许多烦恼。

杨柳想起刚才文学社的例会散了之后，她和丁一帆一起回校园内发生的事。她哪里会知道今晚还发生了让洪伟看到了丁一帆的伤心和李静夫因担心去查房的事。

当时，在半空中游动的月亮，洒下一片迷人的银辉，被微风轻轻吹动，在密密的树叶中跳跃着，像欢快的小孩子们眨着调皮的明亮的眼睛，给烦躁闷热的夏夜带来了丝丝的快慰。

他们经过东边的教授楼时，看见楼前草坪上的一棵大榕树下坐着一个老人。丁一帆眼尖，一眼就认出已是67岁的校长黄看石教授，便说："黄教授，您老在乘凉？"丁一帆至今还不明白黄看石校长为什么不喜欢学生叫他校长，而喜欢叫他教授。而且他还上课，是中文系教古汉语言课的教授。

老人的身体在藤椅上稍动了一下，看看来人说："是一帆吗？"

"正是。"他们已走到他身旁。

"听说你不愿意留校？"黄看石带着疑问问道。

"这……"丁一帆一时不知如何回答。

"黄老，听说江南日报社已来函要他去呢？"杨柳见他支吾，接口探问说。

“现在百业待兴，到处需要大学生。要解决人才紧缺的问题，教育是基础啊。”黄看石昨天才知道这事，下面的学生就知道了，现在的事真难保密，但他作为一校之长，却不能明说，便模棱两可而又有所侧重地道。他相信丁一帆是能够听出他是想他留校的。

“是。”他顺着他的话说。

黄看石见他没有明确表态，便摇了摇头说：“你在记恨我？唉！老了。”

“岂敢，您老是我尊敬的老师。对于以前的争论，完全是学术上的事。我想，您老早不放在心上了。”

“后生可畏啊！”他拉住了丁一帆的手说，“如果计较那些，我会活到今天吗？尽管你的有些论点、观点很偏激，但面对当今知识爆炸、时间就是金钱的新时代，你的观点在某些方面确有可鉴之处。”

“您老的人品，是众所周知的，学生……”杨柳在拉丁一帆的手，她怕他会说出不恰当的话来，引起黄看石的误会，而且她也想听听他毕业后的去向。他只好告辞：“学生更有感受，以后有空定上门求教。”

“这位女学生……”

“是英语系的。”

“我说没见过呢。”他们都已走了好几步了，才传来黄看石的这句话。

“真烦，啰里啰唆的。”她看到像老色鬼陈明中一类年龄的人，心里就不舒服。

“怎么这样说，老教授嘛。”

“别来这一套，推荐你留校就升天了？”

“你怎么看出他在推荐我留校？”

“他是没有明说，但我听他的话里的意思是想要你留校。”

丁一帆一时没有想到，细细想刚才黄看石的话，像是有这么一层意思。他心想，刚接到《江南日报》的来函，又听到校长的美意，真是双喜临门，心里高兴得很，便充满情意地说：“你呀，一张贫嘴！”

杨柳听了心里一丝快感闪过，已感受到男人的一番柔情，一时竟不知说什么好，内心甜滋滋的却假装没有听到，没有回答，只顾自己走。他也不作声了。他们就这样默默地走着。

丁一帆来自广东兴宁山区的一个小村庄，是一个地道的农民儿子。他凭着自己聪慧的天赋和刻苦的奋斗，硬是用每星期只有两满水杯的咸菜、六斤大米为物质基础和记忆力的良好功能与自信心武装自己，完成了高中的学业，冲破层出不穷的题海战的围攻，跨过了高校重点入围线，摆在他眼前的已是鲜花、彩霞，已是色彩斑斓的世界。然而，不知是因为他是个农民的儿子，不会在录取的关键时刻里上蹿下跳，还是出于什么原因，总之，他是被降低入围分数线 30 分才招生的江南师专录取了。他并不认为当教师有什么不好，自己就是靠老师培养出来的，只是总觉得自己太亏了。

进入师专，高考前的那场你死我活的竞争结束了，他不需要用土瓦窑烧制的土瓷碗了，现在端上了彩瓷印花的铝饭盒。他知道端着饭盒这样吃下去，“铁饭碗”是端定了。其实在中国，百业待兴的 20 世纪 80 年代中期，人才奇缺，可以说只要跨进了大学的校门就有了“铁饭碗”。天空是明朗的，空气是柔和的。他发现现在的人们是那样友好，群山是那样秀美，高楼是那样雄伟，天空是那样奇妙而不可思议，同学们都在尽情地享受着这一切美妙的时光。然而，几个月的时光过去，他却享受不了这清闲的校园生活，就如一个习惯了机器轰隆声的工人，被调到安静闲散的机关办公室一样享受不了。因此，他一头扎进学校的图书馆，第一个学年的课余时间，全部都在图书馆度过。

啊！这是一个神奇的世界。

这里有奇峰异彩、群峰竞秀，各领风骚。既有中国黄山的奇秀，又有日本富士山的清丽；既有中国故宫的堂皇瑰丽，又有法国凡尔赛宫的奇丽古雅；既有中国万里长城超凡盖世的壮观雄伟，又有埃及金字塔古朴粗拙的难解之谜……他在知识海洋里尽情划游，寻根问底，开辟新航线。在这里，他除了认识了当代伟人毛泽东、尼克松等和众所周知的马克思、恩格斯等外，还认识了孔子、黑格尔、费尔巴哈、丘吉尔、戴高乐、伯特兰·罗素……在文学的这条航线里，屈原、曹雪芹、鲁迅、莎士比亚、巴尔扎克、列夫·托尔斯泰等更是汹涌而至，热闹非凡，再显各自风流……他被强烈地震惊了，简直是石破天惊！

他兴奋地晕眩了过去。

醒来后，他像脱胎换骨了一般。他走了20年的路，猛然回首眺望，20个春秋所走过的风雨，都是经人点拨要到哪里挡风，要去哪里避雨，竟没有自己的点滴足迹，是如此平平淡淡，如此的一无所得，和一个流浪汉一样两手空空，加上一颗孤独而麻木的心；如同一个经人上发条而走动的闹钟一般，没有思想，没有个性。由此，他陷入沉重的痛苦之中。苦痛使他挣扎，使他呐喊，使他探索属于自己的路。终于，他跟几个同学谈心，找到了火山的喷发点——江南师专虎溪文学社脱颖而出，惊动了江南师专，惊动了江南市，惊动了中国南部几省与之有联系的大学院校……

“你要走到哪里去？”

突然一句话打断了丁一帆的思绪，他愣了一下，转身见杨柳靠着一棵杨柳树，正注视着他，再看看周围，才确定他们已经走进虎溪河南岸的杨柳林中。他也在她对面找棵树靠着，随便说了句：“怎么不知不觉中走到这地方来了？”

“这地方不好？谁也没叫你来。”她有点幽怨地说。

“权当我什么也没说。我已记住了，能和你挂上钩的，肯定不错。”他伸手摘了片柳叶说。他头几天给她一张纸条，摘录了一首客家情歌，表达了对她的爱慕之情，却一直没有收到她发出的任何信号，心里估计此事有点渺茫。

“就你会说话。现在学校里乱糟糟的，对毕业分配，一天一个说法，真让人难受。”杨柳明白无误地说出自己的心思。

“每届毕业生分配都有此种现象，这是必然规律。”他没有说出她想要他说出的话。

“你对自己有何想法？”她换个脚站着，继续追问道。

“一句话：无所谓。虽然江南日报社已来函要我，但纵观历届分配情况，到时会有变更的，只是这次报社直接点名要我，也许是报社吸取以往经验罢了。但也不能乐观，到时学校又不知有何变动。在我眼里，当记者和做教师的崇高感是均等的，尽管也许当记者更能发挥自己的一技之能，然而，我同样有回老家去做教师的准备。我倒希望你别回苏州去，能留校。”人就是这样，越想留下来，越装出满不在乎的样子。

杨柳听了却急了，若是在平时她会狠狠地批评他几句，现在面临着毕业分配的关键时刻，不大好说他，哀怨地说："那你为何又回原籍去？留校有什么不好呢？"

"因人而异。我不能去报社，当然回原籍去。对师范毕业生分配历来都是哪里来回哪里去。而且江南师专不是我待的地方。"他知道自己与几个老师有过碰撞，当然主要是思想上的交锋，但今后在一起工作，多有不便。还有他今天不知是不是神经出了毛病，明知道她留校没有问题，竟没有听出她的弦外之音。也许是计较着她对他的纸条没有回复，竟然连这样再明白不过的话也置若罔闻。

"为了事业，还是多考虑考虑为好。"她知道他除了去江南日报社外，便别无所求了，但她更希望他能够在她面前说出争取留在江南市，她就下决心留校，但她嘴里却说："我妈也要我回苏州去。"

"我不能留校，但你一定要留校。本校英语教师紧缺，加上你的英语成绩在英语系是数一数二的，我相信你的追求不会白费，而且……"

"别说了。"她已经不知道跟他如何说话了。

他看看她的脸，一脸的迷茫。本想说如果她回苏州的话，就再也不能见到她了，又不知如何开口。他只想到，江南市离他老家比苏州市要近得多，纵使他毕业被分配到老家去，与她见面的时间和机会也要多得多。追求她的信心就强得多，他竟没有从最好处着想。争取两人都能留在江南市，便是最好的选择。他一时不知说什么好，哽咽住了。

沉默了一阵，她从裤袋里摸索出一张纸给他，并说："这是什么意思？"

他借月光一看，是他头几天抄送给她的一首客家情歌。歌云：

妹子生得月鸽形，
眼角尖尖会割人；
好比六月狗爪豆，
唔曾养净会晕人。

他看后倏然一笑。她却更加愕然了。他见她如此之状，就说："这是客家山歌的一种，叫客家情歌，你虽然是个苏州人，但你来江南市几年了，难道还不懂？”

“你！存心捣蛋，真是！我还以为是超现代派的诗歌呢。”她的身体旋即弹出离开树干，不无讽刺地说。

“请别怒，我只是觉得仅仅这四句就概括了我对你的心情，非常精妙。”他兴奋起来，思维也活跃了。

“等于零！”她赌气地说。

他真切地说：“不。如果我写现代派的诗，你看懂了，也许你就不带我来这里了。那多可惜了这月色、这树林……”

“你混蛋，讨厌！”

“……”他喃喃地不知说了些什么。

她斜眼看了他一眼说：“我就讨厌自以为高人一等的人。有本事，就把现代派诗诵来。”

“这好办，几步？”

“对于你这个写诗的老滑头，不能用‘七步诗’，便宜了你。本官宽大为怀，就赐‘五步诗’。”

“一言为定？”

“一言为定！”她突然发觉他俩间才约三步半的距离，又说：“原地起步不算。”

他退后两步，即刻兴吟：

一棵小树
春光载着烈酒
游乐场单轨火车
我孤独地希望
醉在轨迹上

他刚踏下第五步，诗也吟咏完了。

她脸上露出了笑容说：“诗歌快枪手名不虚传，然而，诗很蹩脚。”

他顺应着将她一军道:“所以，借自山歌则个。”

“你呀——”

“其实我还能用中国通行的新诗抒发。”

“不要了，现在对那首山歌，我多少明白了点，只是怎么把我比作‘狗爪豆’，多难听。”

“这有什么，在神不在形，在意不在物嘛。用现在鼓吹的时髦说法：心灵美。我是取其神,取其意。‘狗爪豆’是我们客家人的一种豆食类。它的皮、仁都有毒，由此要煮熟掰开，经长流水冲浸后，始能煮食，要不，吃之会中毒。客家山歌也讲究比、兴,这首山歌里的‘养’是‘浸’的意思 。‘浸’，客家人又叫‘养’。这里是借意双关。第一、二句是说姑娘长得很美；三、四句是说由于她的美丽，年轻小伙子迷上了她，搞得天天茶饭不思，神魂颠倒，就像吃了没有浸净的狗爪豆，中毒得病。在这里，这病就是相思病。所以……”

“哎呀，你这鲁宾！也——”她未待他说完，就擂他的胸脯说。因为他俩只有半步之遥。

鲁宾是出现于 19 世纪 60 年代末期的美国易比派的组织者之一。易比派厌恶战争，愤世嫉俗，不愿受社会条规约束。他听她把他比作鲁宾，胆子大了，顺势把她抱在怀里，吻她的脸。她倒吸了一口气，挣扎着说:“不，不……”嘴却被他封住了。

他第一次如此大胆地吻一个姑娘，仿佛踏进了山坑里的“湖洋田”，那是妈妈带他去插秧。他看见有块山坑田中有地下水冒出来，周围不能插秧苗，叫冷底田，客家人也叫“湖洋田”。人轻易不敢试之，它深能淹没人，浅也齐大腿，不小心落入会有生命危险。他曾大胆地在“湖洋田”边探试，感觉非常美妙，试之给人一种温柔、爽快，而又危险、奇特之感。此时，他像被一股很大的吸引力吸了下去，深不见底，渺渺茫茫，像大海里的一只无人掌舵的小船，随浪起伏，随浪翻滚，无天无日，又像要他去塞火山口，一股猛烈的热浪把他掀向天边，再掉进熔浆里，把他熔化……

他尽情享受着这一个能使他生能使他死的“湖洋田”！

杨柳最终还是像一匹脱缰的马，从他怀里挣脱溜走了，如一颗流星从树林里划出，消失在月色中。

她知道，丁一帆心里一定会骤然升起一片惆怅的风帆。虽然她非常爱他，非常愿意接受他的爱情，但她不得不选择逃避。

因为，她有过不堪回首的过去。

那是入学不久，杨柳她们都早早去占据电视房的座位，准备看苏联故事片《乡村女教师》。电视开始播放时铁定是一段新闻节目。俗话说：三个女人一台戏。她们挤在一起自然要叽叽喳喳一番，传某个电影女明星的风流韵事，又谁是男子汉、谁是奶油小生，也不妨说说男子向女人求爱的狼狈相，仿佛这也是她们人生的一大乐趣了。杨柳并不自我清高，当然也不脱俗，偶尔也会说上一句趣话。她是边看电视新闻边听她们聊天。嗯，总理接见哪国首脑？他旁边的女翻译已是个40多岁的人了。她想，既然代表中国，理应是个年轻美貌的人，才能体现和提高中国形象。她心里很不快，竟脱口而出："我要做总理的翻译。"话一出口，连她也极惊讶自己怎么会说出此等话语来，但细细一想，又觉得没什么，她能做，我为什么不能做。然而，一言既出，驷马难追。傅珍她们听了兴奋极了，便七嘴八舌起来。

"你要当总理翻译？"连瑶池有意问。

傅珍乘机调笑说："做总理的儿媳妇还差不多。"

"哎呀，当了总理翻译，可别忘了把姐妹调进对外翻译局。我一生最大的愿望是能翻译本书。"连瑶池打趣道。

"瑶池，你想得倒美，到时她早把我们这些患难姐妹忘得一干二净了。"傅珍继续推波助澜。

……

杨柳看一时无法收场，觉得只有把这事当个玩笑才能了结，就说："傅珍，不用愁，我当了总理翻译，给你介绍个英国骑士，让你既能享受洋人的味道，又能够享尽富贵荣华。"

果然，傅珍哈哈大笑。

杨柳怕她们没完没了，连忙借故上厕所溜之。瓦尔瓦拉的风韵，也只得由她去了。

她的英语水平在班里是众推第一的。她由于偏科，又在高考时患重感冒，高考成绩不好，没有进入重点分数线，单科英语离外语学院的录取分差 30 分。她本以为希望不大，因此，当她接到江南师专的录取通知书时，高兴欲狂。她对教师这一行极有兴趣，认为在世界上没有任何一个职业比教师这一职业更好的了。这是否是她一贯受教师的偏爱而形成的观念呢？还是其他什么，不得而知。就是进了江南师专，英语系的陈明中副教授也极偏爱她，课余经常给她加小灶。她是个勤学上进的学生，有这样一个学识渊博的教授格外指点，进步很快。经过半年多的学习，她竟能和陈教授进行英语交谈，能阅读原版的英语专著和文学作品。因此，她对陈教授非常感激，偶然还会帮他洗洗衣服。

陈明中曾留学英国，还有一个英国妻子。中华人民共和国成立后，他和妻子携儿带女回国到北京师范大学任教，以报效祖国的养育之情。然而，他后被定为“右派”和特务分子。这使他的妻子无法理解和忍受，和他分手后带着儿女回英国去了。他平反后，请求回家乡工作，以度晚年，就回江南师专来了。他厌恶尘世，寻求超脱，故虽人已 60 多岁了，还鹤发童颜，戴一副琥珀色的宽边眼镜，给人的印象还气宇轩昂，风度不凡。但他并未能超脱，对杨柳这个如花似玉的学生淫心四起。在一个雷雨交加的夜晚，杨柳照例来拜学时，他倒了一杯放有迷药的水给她喝。当她醒来，发现自己赤裸躺在他卧室的床上。环视四周，没有看到他，她迅速穿好衣服，冲出他的房间。

她在杨柳林里徘徊。杨柳的枝叶在雨水的拍打下，无声地滴着滴滴泪珠。雨水像个张着巨盆血口的猛兽向她扑来，但她全然不觉，她已经觉得生命已离她而去，只剩下一个空空的外壳，还在虎溪河南岸的杨柳林里机械地行走。虎山汇集股股溪流冲向虎溪河，沿着虎溪河一路发疯嘶叫着。急促的洪流，在雨夜里不断翻腾着，像一群脱缰的野马不停地飞奔，人们只能听到它们疾飞的蹄声和铁蹄下千万小生命求生的绝望声。她走出树林，停立在河南岸边。再见了,人生的十八个春秋！再见了,这防不胜防的黑夜，防不胜防的人世间！

一簇光亮从北岸巡查而来，在她面前划动着、留恋着，然后听到北岸传来微弱的但恶狠狠的声音："……真倒霉！要投河的也赶这个时辰。喂！回去，要不我们权当没看见！"这是学校防洪护理队员的喊声。

"啊！这就是人性。在这个世界上谁也不顾谁，你死了就死了，他人照样安乐地做美梦！你死给谁看呢？真是傻瓜，傻瓜！"她想到这里，抹抹眼泪，离开了河岸。

她得了重感冒，只是红肿的眼睛无法掩饰她内心的痛苦。每天跟着她学英语的录音机也好像决定好了和她一起罢工，表示抗议。感谢生活，感谢那恶狠狠的声音，使她十八个春秋所编织的梦延续下去。这声音，她在寻找着这声音。她觉得这声音有一种特殊的神韵，是那样亲切、好听，那样具有人情味。然而使她意想不到的是，这声音竟在自己的宿舍里找到，就是那天冒昧地来找白梅，让白梅误认为是想向她表示爱情的丁一帆。因为她觉得他说话的语调、形式都是那样的熟悉，那样的与众不同。她浮想起了那恶狠狠的声音。啊，是他，这该死的自称丁一帆的人！

所以，当他们闹成僵局时，她才挺身而出去解围。然而，又因为解围后的认识，使她增加了烦恼和痛苦。他对"虎溪"的解释，她有遇到知音之感，使她当时就感觉得浑身燥热。她入文学社完全是为他而入的。当时她也搞不清楚，自己没有写过任何东西，竟如此大胆地要求参加文学社，支持他当然是一个因素。好在她确实对文学有兴趣，特别是读了不少英文版的文学原著。她用英语写诗，然后自己把它译成中文，这也是提高英语水平的一种有效方法,其乐无穷。他对她的诗进行分析、修改。她进步极快。她佩服他严密的思维方式和诗人般的想象力、感染力，以及对现实问题尖锐的看法；喜欢他直率豪放、不拘小节的性格和疾恶如仇的人生态度。

她已经懂得,被人爱是一种幸福,而自己不爱他,则是一种烦恼。爱他，而不能勇敢去爱是一种极为沉重的痛苦；爱他，而自己觉得自己不配他爱，更是一种钻心的悲痛。而她恰恰认为，她对丁一帆，正是后一种。所以，在她无法拒绝他的狂吻时，她除了陶醉在幸福中，就无能为力了。只是有一种潜在的意识在不断冲击她的大脑时，她才痛苦地挣脱他的拥抱，回到现实中来。她要发泄生活对她的不公，她要诅咒那人面兽心的家伙！

她一跃坐了起来，铁架床随之震动了一下，一本书从床上的书架上掉下来,她捡来一看,是《西方爱情诗选》,不觉好笑。这是李静夫借给她看的,她又想起一年前去市内逛街时在百园小食店的那件趣事。

她和李静夫是同乡，而且从小学到现在都在一起读书，只是从高中二年级分文、理科时，他俩才分为各班。现在她读英语系，他读物理系。李静夫聪明、老实、内向,而且对事认真,一直是她的好朋友,她对他很有好感。他很爱她。所以，她很难分出自己是爱他还是朋友的感情。他随时听从她的召唤，能准确理解她的思想意向。为她，他知道下一步他应该做些什么。但她不知为什么他不能使她满足，或由于某些元素而唤不起她对他的热情。直到遇到丁一帆，她才知道他所缺少的是什么。

那是到校半年后的事。她和他、白梅、洪伟、傅珍等人星期天去市内看电影。他们难得去市内一次，当然要好好地逛街，买些日用品什么的。后来,各自做自己的事去了,只有李静夫还紧跟着她。她买些女人用的东西,他拿着。他俩边逛街边往学校的方向走。她觉得这样比坐公共汽车舒服得多，但逛到离校还有三分之一的路时，她已腰酸腿痛了，疲惫得很，肚也饥了。而且已过了吃晚饭的时间，他就建议到路边的百园小食店休息休息，并吃晚饭。因为回去后，食堂早关门了。

进店坐定，他要了两碗江南小食——肉丝米粉汤。正吃着，一个乞丐走到桌前，杨柳食欲顿减，李静夫用手示意乞丐走开。乞丐不但无走意，而且把一个粘着乌黑尘垢的瓷碗伸到她的碗边。她看到瓷碗里有几张几分钱的人民币，极为无奈地皱起了眉头。李静夫看到她局促不安，只好从口袋里摸出一叠钱，翻了翻，见最小的票额是五角，就摊着让乞丐看，然后把钱放回口袋，对乞丐挥挥手说:“你看过了，没有小钱，还不去?!”乞丐也不说什么，只是从碗中的几张纸币里掏出三张一角和两张五分的皱褶纸币，放在他的碗边。李静夫不知何意，不禁看看乞丐的眼睛。乞丐看看那纸币后又看看他。他恍然大悟，连忙从口袋里拿出那五角钱扔给乞丐，把桌上的那叠纸币塞进口袋里。杨柳看到这里，禁不住“扑哧”一声笑了，把嘴里的米粉喷射出来。他恍然悟到她的笑意，也红着脸陪她笑。乞丐也笑了，是无表情的笑，也许是尘垢太厚看不清楚的缘故。总之，他是摇晃着身子，像胜利者一样走向另一个战场。

店里的顾客见他们在笑，也惊愕地赔着笑。杨柳已受不了了，也不待把半碗米粉吃完，拉着他的手离开百园小食店。

过后，杨柳每每想起此事就发笑，自然也对李静夫又有了新的了解。他当真是个非常实在的人，有同情心，又有道德感，还能根据自己的实际情况，随机应变，不亢不卑地处理突发事情。还有就是那个乞丐，也同样做得不亢不卑，善解人意。她从原来对此事的可笑和对李静夫的实在中有些卑微里体会出这般道理，联想到自己刚才的行为，深深感到自己的控制能力和应变能力较差。这么一想。她倒也冲淡了刚才的愤懑之气和痛苦，于是挑选身衣服,想去洗澡。想起洗澡,她又不禁摸摸被丁一帆吻过的嘴唇，仿佛那里还留着他特殊的炽热气味。她又坐回原处犹豫起来，仔细看着整个房间的一切。她入学时来迟了点，英语系的女生宿舍已住满了，而中文系又刚巧多出两个床位。由此，她和英语系的连瑶池住了进来。

白梅洗浴后回到宿舍，陆续又进来傅珍她们，杨柳便洗浴去了。

第八章

丁一帆一夜没有睡好，想起昨晚杨柳林里的事，觉得确实对杨柳过于鲁莽了，自己的克制力实在太差。尽管是顺理成章的事，但在她看来，一定认为自己缺乏涵养。然而感情这东西，在一定环境中确确实实是没有办法的事，只好见到她时看她的神态了。

天刚蒙蒙亮，他便起来了，在足球场跑了三圈就径直跑过杨梅桥，拐进杨柳林中，拿本书看着，不时拿眼睛朝女生宿舍楼 A 座三楼 304 号宿舍瞟去。因为女生宿舍在河南区，而女生宿舍楼正面斜向着河岸边的这片杨柳树，正是观察女生宿舍情况的好地方。每逢夏天，有些无聊的男生，每天中午借故到这片树林里乘凉看书，其实是要看女生宿舍楼里女生只穿戴三角裤和乳罩在房中摇晃的倩影。

丁一帆不觉看看周围，有的人在背英语单词，有的人在看书，有的人在做早操。现在是早晨，不会被人怀疑他在此也有此等邪念。他心定下来，又朝 304 室望去。那里出来了傅珍、白梅。好！杨柳也出来了，都去楼梯口边的洗手间洗漱。她虽然没跟白梅、傅珍说笑，但表情看上去是从容、自然的。心里的一块石头落了地，他连忙合起书，在林中乱跑了几圈，嘴里哼着一支只有他自己才知道的曲调，跑回宿舍里去。

这天下午，丁一帆所在班评选最后一个学期的“三好学生”。江南师专评选“三好学生”的条件是：除政治表现“热爱社会主义、热爱共产党……”

外，学生各科成绩都在 80 分以上（请注意，不是各科合计平均）。这次班里“三好学生”指标三个。如果未达到此标准的,可根据具体情况评上三个。由此可知：条件是够高的，评选是严格的。

丁一帆对此不感兴趣，认为这无非是谁死记硬背能力强，谁就是“三好学生”，是件极无聊的事。而且这学期他的形式逻辑这一科才 64 分，没自己的份儿，倒也无牵挂，不妨凑凑热闹。

班里达到学校上述条件的仅两个人：一个是洪伟，一个是傅珍。他俩的各科成绩都在 80 分以上，总分也是班里第一、二名。这次评选，主要是还有一个名额该归谁。大家忙碌了一阵，终于发现丁一帆和白梅都有条件评上，综合分上了 80 分。然而，名额只有一个，却有两个旗鼓相当的人。大家都觉得棘手，顺得哥哥，逆了嫂嫂 。

评选主持人当然是班长洪伟。他见大家不出声，便说要大家发扬民主，就是自己推荐自己也成。大家便七嘴八舌起来,有说丁一帆的,有说白梅的,有些同学真的就自己推荐自己……乱糟糟一团。洪伟见火候已到,便说:“大家各自表达意见和勇于推荐自己为候选人，这样的民主风气很好，今后还要继续发扬。我自己也表态，我认为丁一帆较为合适。”当然，说这话前他早已心中有数了。他当然愿意评选上白梅，不愿意评选上丁一帆，但既要评选出一位，作为主持人，如果直接表态给白梅，一是同学们更以为他在追求她；二是白梅对他有所拒绝，自己这样做也许会增加她对他的反感，更影响到他在同学们心中的形象。而且，他清楚丁一帆的性格，如果你推荐给白梅，他反而要争一争，如果给他反而会推让给白梅。所以，他权衡利弊，最后表态时，觉得应向丁一帆招手。如果丁一帆认下来，就是给了他一个人情，过去他们是对头，但现在就要毕业了，冤家宜解不宜结。另一方面,如果丁一帆认了,白梅就会无形中对他有意见,因为她还要这块“三好学生”的荣誉招牌去敲《江南文艺》的门。再就是他一直呵护白梅，她却对他不大领情，由此也要让她知道没有他对她的呵护，她的很多愿望是不能实现的。这样就一箭三雕，何乐而不为呢？

傅珍他们都有点愕然，谁不知道他一向向着白梅，而且一直在追她。这……

“承蒙提携，我真受宠若惊。”丁一帆半认真半开玩笑地说，“其实，我做‘三好学生’是受之无愧的。”他看看白梅，她正低头，便不管她，继续说下去，“在‘德’方面，愿意参加和支持现代化建设，有自己的思想；在‘智’方面，有分析问题和解决问题的能力，不做书本的奴隶；在‘体’方面嘛，大家都知道，我是学校运动会田径赛中一百米冠军。”

“是这样。”洪伟附和着说。

“但是，这些都不符合评选精神。”他的眼睛像棍子一样扫了洪伟一下，又说，“只要看看学校的教学指导思想和方法，就可知一斑了。尽管现在是20世纪80年代了，但学校领导却还承袭几千年来中国传统的教育方法：每天老师给学生上课，课后老师大声问道：‘同学们都记住了吗？’‘记住了。’‘理解了吗？’‘理解了。’老师如释重负地扬长而去；如答曰‘不理解’，问：‘同学们都理解了，为什么你不理解？上课要专心听讲，勤做笔记，要像某某同学一样，每次考试都是90分以上。还有什么不理解的？’‘理解了’，或真的又回答‘不理解’，老师就帮助你弄明白。然后，老师如释重负地扬长而去。由此，学生们就记些笔记，考试时按教师在课堂所授予的观点背熟答案，个个都考得不错，没有不及格的。我们的大学生就是从这样的印模里出来的。”

“别扯远了，这不是座谈会、辩论会，或是群众社团活动，不用阐述与评选无关的事、无关的观点。如果大家同意，就这样决定了。”洪伟怕他口无遮拦地乱说学校的弊端，而且已经听出丁一帆另有企图，连忙打断他的话。

“不，我不同意。”丁一帆固执起来，用舌头舔舔嘴唇，“从春秋战国的教育家孔子到现在的教学，两千多年来，都在教导老师的作用在于传授知识和解答学生的疑难问题，而不侧重于培养学生的创造能力。对有些善于思考问题、能提出与老师见解不同的学生，老师不但不给予鼓励、奖励和循循善诱，还说成是异端邪说，说学生无心学习，不适应‘四化’建设需要，等等。用空洞的说教把学生的创造性思维扼杀了。这并不奇怪，不能责怪老师们。中学和大学都引为必读文选的韩愈的《师说》、荀子的《问学》等，都在说明老师是‘授道解惑’，学生寻求学问的重要以及求学要锲而不舍的精神，对学生的创造能力的培养，却只字不提。由此，上了大学后，学生还要像孩子一样被‘抱着走’，当然就不可避免地出现学生‘高分低能’的现象，也就可以想象‘三好学生’的牌子渗透了多少水分。”

同学们都静静地听着，连洪伟也不想说话了。白梅因未能评上“三好学生”的苦恼也消失了许多，她扬起头来说：“已是这样，学校该怎么办？”

丁一帆这些平时思考的东西，竟在这样的评比“三好学生”的会上派上了用场，思维极为活跃起来，思想的喷泉如涓涓清流滔滔不绝：“现在中央极为注意抓教育事业，因为要实现四个现代化，无数事实越来越明显、急迫地说明离不开教育，不抓教育的改革和发展，其他一概都是空谈。但是，教育部门的改革，首先是师范院校的改革，因为它是教育的根本。然而，遗憾的是，其他大学率先搞改革了，我们才跟着搞搞，而且是小打小闹，最为关键的教学内容、教学方法却依然如故，特别是现在大家都担心的中小学片面追求升学率，为应付升学考试，在教学内容上搞考什么读什么的填鸭式教学，这必然影响后一批人的创造能力，但这又直接涉及教育制度和各级领导的指导思想问题。我国地理学界的专家曾经慨叹：地理属理科，但高考却文科考、理科不考，而且高中理科班不设地理课。文科生考地理，但大学文科却没有地理系。如此张冠李戴，盲目分科、填鸭式的教学方法，实是误人子弟。上几届毕业的学生被分到各基层中学去打钟、分报纸、管后勤的不乏其人，此情此景令人惊心。”

他换了口气继续说：“中国传统的教学方法与目前的现代化建设很不协调，改革是没有人否定的。但教育从属于政治和经济，现在政治和经济制度改革在逐步推进，教学改革也在不断探索中。这是一个较大的问题，这是目前教育本身所不能承受之重。但教育本身是一个系统，改革一部分，不改革另一部分，就会产生冲突。因此说一千道一万，现在迫在眉睫的问题是教师的教学方法和内容的改革，我们要为此而呼吁，为此而实践！”

他向洪伟摆摆手，继续说：“我国有句古话：‘授人以鱼，不如授人以渔。’我国著名的教育家陶行知曾特别强调过教育的创造性，但未能引起人们的重视。最近化学家戴安邦也强调说：‘一个好的称职的教师，不但要给学生以知识，还要教会学生自学的方法。后面一点对于迎接新技术革命的挑战，为21世纪培养人才，尤为重要。’联合国教科文组织的材料中也曾指出：今后的文盲将不再是不识字的人，而是不会自学和学了知识不会应用的人。由此看来，如果我们不具备自学能力和创造能力，就是给十个‘三好学生’之称，也只是十顶空壳的桂冠，实为大学毕业的‘文盲’！”

“你说的大家都清楚，都会说，只是你把它说出来罢了。我们学校以及我们现在的教育制度，确实存在不少问题和困难，但这些问题和困难只能一步一步来解决。你这样说就是在否定我们的教育方针了。”洪伟听到这里实在按捺不住了，对自以为是的丁一帆狠狠地将了一军，然后反问一句，“难道我们的傅珍同学是大学毕业的‘文盲’了？”

丁一帆也有点气了，便说：“不要乱扣帽子。我这只是提提自己的看法罢了。‘三好学生’是学校的优秀学生，是行之有效的，进入档案的。”

“也是实实在在的。一帆，你太偏激了，也实在扯得太远了。我们还是回到评选上来。”洪伟毕竟是主持人，既要控制好自己的情绪，又要控制评选会的气氛。

丁一帆看看傅珍，也觉得自己说得有点过了，再看看白梅正用渴望的眼神看着自己，于是放低声调说：“我没有贬低别人的意思。我只是在说明一种现象。对于评选‘三好学生’，我提议，那个‘三好学生’的名额给白梅是最适合的。白梅不要争辩了。既然你我条件都具备，我已经说了坚决不要，也只有你领受了。这也没有违反学校评比条件及精神。”

他这“高风格”的让贤，是洪伟意料之中的事。因此，他很快就接过话题说：“对一帆的高论我是不赞同的，如果大家都关注中央有关领导的讲话和《人民日报》的一些消息、言论，就知道一场全国性的教育制度改革工作就要在不久的将来展开。但我完全赞同他提议白梅为‘三好学生’。刚才，我是想看看一帆在荣誉面前是受与让的态度。一帆在荣誉面前保持谦虚、礼让的态度，在这一点上，很值得大家学习。大家还有什么意见？没有吧，好，这样就是一个完美的结局。”这充分显示出他高人一着的领导手腕和随机应变能力。

其他同学对此当然没有异议，因为这是非此即彼的事，倒对洪伟说的全国性的教育制度改革表现出浓厚兴趣。特别是白梅记得上次在学生会的会议上他也说过类似的话，追问说："这是真的吗？能谈点具体内容吗？"

傅珍也说："'百晓哥'，给大家分享分享嘛。"

洪伟向大家卖了个关子说："暂时还不能奉告。这只是我对时局的一种看法。"

评比"三好学生"的会就算结束了。

这时，丁一帆才感到口干舌燥，想尽快回宿舍喝水。白梅顺便走到他身边塞给他一张纸条,然后拔腿就走。他借故忘记了东西,回到自己的座位，边找东西边打开纸条一看，是这样几个笔迹未干的字：明月上枝头，幽幽白梅林。

白梅走出教室就有点后悔，自己刚才的行动是否太幼稚了，女生主动相约，丁一帆会反感吗？再一想，这样也没有什么不好，自己的心事一直藏在心里纠结，也不是件好事。她吃完晚饭后，推辞了傅珍约去城内逛街，说要赶写一篇文章，便到教室里看书，待天色完全暗下来后，佯装散步慢慢来到白梅林。

她选择一个既比较隐蔽，又能够看清楚走往林内小径的地方坐下。一时空闲，她想起她与丁一帆共同创办虎溪文学社和《过河卒》刊物的难忘时刻。

这年初夏，从太平洋彼岸吹来的暖流，不断向虎山弥漫而来，虎山浑身为之一抖，抖落披了一冬的寒峭，结束了春天的乍暖还寒的气候。随着它的全身各个动脉的颤动，绽开了它天际无边的碧绿的海涛般的绿色希望。又长了一岁的虎溪河，虽然成熟多了，但也不脱她的清新和活泼，穿着梧桐花和桃花色的新衣裳，蹦蹦跳跳，载歌载舞地展现着她优美的姿容。两岸的白梅和杨柳，竞相辉映：白梅斗严寒，战恶浪，英姿不减当年，在严冬初春时，浓妆淡抹、清雅风流，独占风骚，现在正慢慢谢幕；杨柳和严冬恶战，遍体鳞伤，但一经调理，又威风而来，现在正新芽吐瓣，蕴藏的活力得到爆发，将以她独特的风姿占领青春的舞台。

在这样的色彩中，丁一帆和他的社员们，在白梅林里集会，商讨新的一期《过河卒》将以怎样的面目与读者见面。在社员们到齐之前，照例是一番各抒己见，这也是白梅最乐意参加的一个节目。这是绝对的没有框框，不受任何人左右的无主题多重奏。使她现在还记忆犹新的，是关于对评奖作品的不同看法和谈论爱情而引出对《红楼梦》中的宝黛爱情的非议。

“刘晓庆这样的电影明星，竟也不准她入中国影协，中国怪事何其多。”丁一帆尽量显得淡淡地说。他总是不知从哪些报刊上摘些鲜为人知而又颇吸引人的东西给大家“吃”，而这东西又如未吃过蛇肉的人去吃“炒鲜龙”一般，马上引起不同风俗的人的异议。

首先引出李静夫的意见：“这是不可能的事，不能因为一些生活上的问题，就一棍子打死人。”

“听说主要问题还是思想政治问题，她鼓吹个人奋斗，把成绩首先归功于自己，目无领导，‘罪’有应得。”傅珍接着说。

“痛快！谁都知道，在有些人的脑子里，个人得了成绩，首先应该归功于领导，因为这成绩是在领导具体指导下取得的；其次应该归功于同志们，因为这成绩是同志们的帮助、支持和协作下的结果；再次应该归功于自然环境和一切有关的物质，因为这成绩是它们的陪衬下，靠它们无私的牺牲换来的；然后，才应该是刘晓庆她这个黄毛丫头的。”丁一帆说。

“她如果像你这样理解透彻就好了。”白梅不无遗憾地说。仿佛是她做错了一件事，却到现在才醒悟一样。

“不，她很清楚！”

“清楚了，又为什么这样做呢？”

“因为她是刘晓庆！”

“刘晓庆？”

“要不就不是刘晓庆了。”

“不是刘晓庆？”白梅像遇到一道似懂非懂的哲学题。

“是的。”丁一帆继续说，“这与我国的主旋律教育分不开。”

“依你说来，评奖与教育竟有关系？这不是类似把黄山与衡山混为一谈令人可笑？”杨柳打断了一帆的话说。

丁一帆也许是坐困了，从地上站起来说：“这有什么可笑的？表面看起来好像有点风马牛不相及，但它们有本质的联系。请大家想一想，现在社会上流行的‘主流论’表面看起来是马克思主义深入到基层、到人心了。

一间工厂关闭了,汇报的材料上说,厂长和书记是想把工厂办好的,是为‘四化’建设竭尽全力的,对于工厂连续亏本,这是经营管理方法等加强领导不够所造成的。所以,上面就批示:主流是好的,交次学费吧。看看,不拔谁的一根毫毛,然而,苦的是国家,苦的是人民。一个学生去拥军优属活动,把军属家里的电子计算器偷走了,也说是主流是好的,只是一时受资产阶级思想的影响云云。小偷也是资产阶级教育出来的……”

丁一帆润下咽喉说:“就连伦理道德方面的爱情也有这样的色彩。”

丁一帆已觉得有点疲倦了,停了下来。白梅他们还沉浸在他明透的说理之中,“爱情”两个字的跃出,恰如一颗陨石投入明澈的湖中,更激起他们的浓厚兴趣,都在等他把话说下去。他却像把话说完了,坐回原处。他看看他们后说:“人都到齐了,开会吧。”

“不,别放过他。他是想逃,怕出洋相。”杨柳终于忍不住了,为了掩饰自己的急躁,就撑着手说。

“他确是黔驴技穷了。”李静夫附和着杨柳的话说。

白梅更进一层,“我们别贪心了,他的风流韵事岂敢告人?”

“你们有了心上人就得意扬扬,拿我这个王老五开玩笑。这要不了我。”丁一帆以攻为守。

“倒打一耙是他的固有伎俩,他想蒙混过关。难道爱情也有‘主流论’?”杨柳见白梅他们一时无话,赶紧穷追不放,又在不经意中为丁一帆点题。

“当然有。”丁一帆站起来说,“首先说明,我是爱情实践中的白痴,我只能从理论上探讨一下。”

傅珍说:“鬼才信呢。”

李静夫想听他如何说爱情,接过话来说:“有没有,他心里清楚,当然他也不会傻到对我们说。我们只能听他怎么说。”

丁一帆抹了抹嘴说:“戴厚英通过小说《人啊,人》中的女主人公说,中国的爱情婚姻百分之九十八是没有感情的结合,或有一定感情但没有发展的结合。真对不起,大意是这样,看我这记性。也就是说大多数人的婚姻是不美满的。既然不美满,而又忍受着重重痛苦勉强地凑合着,维持着。这除了受封建伦理道德的影响之外,以维持既成事实的现状,以这种寻求一律的思想教育来束缚人们的手脚，爱情为婚姻服务，这就是中国爱情观的主旋律，也是导致在中国写三角恋爱小说、第三者插足符合不符合伦理道理的问题小说还经久不衰的原因。”

“扯淡！已成千古绝唱的宝黛爱情也有这无形的色彩？”杨柳发问。

“宝黛爱情算什么？”他觉得杨柳每每尖刻泼辣的话，很有一番气韵，就反问道。

“反抗封建思想，追求恋爱自由、专一，生作比翼鸟，死为连理枝。”白梅抢着回答。

“不。宝黛爱情是落后的。”大家听了有些惊愕，他接下去说，“现在就更不用说了，就是在过去也不足取。曹雪芹在《红楼梦》中塑造的宝黛爱情，使得后来的人如醉如痴，泪流如河，这只能说明曹雪芹的艺术高超能力已达到天衣无缝的程度，并不能说明宝黛爱情的先进性。试看，宝黛不仅青梅竹马，而且经常耳鬓厮磨，但他们却始终不敢说出‘我爱你’三个字，不敢越雷池半步，不敢造成既定事实，迫使封建家长承认。说到底是曹雪芹不让他们越过封建思想的藩篱，这也是他们不敢冲破封建的伦理道德教条的关键所在。所以，什么时候还受封建伦理道德的思想影响，那个时候的爱情就不会美满、幸福。其实，在我国远古时代，还没有形成‘男尊女卑’‘门当户对’等观念时，我们的祖先追求美好的爱情是大胆、纯真、直率的。如《诗经》里的《关雎》中，男主人公就毫无顾忌地倾吐出对心上人的挚爱和思慕。我们祖先的这种对爱情的不自我压制的传统，没有被继承下来的原因，我一直怀疑是被西方人捷足先登窃去了。别笑，别笑——而我们的宝黛却不成。在这一点上，还不如《西厢记》中的崔莺莺和张生来得彻底，尽管他们最后还要以‘状元及第’来圆满。然而，宝黛都是读过《西厢记》的，而他俩却不能。所以，他俩的反抗是无力的，不具有先进性。”……

一片树叶飞落下来打在白梅的头上，她回过神来。夜幕已经降临，校园楼房的灯泛着急躁的光环射向沉闷的夜空，在树林中散步、闲憩的人群已变得朦朦胧胧，几尺之内，也只能看见大概的身影和偶然传来一句模糊的话语。下午，学校学生处张副处长找她说陈校长要和《江南文艺》联系的事，她打去电话问情况，对方的回答很含糊，要她是否抓紧去落实一下，迟了就没用了。她自然感觉到非要去找一趟丁主编不可了。

丁一帆还没有来。

她的心已经烦躁。她觉得丁一帆是个怪人，对什么事物都有他独特的见解，下午评“三好学生”的怪论也是闻所未闻，仿佛是一个哑炮突然爆炸，叫你措手不及。在此之前，是你自己模模糊糊地落入他的圈套里，又是不管你情愿还是不情愿地受虏的，也许他的魅力就在这里。将“三好学生”的名额推让给她，真是给她雪中送炭，她已无法控制自己的感情了，也许是一时心血来潮，竟决然地写了那句话塞给他，就像一个受惊的小兔般脱逃了。当然，洪伟更有大度、更有包容心，善于把握和控制各种不同情况，而且使她感到他对她的拒绝并未记在心里，心还是向着自己。如果没有丁一帆，他也是一个很好的人选。洪伟是一棵大树，丁一帆是一个战友。因为战友式的爱情就是有共同的兴趣爱好、共同的奋斗目标，这样的爱情生活才有激情，才是有滋有味的，才是长久永恒的，所以，她觉得丁一帆才是她心中的最爱，才是她爱情的港湾。因此，她的这一举动有点冒昧，她在还未了解到丁一帆对她的态度如何，就如此决然地约他幽会。现在，她对自己的这种行动感到吃惊、茫然：我不是这样的人啊！但她又为自己能有这样的决断感到欣慰，自己毕竟从一向犹豫中走向果断了。然而，他会怎样看待自己呢？轻佻、浅薄、开放，想象中的追求？这些都像刚才打在脸上的树叶一样，究竟是一片刚脱落树枝的新叶还是被风卷起的一片枯叶？竟是那样模糊，茫然不知。

唉！丁一帆还没有来。

她有了等人烦躁的恼怨和悲哀，她痛苦地闭上双眼，双手合托着秀丽的脸蛋，伏在曲起的膝盖上。她的头又慢慢地抬起，双手顺势往下滑去，经过雪白柔润的脖子，再往下滑去，那是一颗跳动着青春活力的燃烧着的心，正在荡漾着满满的绵绵情怀，就是痛苦的压制，也压制不住青春激荡情怀的流溢。啊！这是细细的腰肢，隔着纺纱的白色衬衫都能感觉到它的纤纤娟秀和嫩滑的肌肤质感美。古有所云：男人虎背熊腰，女人纤纤细腰。她的手在腰间流连忘返，她一时青白的脸上焕发出一片红润的光亮。这纤纤蜂腰仿佛是她生活和命运的支撑点，一切烦恼、彷徨、痛苦、幽怨和悲哀都会因为它的存在而变得暗淡无光和消失，随着它的扭动，会变幻出千种情丝、万种舞姿和永存的魅力，会使人觉得青春永驻、生命长绿……

“真对不起，让你久等了。”伴随着声音朝她走来一个黑影，从偶然还夹杂着客家话的普通话中，她知道黑影是丁一帆了。

她本想嗔怪一声，又觉得他的话保持着一定的距离，撒娇不得，就移动了一下身子说：“真文明，标准的骑士风度，其实，我又没有约你具体地点，该打四十大板的是我。”

他在她对面找个不近不远的地方坐下。在教室里接到她的字条，他想喊回她把事情说清楚，然而，她却飞快出去了，他没了办法。去，还是不去？直到黄昏过后，他还在权衡。她是自己同窗三年的同学和很合得来的朋友，又是虎溪文学社的重要骨干和支持者。如果不去赴约，自己怎么也说不过去，人家毕竟是一片真诚之心。但是，如果去了，被杨柳听到或碰到，又是说不清的事，何况现在又是关键时刻，他犯起愁来，考虑来，考虑去，最后还是决定来了。他坐定后对她说：“我就是再笨，也不会放弃文学社集会过的地点，先去别处找。但既然你发扬雷锋精神，对同学进行春天般的自我批评，我领受了。”

“对你这个什么都好赢的人，也许雷锋式的人对你才适合。”她不无意味地说。

“那不贬低了你。”

“毕竟是一代楷模嘛。不要以为是工具论，就否定他个人的品格。”

“我没有否定。但我们是20世纪80年代的人。80年代需要的是有独特思想个性的开拓式的人。”

“有庸才，才有雄才，事物总是辩证的、相辅相成的。”白梅见他不说话，又说，“而且我想你是雄才。”

他没有想到今天的她会这样伶牙俐齿，一时不知说什么好，便道：“我说不过你，但我的意思……意思，唉！别说了。”

她已感到希望的破灭，心里一阵抽缩，一串串明澈的泪珠像喷泉一样喷出。她连忙用双手遮住脸，转身伏在树干上抽泣着。

他一阵惊愕，随后不安起来，不知如何是好。他起身走过去，想用手按她的肩膀，叫她冷静冷静，但他还是把手缩了回来，说：“白梅，你听我说，我很敬重你，而且确实认为你是一个难得的好姑娘，但是……”说到这里，他不好启口了，站在她的身边。

她停止了哭泣，有些哀怨地说：“我不要‘但是’。”

“然而——”

“换汤不换药。”

他没有说话。

“我不漂亮？”

“不。”

“我没有才气？”她翻转过脸来问。

“不。”

“那还嫌什么，只要你爱我，我的一切都是你的。”她未说完就一头投入他的怀里。

一股猛烈的热浪向他冲来，他怀里像有一团火，令他浑身战颤了一下。还未回过神来，她已吻上他的脸颊、嘴唇。他的手禁不住抱住她纤细的腰肢，像进入一个迷人的梦幻，这里有阳光般的温柔、森林般的缠绵……一座蠢蠢欲动的大山裂变，他就要被裂变中的鸿沟吞噬，然而，仿佛远方有一个人在朝他不断呼喊着……他终于控制住热浪般滚荡的心潮，慢慢地推开她婀娜的身体，扶她坐在身旁说：“然而，我已有……已有心上人了。”

“杨柳？”她好像还在晕迷之中，竟不知怎么会说出她的名字。

“是的。”

“她爱你吗？”

“怎么说呢？”

“既然她不爱你，你又何苦呢？”

“我说不清楚。我相信她是爱我的。”

“傻瓜，你相信有什么用。”

他没有说话，自己也不知是怎么爱上杨柳的，反正他一旦和她在一起，他才会才思敏捷，妙趣横生，得意忘形。然而，昨晚上的事，又勾起他的一种兴奋和痛苦伴随着的滋味。

“相信我吧。”白梅见他不语，知道刚才的话起了作用，身体又靠过来说。

“白梅，我尊重你的感情，感谢你对我的厚爱，我希望和相信你有力量摆脱这不应有的影子。但我却不能，纵使她不爱我，也是没法子的事。”他按住她肩膀站了起来，走出了白梅林。

“我也不能！”她完全被他的这种痴情所感动，呆呆地看着他的身影消失在夜幕里。突然有一种思想从她脑海中闪过：一个人一旦认为自己的信念正确，就要坚定地走下去；如果失败了，也是一种收获。而且她认为，她对他的追求是明智的、果敢的，也就是正确的，纵使是失败，也是胜利者！

她站了起来，整整衣服，理理头发，擦干脸上的泪痕，也慢慢地离开了白梅林。

第九章

最近一段时间，李静夫真是好运连连。

第一件事是他收了一个新徒弟陈述，他的维修室后继有人了。本来他不想收，但当陈述说明原因后，他收了。

那天，他正在学校维修室修理一辆自行车，陈述急匆匆地走进来，说要跟他学习电器维修。他以为他是在说笑话，就说:“好哎，帮我拿个锤子。”

“李师傅，给。”陈述诚恳地说，并把锤子递给他。

李静夫看他好像人瘦了一些，眼睛有黑圈，便说:“你当真啊？”

“当真。”

“那我却不敢领情。”

“怎的？”

“你是学生会的副主席，哪是做这样活的人。”

“你做得，为啥我就做不得？如果你觉得丢学生会的脸，那我辞去副主席的职务不就成了。”

李静夫看他如此诚恳，隐约感到他有隐情，就说:“主要是学校会不同意。”

“为啥？”

“在学校内勤工俭学要符合家庭条件。”他不方便说家庭比较困难的条件。

陈述想了想，告诉他说：“不瞒你说，头几天，我们村里连降暴雨，家里房屋后山发生山体滑坡，把房屋冲垮了一半。我爸被泥石流掩埋，待村里群众相救出来，已经去世。我妈受不了这样的刺激，精神失常，基本丧失劳动能力。家里还有一个弟弟读高中，一个妹妹读初中……”也就是说，陈述瞬间成了家里的主心骨。

李静夫听到这里打断他说：“别说了。你就来干吧。我会到学生处说说你的情况。”

陈述向他一鞠躬说：“师傅，请受徒弟一拜。”

李静夫摆摆手说：“都是大学生，同学校友，不要这一套。现在你先拿100元钱去家用。”

陈述推开说：“钱，我不要。我的困难不是一天两天可以解决的。我想好了。靠同学校友捐助，只能解决一时的困难，我要跟你学维修，就是要解决长期的经济困难问题。”

就这样陈述跟他干了起来。

第二件事是他代销磁带进展得很顺利，他从深圳带回来的100盒磁带，不到半个月就销售出去了。他细心算下来，除了去深圳的来回车票和其他费用，还了借杨柳的钱，实实在在赚了410元，这是目前大学教授工资的一倍多。他寄回家里200元，其余作为周转和零用。当他算出这笔钱后，他感慨万千，夜不能寐。他既感到获得劳动成果的快乐，又感到当教师的待遇之差，知识之不值钱的痛苦。难怪社会上流传“修电脑的不如剃头的”“搞导弹的不如卖茶叶蛋的”，人们羡慕的职业是司机、商贩、杀猪佬，科学家、医生、教师等知识分子成为最不受人欢迎的职业。特别是教师待遇差、地位低、工作繁重，像黄看石校长、陈洁雅副校长都还要兼课，像陈明中这样的教授60多岁了还要授课，不能退休。他还记得去年开学不久，他到学校图书馆去借书，看到《人民日报》“读者来信”上刊登了一封来自山东省益都二中语文教师刘沂生的来信。他在来信中说，现在学生不愿报考师范院校，理由是教师地位太低，不被人尊重。……应该承认，我们这一代的师资力量不算薄弱，其原因是这一代师资在当年多数是素质较高又有志于教育事业的学生。现在这批人都近50岁了，已渐渐出现“心有余而力不足”的景况，到了更新的时候，只要深入基层了解一下就会发现，师资力量青黄不接，后继乏人。后来，据说，被相关领导看到了这篇来信，他老人家便提笔批示了如下内容：“这个问题（应该是指高中毕业生报考大学时很少有人把师范院校当第一志愿）要引起重视。师范院校学生的质量保证不了，对今后的教育、对‘四化’建设各方面的影响很大。要继续想一些办法，帮助教师主要是中小学教师，解决一些实际问题，如住房问题。要不断提高他们的社会地位，逐步使教师工作真正成为社会上最受人尊敬、最值得羡慕的职业之一。”由此，全国上下动了起来，国务院也做出从今年1月1日起，对普通中小学、幼儿园执行新工资制度的决定。但是，基层单位却因为种种原因，至今教师还没有领到按新的工资标准支付的工资。他想，纵使自己今后当教师，如果工资待遇不提高，他也要从事第二职业来提高、改善自己和弟弟妹妹的生活条件。因此，当代销完那100盒磁带后，他就立即把钱给钱有汇过去，并请求他再邮寄100盒磁带来。钱有听了十分高兴，主动说：“销量大了，每盒的成本降低，今后代销的磁带以每盒7元计算。”李静夫还设想，把维修室的业务尽快交给陈述，自己抽出更多的时间来代销磁带。好在陈述也是学物理的，而且悟性一点也不差，很快就接手了。

李静夫有空就考虑代销磁带的事。他到城内去联系了两间卖电器的商店，以9元一盒的价格给他们代销，对于他们能卖多少钱就是他们的事了。他只是从中得利2元钱即可。这一办法省时省力，而且效果明显。他觉得自己天生就有商人的头脑，为此还得意扬扬了一阵。

连瑶池组织实施了学生会的座谈会，也没有忘记他，要他给她帮衬。座谈会后，紧接着由白梅负责的文艺晚会于星期六晚上在学校礼堂举行。晚会的节目与往常大同小异，无非是独唱、合唱、大合唱、男女对唱等，尽管如此，白梅也不敢马虎。下午，她组织有关人员在礼堂进行最后一场走场。李静夫是舞台总监，不仅负责整个舞台的调配，还要负责具体的电路、音响调试工作。晚会走场到一半时，学校值班保卫室的老胡把一个大美女引到他的面前。他立刻想到她是深圳遇到的“山口百惠”。他非常惊奇、诧异竟在这里再次遇到她，顿时手足无措，不知如何是好。她见他如此状态，主动伸出手说："还认识我吗？"

"认识，认识。"他握住她的手，像是找到了支撑一样，变得自然一些。

她得意地说："算你走运。"

"认识就走运了？"他又愣然了。

她微笑着说："如果你说不认识我，我立即就走了。现在，我不走了，不是你走运吗？"

他回过神来，调皮地说："你这样一说，是我有运气了，有一个大美女从老远的地方来看我。"

她嗲了他一句："你也会嘴贫哟。"

"他不会嘴贫的，只是见到你就嘴贫了。"白梅走过来说。接着洪伟、连瑶池、杨柳、傅珍等都笑呵呵地围了过来。

李静夫便向她介绍了洪伟他们。她逐一向他们点头，然后，看了一眼李静夫，落落大方地说："我是静夫的朋友。"

杨柳见到她的第一眼，就感觉他们有文章，听她这么一说，并说得那么得体，不说女朋友那么亲，心里不知是什么滋味，便挖苦说："都说我们和静夫间是兄弟，他竟然是暗藏在我们中的'阶级敌人'！"

"今天终于被揪出来了。"傅珍进一步说。

李静夫连忙辩解说："别冤枉我，我连她的姓名还不知呢。"

她也连忙为李静夫辩解说："你们还是兄弟。如果有什么不对，都是我的不对。"

洪伟见她如此护着他，又说是李静夫的朋友，而李静夫却说还不知道她的姓名，便知他们有故事，于是帮她解围说："孔夫子说得好，有朋自远方来，不亦乐乎。大家还是把晚会的剩余部分走场完。静夫就好好接待接待朋友吧。"

"只是舞台调控怎么办？"白梅担心说。

"静夫最近不是收了一个徒弟？"傅珍问道。

洪伟拍手说："是啊！不像话，学生会的活动也不参加，陈述那个鬼躲到哪里去了？"

"肯定还在维修室，真是财迷心窍。"连瑶池说。

陈述走过来说：“谁财迷心窍了？我不是在这里吗？”

连瑶池伸出舌头做了个鬼脸说：“不这样将你，你还不会钻出来呢。”

“就你会说话。”陈述拉住李静夫的手，看着他，意味深长地说，“师傅，你放心去吧，这里由我包了。”

李静夫接过话说：“那就有劳各位了，我们走了。”

走出礼堂，李静夫说：“既然来了，就到我宿舍坐坐吧。”

她说：“不了，谁不知道学生宿舍是怎么回事？到我住的酒店坐坐就成。”

他见她不愿去宿舍，就说：“那我回宿舍拿点东西。”

她本想说不要拿什么东西，她要见的是人，但一想他可能是拿钱，怕伤了他的自尊心，就说：“那你快点去，我在校门口的出租车上等你。”

他确实是想去宿舍拿点钱，因为他身上没有装那么多钱，人家从老大远的地方来见自己，纵使路过也是难能可贵的。自己无非是在她遇到麻烦的时候帮了她一把，她就记在心上，说明她是一个有情有义的人，自己无论如何也要请她吃餐饭。

他走到校门口，她在出租车上向他招手。他走上车，车便启动了。她递给他一封信，说是她给他写的。

信没有封口，他抽出信笺，上面写着：

李静夫先生：

你好！我犹豫了一段时间后，决定给你写这封信。

那次“苍蝇事件”，使我惊、怒、辱、喜。惊，就不用多说了，谁见了一盘菜中有只苍蝇都会惊惧，可恶的是餐厅的主管竟为了消灭证据把苍蝇吃了，使人震怒。这样一来，反而成了我诬告他们了，使人受辱。我一个女孩子在大庭广众之下，第一次受到如此大辱，当时真希望地上有一条缝隙让我钻进去。在我无助之时，你果敢地站出来，与他们进行针锋相对的斗争，给我一个公道，让我欣喜。在我惊喜交加之时，你竟然不肯向我说出你的尊姓大名和单位地址，使我更增添了对你的好感和敬意。你确实是一个不图名利、见义勇为的好青年！好在，当时钱有曾给了我一张他的名片。我打电话给他时，他以为我要买他的磁带，还拼命向我推销。原来他给我名片是为了招揽生意。后来，我向他说明要找你，他还犹豫了一阵。我只说要报答你，他才把你们的关系和他所知道的你的情况告诉我，还说你是个值得信赖的好青年。

当我知道你的一些简略的情况后，对你产生了更多的尊重和爱慕。我不喜欢奶油小生型的，也不喜欢夸夸其谈的，更不喜欢胆小怕事的男子。我感到，你就是这三种男人之外的男人，务实、纯朴、坚忍、负责，敢于担当。我年轻，涉世浅，不知道自己对你的印象说得对不对，但我相信你是这样一个人，也是我要找的爱人。因此，在不知道你有没有对象的前提下，还是决然要给你写这封信。因为，不写这封信，我会遗憾终生。

噢，我说了这么多，忘记向你介绍我的情况了。我也是师范学校的毕业生，只不过是名中专生，在深圳市罗湖区的一所小学当教师，而且已经工作两年多了。我父亲是军队转业干部，转业到深圳工作，母亲随军，还有一个弟弟，都在深圳。

等待你的回信。

此致

敬礼

罗素兰

5 月 20 日

李静夫看完信，被她的一片真情深深地感动，眼眶已被眼泪湿润。他第一次接到异性对自己的心灵表白，而且竟然是一个自己认为高不可攀的异性的求爱，一种幸福感油然而生。他看了她一眼，见她腼腆地低着头，一种小鸟依人的感觉，与其在学校时的明快又判若两人，使他怦然心动，产生一种与异性融合的美妙感受。

正在他胡思乱想中，听到司机说：“到了。”

他与她不约而同地望向对方，很快又都闪开了。

他主动付了车费，她也不说什么。他这才认真地看了她一眼，只见她穿一件黑色 T 恤衫、一条牛仔裤、一双运动鞋，肩上挂着一个深黄色的小皮包。穿着时尚，婀娜多姿。

待出租车走后，她说：“快到吃饭时间了，我们还是先吃饭吧？”

“好吧。”他说，“到哪里去吃饭？”

“就在这里。”她指着酒店说。

他这才认真地看向酒店，竟然是全市最好的酒店：华侨大厦。他只是听人说这是企业老板领导干部、海外华侨和港澳台同胞出入的地方，他的脚有点迈不动了，说：“这，这……”

她像猜到了什么说：“一个女孩子出门，住这样的地方才有安全感。”

他想，如果不是她挑明了她对自己的感情，以及她说的“安全”两个字入心入脑，打死他也不敢进这样的地方。

服务员把他们引到一个厢房。厢房显得富贵而雅致。

她喝了一口服务员送上的茶，看着他说：“本来我想把信寄来。后来，想想你很快就要毕业了。待你收到信，再回信，最少也要十天半个月，而且还不知道结果怎样，以后你离校了就不知道去哪里找你了，我心一横，就来了。”

他诚恳地说：“我只是怕配不上你。”

她问道：“你哪里配不上我了？”

“各方面。”

“我还怕配不上你呢。”

“我喜欢真话。”

“我说的是真话啊。我除了相貌和家庭条件比你强一点外，其他条件你都比我好。”

他见她说到点子上，这也是给他压力的地方，就说：“你这样直率地说了，说明你对我非常真诚。”

她笑了笑说：“你也真是。我不真诚，大老远的来这里干吗哟。”

他认真地说：“这个我能体会到、感受到，但我希望我们有一个适应期。你不反对吧？”

“我尊重你的意见。”她见他诚心诚意，又是那样负责任的态度，心里像放下一块大石头，开心地说，“那我们就算确定关系了吧？”

他听后满面通红，拿着的茶杯不知放还是举。她机灵地拿起茶杯与他碰杯，他们露出会心的微笑。

这时，服务员上来点菜。他们相互推让了一下，她有明确要他点菜的意思，他听服务员飞快地报上菜名，什么木瓜炖翅、清炖燕窝、新菇炖山瑞、煎烹大虾……他听得一愣一愣的，有些听过，有些没听过，但可以肯定的是这些都是高档名贵菜，什么翅、燕窝的，便说："我听不懂你在说什么，把菜谱给我。"服务员轻蔑地看了他一眼，他也不理会，拿过菜谱，翻了一下，见有比较便宜的客家菜系列，要了梅菜扣肉、清蒸雄头、薏米莲藕汤和两碗米饭。

服务员点完菜还不走，继续推销道："要不要来点酒和饮料？"

"酒就不要了。"他转向她说，"你要饮料吗？"

"来两瓶百事可乐，易拉罐装的。"她看都不看服务员，亲切地对他说，"蛮会点菜的，很合我的心思，不过就是那梅菜扣肉，名字不好听，换一换，你看怎么样？"

他笑了笑说："该不是迷信吧。那就换成酿豆腐，让我们马上就富贵。"

她愉快地说："你还是蛮有情趣的。"

菜上来了。他们边吃边聊。吃完饭，她对服务员说："买单。"服务员便拿着菜单出去。他不知道"买单"是什么意思，以为她还要点菜，忙说："我饱了。你还要点菜？"

"买单就是结账的意思。"她没想到他不知"买单"的意思，又一想也不能怪他。他还是一个没有完全走进社会的人呢。

他马上接过话说："我来买单。说老实话，如果不是代销钱有的磁带，赚了些钱，打死我也请不起。"

"你买就买呗。"她像打趣又像是责怪地说，"今后不要说死啊死的，好吗？"

他感到奇怪了，听了她这样说，心里甜滋滋的，非常舒服，连忙跟着服务员出去结账。

走进她住的房间，里面的席梦思床、雪白的被单床罩、高雅的床头柜和茶几沙发，以及各种灯饰，还有一个室内卫生间，让他头晕目眩，心跳加快。她看在眼里，立即想到他们在这样的地方交谈，会对双方都很不利。她说：“我初次到江南市，还没有好好看看江南市的市容市貌。我们出去随便走走。”

“好，随便走走。”他本想说让她休息休息，但这既不是自己的意思，恐怕也不是她的意思，只好附和她说。

他们随意走了两条街，她见前面有个公园，就说：“到公园走走，比较凉快。”

这里是大湖公园，虎溪文学社曾在公园里开过文学沙龙。他们来到公园沿湖的林荫小道，顿感清风吹拂，意清神明。

“素兰，注意！”他顺手把她一拉，她连忙抓住他的手。一个学骑自行车的姑娘正歪歪斜斜地从她身边掠过，如果不是拉住她，就要撞到她了。她感激地看了他一眼，很自然地握着他的手紧靠他继续边走边聊。他们走累了，便坐在湖边的石凳上，像有聊不完的话题。她像是想起什么，借着路灯看看手表说：“嘣，时间过得真快，都到十一点钟了。”

他有点恋恋不舍地说：“我送你回酒店。一天下来，够你累的。”

他们回到酒店门口，罗素兰说：“你回校去吧。”

“那我明天早上来送你。”他便上了公交车。

“静夫，注意安全。”她向他招招手，目送公交车在夜幕中淡去。

她回到房间，打电话要了个叫早，感到累得很，想躺在床上憩息一下，这两三天来，她一直处在高度紧张状态，来还是不来，来了能不能见到他，他同意还是拒绝……这些问题翻来覆去在她的脑海中打滚，现在一切都如愿以偿了，脑子一下子放松下来，竟然甜甜地睡着了。她被叫早电话闹醒，看看房间里一切都没有动过，自己就躺在被套面上睡着了，想想昨天的一切，又美滋滋地在床上继续躺着，感到非常的舒服。她庆幸自己勇敢地迈出了爱情的第一步，并得到收获。她起来打开行李袋，拿出洗漱用具和换洗衣服，进卫生间洗漱冲凉。她刚走出卫生间，就听到敲门声和李静夫的声音。她打开了门。李静夫见她今天只换了件上衣，是件淡红色的丝绸短袖衬衫，又是一番风景。

他关心地说：“睡得好吗？”

她一边整理行李一边说："还算可以。我们马上去吃早餐，八点十分的车，慢了怕来不及了。"

他提着行李说："那我们走吧。"

她从小皮包里拿出一沓百元钞票说："这钱你拿去。我知道你家里和你毕业要用一些钱。"

"钱我不要，我要这个。"他伸开手，做个拥抱的姿势。

她犹豫了一下，碰到他渴望的眼神，便投入他的怀抱。温馨了一阵，她爱恋着说："好一个重色轻财的家伙！"

"素兰，我只重你这个色。"他在她耳边深情地说。

"静夫,我真幸福。真的,很幸福……你看这时间……"她情意绵绵地说，"好吧，以后有得你抱的。"

他放开她说："我想也是。"

她轻轻点着他的额头说："你倒想得美哟。"

他听了很得意，迅速检查了一下房间，问她还有没有遗漏的东西，她回答没有了，他们便离开了房间。

第十章

转眼间，学校礼堂前的几棵木棉树已经满树婆娑荫郁。

丁一帆吃完晚饭就来到礼堂，参加观看学生会组织的大三毕业生的文艺晚会，这是他入学以来的头一次。过去他不参加这样的组织活动，主要是认为这样的晚会千人一面，节目就是独唱、合唱、大合唱、男女对唱等形式。当然更主要的原因应该是他是观众，没有自己参与的活动，他天生就没有精神劲儿。这次他参加了，是因为：一是洪伟在班里评比三好学生时主动投他一票，他要回应一下；二是拒绝了白梅的求爱，他心里有内疚感，这次主动来观看晚会，也是为白梅主持的晚会帮衬。使他没想到的是这台晚会出人意料的好。虽然节目与往常大同小异，但晚会的组织者、晚会主持人白梅与洪伟商量后，临时增加自报表演节目活动，并在晚会中穿插进行，引来大一、大二的学生观看和表演节目。整个礼堂挤满了人，现场异常火爆。在他看来，那天白梅略微化妆，齐肩短发，白色的短袖衬衫，深褐色套裙，黑色皮鞋，一身“五四运动”时期女学生的装束打扮，更显得落落大方,光彩照人。最后,晚会在《年轻的朋友来相会》的歌声中结束。他看到同学们离开礼堂时，个个高谈阔论，兴奋的心情写在脸上。

几天来，他盘算着虎溪文学社也要有一个比较大的活动，造一造声势。想来想去，他想到离自己家乡不远的梅县阴那山五指峰和叶剑英元帅故居。如果组织文学社的同学在阴那山灵光寺前搞个篝火晚会，然后登五指峰玉皇顶，再去参观叶剑英元帅故居，一定会比学生会的晚会更能在学校引起轰动。他再算算,学校离那里大概也就四个小时左右的车程,星期六下午去,星期天下午回学校,有足够的时间。他把他的这一设想与白梅、杨柳等说了,大家都表示这一想法很好，跃跃欲试。

丁一帆是个说干就干的人。他要跟李静夫说说，并邀他一同去市区找个旅行社谈谈有关事宜。他来到维修室门前，只见学生会的副主席陈述在为学校老师的自行车补轮胎。学生会的干部就会这样拍马屁、献殷勤，还抢了李静夫的饭碗。他对这样的人不屑一顾，便想讽喻一下陈述，于是说："陈主席不简单哟，带头搞勤工俭学哎。"

陈述连头也不抬："说带头不敢当，自愿的。"

"自愿也要有觉悟才成。不是谁都愿意自愿的。"听他这样一说，他说得更加辛辣。

陈述这时像是听出了他的话中话，抬头望了他一眼说："我却没有像你丁社长丁主编那样的能力，能把整个学校都搅动起来。"

他这句听似不温不火、似是似非的话，却是绵里藏针，竟使一向自恃辩才的丁一帆一时不知如何应对。这时旁边的老师也向着陈述对丁一帆说："你就不要为难他了。人没有到生活困境的时候，谁愿意放着副主席不干，来干维修电器的勤工俭学？"

陈述已把轮胎装修好，正在为轮胎打气，边打气边说："我干这行确实是自愿的，如果你不信，去问李师傅。而且我也是主动辞去副主席职务的。我怕影响学校学生会的工作和名声。"

丁一帆对于陈述家的遭遇确实不知道，显得极为尴尬和狼狈，于是对维修室内大声说："李静夫这条驴，连陈述同学这么大的事也不说一说，真不够意思。"说完跟陈述说声"对不起"就连忙钻进维修室。

他走进维修室，只见李静夫在往墙壁上贴红纸，红纸上写着：最新流行民歌、港台歌曲磁带优惠价每盒只卖 9 元，售完即止。看来，李静夫收了徒弟后，专心代销磁带了。这个钱钻子。"你看怎么样？"李静夫好像早知道他在他身背后似的说了一句。丁一帆在一张破椅子上坐下说："什么怎么样？"

李静夫转过身来，往墙壁上的红纸努努嘴说："当然是说它了。"

丁一帆好像刚才的气还没有消，还有感到最近以来李静夫也有不少事情瞒着他，就说："你说的是字写得好不好，还是内容？"

"都成。"李静夫最近心情舒畅，没有感受他话语的抑扬顿挫。

他见李静夫无动于衷，有意气一气他说："字写得不怎么样，内容充满商人的诡诈。"

"真是这样？"

"真是这样！"

"好！我就要这样的效果。"李静夫有点得意地说。

丁一帆想，今天出门是否遇到"公黄时"了，遇到谁，谁都跟他过不去？郁闷。

李静夫见他不说话，就问："你有什么事就说吧，别绕弯弯了。"

"我绕什么弯子哟。"丁一帆又好气又好笑地说，"我进来后，就是你问我答。"

"我们谁跟谁啊，一家子不说两家话。有屁就放。"

"陈述的事也不跟我说一说。"他本想说去梅县阴那山登高的事，一想还是要打压打压他。

"这与文学社的事无关，而且又是光头上的跳蚤——明摆着的事。"李静夫不痛不痒地说。

他今天自认倒霉，只好把想去登高的事说了。

李静夫坐在油垢的旧凳子上，想起他们在红都中学实习时，丁一帆标新立异的讲课发挥被指导老师黄卫东仅打了个及格的教训，这令他时常想起他的指导老师傅百强是个大好人，几次进城想去见他，又因为他是个上课十分风趣、课外生硬木讷的人，怕被他冷遇而打消了去见他的念头。他觉得有必要提醒他平静安定为好，不要做了好事而惹出什么事来，不值得，于是思考了一下说："按我的想法，还是不去为好。"

"为何？"他惊愕地说，没想到平时只是跟着干活的他，今天也提出不同意见了。

他分析道："你现在去江南日报社的商调函都来了。你需要的是不要惹出麻烦，只有平静地等着毕业时间的到来才是上策。组织去那么远的地方登高，出了事怎么办？”

“不会出事的。”丁一帆以为李静夫去登高会减少他的收入，于是搬出杨柳他们来，“这事你不用担心。杨柳、白梅等都同意了，你不该拖后腿吧。”

李静夫确实也有不想去的想法。罗素兰回去后，把他们的奇遇和目前的状况跟其爸妈说了，老人家基本赞同他们发展关系。罗素兰便趁热打铁，要其爸爸帮助他趁其毕业分配时，联系单位把他分配到深圳去。昨天，罗素兰来电话说，她爸已经联系好了深圳市第二中学，并把商调函寄出。因此，他对丁一帆说的话也是对自己说的。但毕竟同学一场，哪有不去的道理？他便说：“说到哪里去了？还是老规矩，你要我做什么，只管吩咐。”

丁一帆见果然奏效，就说：“既然如此，我们去市内联系旅行社。”

他们去联系了市中国旅行社、青年旅行社、江南旅行社等，最后权衡各方面的利弊，确定江南旅行社的价钱和线路、时间等都比较理想：价钱控制在 50 元内，星期六下午两点钟从学校出发，六点半钟左右到达灵光寺，用自备包点、茶水等为晚餐，然后举行篝火晚会，深夜两点钟登山，约四点半至五点钟到达玉皇顶观日出，约八点半至九点钟回到灵光寺，去参观叶剑英故居，午餐后回校。整个行程紧凑、内容丰富、费用节俭。

在丁一帆的带领下，虎溪文学社一拨 20 多人乘客车朝梅县阴那山开赴。导游是个男青年，自称小涂。他为了活跃旅途气氛，邀请大家说说笑话、讲个故事，或者猜谜，并主动带头讲笑话。他说，有一个女浴室起火，里面洗澡的女同志乱作一团，一时顾不得许多，争先恐后地往外跑，只见大街上白花花一片，引来一大群人围观，一位老同志大声提醒她们说“快捂住”，众女同志才知道自己赤身裸体，又没有拿来衣服，而身上要紧部位有三处，手忙脚乱捂不过来，不知所措。这时那位老同志又大声喊：“捂脸就行，下面都一样！”

白梅她们听了脸一下子红了，丁一帆便警告他讲笑话要看对象，不要说黄色笑话。小涂也许这时才想到这次带的团是一群大学生，连忙道歉说：“各位大学生，请原谅我这个没有多少文化的人的嘴臭。”他看看坐在前排的白梅说：“我们让这位漂亮的大学生来讲个笑话，大家说好不好？”

白梅连忙摆手推辞。

小涂鼓动说：“大家鼓掌欢迎，怎么样？”

白梅说：“还是让其他同学先讲吧。”

小涂知道万事开头难，便继续鼓动说：“看来，大家的掌声不够热烈喏。”

大家又是一阵掌声。白梅看推辞不掉，想了想说：“动物园里有一只屎壳郎在追求一只蚊子，男屎壳郎问蚊子姑娘：‘你啥职业？’蚊子说：‘护士，打针的，你呢？’屎壳郎笑道：‘缘分呐，同行，俺是中药房里捏药丸子的。’”

大家回味了一阵才发出会意的笑声。

接着，小涂对丁一帆说：“领导来说一个。”

他忙说：“我不是什么领导。”

小涂机灵，接口说：“那就请领队说一个。”

丁一帆想起春节回家时，村里传的一个笑话：“有一个村主任，应酬多。一次应酬时喝酒喝醉了，错进猪圈为卧室，躺在母猪身边说：‘老婆，给我倒杯水。’母猪哼了哼，村主任说：‘不倒就不倒呗，撒什么娇。’随手一摸说：‘买皮衣啦，也不说一声，还是件双排扣的呢。’”

他的话音刚落，车上的人已笑得东倒西歪。

气氛起来了，坐在丁一帆后排的李静夫想起老家街道里的趣事，也说了一个笑话：“有一位家庭主妇吃完晚饭后去街道边倒垃圾，一不小心滑倒在垃圾堆里，正要爬起，被一捡破烂的老头搂在怀里，老头感慨地说：‘城里人就是不会过日子，这么好的媳妇说不要就不要了。’”

又是一阵欢笑。大家抢着说起来了。

小涂指着最后排和傅珍一起坐着的杨柳说：“让那美女说说。”

杨柳也不推让，说：“有一位男青年去饭店吃饭，见服务员端上来的牛肉拉面里看不到一块牛肉，指着碗里的牛肉拉面问老板：‘牛肉拉面怎么没有牛肉？’老板看也不看一眼，拍拍他的肩膀淡淡地说：‘小伙子，别太认真，难道你还指望从老婆饼里吃出个老婆吗？’”

旅途的寂寞就被这样的笑声冲走了。

丁一帆十分欣慰，觉得组织这样的活动，并不像李静夫想的那样会出什么问题，多一事不如少一事，平安无事地度过毕业前的一个多月，顺利地分配到《江南日报》，就是最大的幸福，而是感到这样做非常值得，非常有意义。人生活在学校或是社会上，为的就是多为周围的同志服务，多动脑筋为周围的同志办好事、实事，多创造机会给周围的同志增加生活内容。自己把这样的精力和能力贡献出来，这样的人生才是有价值的人生。他想着想着，迷迷糊糊地睡着了。突然，他被众人的吵闹声吵醒，睁眼一看，大家正伸长脖子朝车外望去，边争着看边说着“阴那山、阴那山……”原来已经到了阴那山山脚。小涂见他醒来，招手要大家静一静，然后像背书一样介绍阴那山的基本情况和风土人情：“阴那山位于广东省梅县雁洋镇，其东南为大埔县英雅乡，距梅州市区 40 多公里，是梅州首屈一指的胜景名山，人称粤东群山之祖。阴那山秀甲潮梅，名播闽粤，与罗浮、南华鼎峙齐名，并称‘粤东三胜’。阴那山山顶五峰并列，海拔均超千米，故有‘白云深处望三州（梅州、潮州、汀州）’之说。阴那山突起于梅江平原之上，山势雄奇，峰峦叠翠，冬季山顶有积雪，具有‘神山、群峰、奇石、翠瀑、浮云’的特色。”

丁一帆的老家虽然与梅县相邻，但从来没有来过梅县，更别说去阴那山登高了，他也是头一回听到阴那山竟有如此名气。

小涂指着最高峰说：“阴那山五指峰最高峰海拔有 1297 米，也是粤东地区的最高峰。我们明天凌晨要登的主峰玉皇顶凌云摩日，雄奇瑰丽。整个阴那山林海苍茫，巨石峻峭。如果天气好的话，在山顶可以看到潮州和梅州。若沿山径登临五指峰，约需半日时辰，始可到达峰顶。大家不要惊慌，我们这次登高已找好了当地的向导，据他说，不需要半日，只要两个多小时即可。”不知谁插了一句“这还差不多”。小涂笑笑说：“在玉皇顶依峰俯瞰梅县、大埔一带风物，一览无遗，大有‘一览众山小’的美妙感觉。”

小涂接着说：“山中还有一千多年历史的灵光寺，这寺是……”

白梅打断他的话说：“你先介绍到这里，到时你再介绍，要留些神秘感。”

说话间车就到了停车场。到灵光寺还有一两千米的逐级而上的蜿蜒山路要走，山路两旁都是原生态林木，有几座农舍点缀其间。他们来到灵光寺，天色临暗，游人已少。

小涂赶紧要大家先参观千年古刹灵光寺。

小涂说，灵光寺是唐代高僧潘了拳和尚云游到阴那山后，见此山层峦叠嶂，气势雄伟，对此流连忘返，终于驻足于此，成为阴那山灵光寺开山祖师，结茅修真所在。

小涂指着寺前的两棵柏树说：“这是灵光寺的三绝之一‘生死柏’。这两棵柏树已有1100多年的树龄。大家可以看到，一棵已枯死300多年，却没有腐烂，仍然挺立，与另一棵枝繁叶茂的生柏并肩而立。它们生死不渝，代表着人们对忠贞不渝的爱情的向往。”走进寺内，来到大雄宝殿里面，小涂指着殿顶说：“这就是灵光寺的第二绝‘菠萝顶’，它是用1000多块长方木拼成的螺旋形藻井，有自动抽烟功能，殿内烧香火时，烟雾则顺殿顶盘旋而上，自然扩散，很具科学艺术性。据说在全国仅有两处。”丁一帆问另一处在何处。小涂说是在北京天坛。经小涂这样一说，丁一帆看到大殿内香烟袅袅，却没有烟火熏笼人的感觉。

走出大雄宝殿，小涂指着殿顶问：“大家看到了什么没有？”丁一帆认真看了，没有看到什么，怕别人看到了而自己没有看到，说没有看到什么会被人笑话，便没有说话。杨柳也没有反应，白梅也没有。小涂看他们都不说话，有点得意地说：“你们以为有什么没有看到，怕说没有被人笑话吧？其实确实没有什么。这就是灵光寺的第三绝。大家可以看到大殿后面绿树繁茂，而大殿屋顶上却没有一片落叶停留，你们说奇不奇？谁能探究出来这个谜来，就可以当发明家了。”

白梅看后啧啧称奇。

“激发了你的诗兴了吧？”杨柳打趣地说。

白梅正想说什么，丁一帆走近她商量了一下事宜，然后对大家说：“现在天也暗下来了。我们先吃饭，有兴趣吃素的就去寺内膳堂吃素，没有兴趣的就各自吃方便面或包点等。晚饭后八点钟在寺前的草坪上举行篝火晚会。”

小涂补充说：“我们在寺庙右侧的寺禅房要了三间禅房，篝火晚会后可以在禅房内稍作休息，然后登高观日出。”说完他拉着身边的一位中年男子对大家说：“这是我们请来的凌晨登高的向导，你叫什么名字？”

向导向大家招招手说了一大通客家普通话，大家大概能听懂百分之二三十。白梅便对丁一帆说：“你不是客家人吗？帮他说说清楚。”丁一帆概括他的意思说：“我是当地的客家人，大家叫我叶叔就成了。刚才我跟涂导游商量了一下，我们登高是在凌晨，大家应注意几点：一是要穿暖和并带足衣服，把秋衣、毛衣、棉袄等都带上，山顶上很冷；二是登高时人要一个接一个地紧跟上，脱节了会迷路；三是大家最好都能带根木棍、树枝防身，并把裤脚扎紧，以防虫咬。我暂时想到这些，大家还有什么不清楚的，可以随时问我。”

白梅听了笑道：“这么重要的事情，要不是你翻译了，我们不丢三落四才怪。”

丁一帆说：“还是小涂考虑得周到，找了个向导。现在好了，我们有了向导，登高的劲头就更足了。大家吃饭去。”

八点钟未到，李静夫等几个男同学就迫不及待地拿来捡拾的几束柴草，在寺前的生死柏间靠近枯树的一边，点燃起一堆火焰，漆黑一片的寺庙立即光亮起来；杨柳拿着她的录音机走向草坪，播放歌曲《泉水叮当响》，歌声伴随着寺庙右边溪水的响声，沉静的寺庙又活跃了。

待人都到齐后，白梅义不容辞地当起篝火晚会的主持人。

伴随着音乐，大家围绕篝火手拉手地跳舞。随后大家沿着篝火坐下。白梅开始要求各自出节目，竟无人响应。于是她对着丁一帆说：“还是领队带个头吧。”

大家鼓掌齐声说：“要得！”

丁一帆站了起来，说：“感谢大家捧场。我是客家人，刚才叶向导也是客家人，你们看我们有什么区别吗？”

“没有什么区别。因为你是男人，他也是男人。”李静夫听到大家的笑声后说，“如果有区别的话，他是中年人，你是青年人。”

“油嘴滑舌。”丁一帆不满意地说。

杨柳想了想说：“声音。”

丁一帆很高兴她能分辨出来，“对了。虽然我们说的都是客家普通话，但我说的是否好听些？”

“别听个好话就像登天了。你们俩半斤八两。快出节目吧。”杨柳调笑地说。

大家笑了一阵。丁一帆说：“那我就给大家献上一首我老家兴宁的石马山歌《新绣荷包两面红》。”

他润了润喉唱道：

新绣荷包（哇）（刁嫂子）两面红（哦）
（老妹你过来哟）
一面狮子（呀）（溜涿）（唉唉哉）一面龙（呵妹）
狮子上山（时）（刁嫂子）龙下海（哟）
（老妹你过来哟）
唔知几时（呀）（溜涿）（唉唉哉）正相逢（呵妹）。

大家听的云里雾里，七嘴八舌地要他解说“荷包”“刁嫂子”等。他有点得意地说：“这是一首经典的客家情歌。山歌中的‘荷包’是旧时一般女子赠予男子的爱情信物，女子通过绣荷包寄托美好的情思；‘刁嫂子’原指当地山歌能手，后泛指女子。客家山歌用它优美的旋律，较多的装饰音及衬字、衬词、衬句等形式形成了该曲独特的风格与韵味。五年前，文化部举办中国民族民间唱法研讨会，梅县地区的山歌手张振坤演唱了《新绣荷包两面红》等七首客家山歌，他那高超的演唱技巧以及客家山歌的特有风味，一时在北京引起轰动，并为全国音乐界瞩目。”

杨柳听了他的客家情歌，又想起他给她的那首客家情歌，心里闪过一阵甜蜜，站起来唱了首《让我们荡起双桨》。

傅珍站起来既不唱歌也不讲笑话，而是出了个谜语：“一物三个口，你有我也有，有它不怎样，无它就现丑。大家猜猜看是什么。”

大家猜了一阵，竟没有猜出来。丁一帆说：“别卖关子了，说出来吧。”

傅珍得意地说：“人人都有的，裤子呐。”

“唉，傅珍同学也够‘精刁’的。”一男同学调笑道，“谁会想到下面的呢。”

傅珍笑着要追打他。杨柳拉住她说：“你确实够‘精刁’的，猜谜真是费脑筋。该白梅出节目了。”

白梅说：“来到阴那山登高，真是不虚此行。特别是灵光寺三绝，令人难以置信的奇妙。我写了首诗《生死柏》，请大家批评指正。

她望了望两旁的生死柏，深情地朗诵：

一米二米
竟成千万米
他们由此不能相拥

从此
阳光是他们传递的视线
山风是他们传递的话语
雨水是他们传递的激情
土地是他们传递的血脉
是否所欠的是那
一点点灵犀

爱在相对中沉默
爱在坚守中飘忽
爱在赞扬中渴望
爱在生死中无语

千年的修炼
百年的期待
几米的距离
那艰难的一步
是谁未敢跨越

铸成
千年的恋情

在相望中

永恒

她朗诵完，已泪流满面，赶紧借挥手擦拭了眼泪说：“下一个。”此情此景，只有丁一帆才能感受。还有一个人也被深深地感动了，就是李静夫。他想，是呀，“那艰难的一步，是谁未敢跨越”。罗素兰勇敢地跨越了，此时他多么思念她啊。“李静夫，发什么呆呀，该你出一个了。”丁一帆见白梅的情绪还没有恢复过来，接过话题，提出他来。

李静夫还是没有反应。旁边的傅珍碰了一下他说：“真发呆了。”

他这时才回过神来，竟不知出什么节目，站起来傻傻地笑笑。

“想女朋友了吧？”白梅回到状态中说。

“他有女朋友了？”丁一帆惊奇地问，并看看杨柳，还以为他与杨柳呢。

“不仅有女朋友，还是个‘山口百惠’般美丽的女朋友。”杨柳感觉到丁一帆在看她，既有恨又有醋般地说。她的心情也是复杂的。自从见了罗素兰，她的心情就一直没有平静下来。罗素兰的确够美丽。这一点也是她不能接受的，为什么不能接受呢，她也想不出个所以然来。她知道她爱的是丁一帆，不是李静夫，正如她说的，李静夫只是她的铁哥们。也许他们不仅仅是铁哥们，她相信李静夫还是深深地爱着她这个铁哥们的。因此她才不能接受李静夫和罗素兰相爱的事实，也不想去问罗素兰何许人也，为此至今她还没有与李静夫单独聊过这一问题。而且，她这也是有意刺激一下丁一帆。

“节目就不用出了，说说恋爱史吧。”丁一帆乘胜追击，也想听听他的恋爱情史。

“没有的事，只是老乡找老乡叙叙旧。”李静夫清楚在校谈恋爱是不允许的，因此只能推说是老乡。

白梅说：“我们都是文学社的人，不会向校领导告发你的。你这小子，背着我们偷偷摸摸谈恋爱，还不老实，快快招来，以免受皮肉之苦。”

李静夫见白梅这样说，就说：“如果说真有这么回事，我们的恋爱就是朝你的诗的相反方向，千万米，两米，一米……”

大家好像会意到了什么，发出欢快的笑声。

篝火晚会持续到十点多钟才结束。

有的同学去禅房休息，有的就在篝火边取暖，有的在小溪边聊天。

因为只借了三间禅房，给了女同学一间，她们只有横着睡。其实男同学挤在两间禅房内也只能这样。杨柳躺在床上，侧边溪水“哗哗”的响声在静寂的夜晚格外地清晰，且人挤人的，总想入睡却老是睡不着，干脆起来走出禅房。只见丁一帆、李静夫等还在篝火边说笑，细听才知刚才李静夫等几位男同学去附近的园地里挖了几个番薯放在火堆里，正等着收获胜利果实。她不想去凑热闹，便拐入旁边的小溪边坐坐。丁一帆看到了，过了一阵也偷偷溜了过去。他借着微弱的月光，引着她涉过小溪，也不敢走得太远，在一棵树边停了下来。

这是他们第二次在晚上单独在一起。他们是否都在回忆上次那难以忘怀的情景呢？这只有他俩心里明白。因为这个时候，他没有说话，她也没有说话。

他们就这样默默无言地站在一起。

他们借着朦胧的月光，隐约可见附近好像也有几对情侣的暗影和低沉的私语。大学禁止学生谈恋爱，但是学生都无法禁住青春激荡的心。用歌德的话说：世上哪个姑娘不怀春，世上哪个男子不钟情？大家明白，就睁只眼闭只眼。而且他们就要毕业了，更有一份情感要了结。只是在明处一定还要保密，否则，学校知道了，轻者警告处分，重者开除学籍。

山林中有阵阵凉风袭来，树叶发出淡淡的幽香混合那些不知名的小草及泥土发出的芬芳，足以使他和她的精神为之振奋。

“你认为我刚才唱的客家情歌怎么样？”他先开口道，有直入主题的意思。

她却说：“你说梅县与兴宁是邻近县，兴宁也是这样的山区吗？”

“差不多，看这里的村容村貌，好像比我家那里生活还要好些。”他老实说。

“他若回老家，我也要回老家了。”她好像淡淡地，其实是旁敲侧击道。

“什么意思？”

“没有意思。”

“我若是去不了江南日报社，不是回老家就想去支边。除此，还有什么办法？”他见过苟先团几次，他说他已向报社领导要求把他分配到记者部来。这说明了报社方面已经没有问题，问题是学校至今还没有一个比较明确的说法。按往届，这个时候谁转行、谁留校、谁外调、谁支边都基本上定下来了。因此他犹豫着、矛盾着，心里很浮躁。

“如果真的不能去报社，争取留校。”她果断地说。其实，她也知道，按以往的做法，各系基本上都有两个留校名额，因此，英语系连瑶池和自己留校的可能性最大，中文系洪伟和傅珍的可能性最大，但若能去争取争取，也许是有希望的，每年不是有一两个机动名额？

“当辅导员？他们会同意我留校？你真是！”他用肩头碰了她一下。

“你不去争取，怎么知道不能留校？”

“问题是校领导不会留我，我是被校领导点名批评过的学生，而且各方面的条件明摆着的。”他有点无可奈何的样子说。

“唉——”她叹了一声，头仰靠在树干上。

这一声叹息引起他无数复杂的感情，他知道从目前的情况来看，去报社恐怕没有什么问题，但是，在没有最后确定之前，他怕对她的追求会对她造成伤害。他既想得到她的爱情，又怕得到她的爱情。得到她的爱情，如果不能去报社，她留校，这样两地遥遥相望，是够她受的。现在她这明显的哀叹声，更像一把刺刀刺向他的心窝。他不愿意看到自己心爱的人有这种忧郁的表情，便强烈地克制着自己的痛苦说：“杨柳，这几天我想了很多很多，我是一辈子也忘不了你的。你不仅带给我幻想，带给我回忆，还带给我对未来的憧憬，带给我勇敢进取的力量。然而，我能给你什么呢？什么也没有。你听我说下去。确实什么也没有。我恨我自己总是过高估计自己，我恨我自己对你不该感情用事，不该伤害我最为珍贵的……”

“够了！”她喘着气，胸脯在大幅度地起伏着，运了下气说，“你以为你这样做就是个完美的英雄吗？就能在我的心中树起你的高大形象吗？你就能成为舍得娇妻——不，女朋友——干得成大业的人吗？混蛋！无情并非真豪杰。”

他仰着脸对她说：“我又没说……”

“那后面的混账话怎么解释？”

“我，我是为你着想啊。”

“难道我就是个没有感情、没血没肉的人吗？”

他又来了劲，恼怨地对她说：“那你刚才叹什么气？”

“我俩能在一起不是更好吗？”

“我怕万一。”

“所以我才叹气。我真怨恨生活为什么对我们那样不公正，好端端的也许又要天各一方，对眼愁眠。但是，既然生活无情，我们就要更珍惜我们的感情。我们毕竟是真诚的啊！”

她说着说着，眼里放射出无限的光亮，亮得像天宇间的两颗恒星。他禁不住伸开了双臂，她扑在他怀里，在他的怀里颤动着。他兴奋得嘴里不断嗫嚅着：“杨柳，杨柳……”

她从他怀里抬起头来对他说：“其实，应该怨恨的是我，我才不值得你爱。”

“你说什么疯话？”

“不，你打我、骂我，惩罚我吧！”她推开他说。

“这是为什么？”他摆开双手，动作尽量做得滑稽些。

她看着他的眼睛说：“我失过身。”

他惊愕了一阵，看着她的眼睛，狠狠地说：“谁？”

“你要和他决斗吗？”她的眼睛已无法含住痛苦的眼泪，为他，为自己。

“刚才我是要决斗，现在不了。你相信我吧。”他沉静了好一阵后才说。

“那么，你揍死我吧，我愿意死在你的手里。能死在你的手里，是我的幸福。”她挺上前去，“你还呆什么，我讨厌在这方面宽容女人的男人。”

“好吧，我明天就请求灵光寺的住持留下你来做尼姑。”他狡黠地说。

他突然冒出这样一句，她觉得很新奇，就顺着说：“那么，你也留下当和尚。”

“我吃惯了人间烟火，戒不了，我不干！”

“我也不干。”

“这就没事了。”

她醒悟过来，抱着他的腰，一边头朝他的胸前磕着，一边嗔怪说：“就你坏，就你坏！”

当她昂起头时，他和她的嘴唇碰到一起，情火似焰。当他想有进一步的行动时，她挡开他的手，对他说：“就要集合了。你先走几步，吸引篝火边那些人的注意力，我稍后再走。”

丁一帆涉过小溪来到篝火旁，见李静夫他们正香香地吃着番薯，便伸手要吃番薯。

李静夫一边嘴里吃着番薯，一边把手里的番薯分一半给他：“刚才叫你，也不知你死到哪里去了。现在大家把番薯吃了，你才不知从哪里钻出来。”

“真香。”丁一帆把半节番薯接过来吃了说，“该准备登山了吧。”

李静夫说：“是呀，刚才涂导游到处找你，说就要集合登山了。”

正说着，小涂和叶叔走了过来。丁一帆便说：“小涂，可以去叫醒他们来集合了。”小涂便去了禅房。叶叔跟丁一帆说了几句话，丁一帆连连点头。一会儿工夫，同学们陆续来到篝火旁。小涂清点了人数，人都到齐了，他说了一些注意事项，要丁一帆讲几句话。丁一帆说：“刚才叶叔叶向导说了，这次登高要注意安全，人要一个接一个紧跟上，哪个人与大家脱节了，不仅跟不上，而且很难找到，所以大家一定要互相关照，既不要脱队，也不要掉队。另外，这次登高手电筒准备不够，只有五把，持手电筒的同学要前后兼顾好。”叶叔又跟他说了几句话，他接着说：“叶叔说了，这个季节很难看到日出，如果能看到日出，说明大家的运气特别好。”大家听了热烈鼓掌。他继续说：“叶叔特别强调，现在大家穿着长袖衬衫或秋衣，登山会出汗，希望大家中途或登上山顶后不要脱衣服，还要加穿毛衣、棉袄等，山顶上寒冷得很。大家还有什么事没有？”

他看大家没有说话，就说：“出发。”

叶叔走在前头，小涂在最后面，这支队伍沿着小溪朝山顶攀登。一路都是崎岖的羊肠小道，大家很少出声，只听小溪“哗哗”的咆哮声渐渐远去，只能听到沙沙作响的脚步声和与路旁树枝的摩擦声，偶尔有小鸟惊慌扑动或某些小动物的走动声。

不知不觉间，只听叶叔说："到了。"这话好像大家都听懂了。丁一帆把手电筒往四周照照，已经到了山顶的玉皇大帝宫，宫外几米地方外，都是照不到底的黑暗，心里倒抽了一口冷气，对大家说："不要乱动。"这时小涂也到了，换了口气说："大家不要随便走动，尽量往里坐，最好大家挤着坐，既好互相照顾，又好互相取暖。"白梅、杨柳、傅珍等便挤在一起，看看周围漆黑一团，心里都有些惊恐。小涂用手电筒照了照手表说："现在才五点十分。离日出还有一段时间，大家休息休息。"

白梅问："一般几点钟能看到日出？"

"这个说不准，大约六点钟左右。"小涂询问了叶叔说。

白梅只感到一阵阵寒风袭来，身上热汗变冷，更感到寒冷刺人，连忙加了件毛衣。杨柳、傅珍也加了衣服紧靠在一起，很快便疲倦地睡熟了。不知什么时候，白梅被人推醒，并听到"不要睡熟了，人会冻伤的"，细听是李静夫细小的声音，并把一个面包塞到她的手里。她拿着，看旁边的杨柳的手也在动着，肯定是在吃面包。她感激李静夫这个鬼灵精，为她们偷藏着食物。她能模糊地看到灰白的雾气在眼前飘动，渐渐地她能看清是大片大片的云雾在飘动，还能看清楚自己坐着的是一块斜坡上的岩石，如果脚底滑动没站好的话，就会滑到陡峭的山下。她本能地把身子往回缩。这时她看到丁一帆带着小涂和叶叔慢腾腾地走过来，便问道："什么时候观日出？"

"'茅寮'，'茅寮'。"叶叔摆摆手说。

"哪里有茅坑？我正想解手。"一位男同学问道。

丁一帆听了哈哈大笑，说："他说的'茅寮'不是你要的茅坑，而是说今天已经看不到日出了。现在已经是六点半了，已过了观日出的时间。"

大家听了唏嘘一片。

"但我们还可以观云海嘛。"丁一帆指着玉皇大帝宫说，"大家还记得涂导游介绍阴那山时说的话吗？他是这样说的，当我们登上山顶，就能看到建筑雄伟、金碧辉煌、巍峨高耸的玉皇大帝宫。它是专为游人看日出、观云海而建的。"

大家听了会意而笑。

小涂看了矮小的宫殿，有点不好意思地解释说："做导游嘛，适当的夸张是需要的，主要是增加吸引力。要不，你们就没有那么大的力量登高了，而且，在宫殿前看日出、观云海，确实是最佳位置。"

丁一帆说："开个玩笑。其实，我和大家的心情是一样的，都想看到日出，由于天公不作美，也说明我们的运气欠缺些。这没什么。我觉得能登上玉皇顶就有成就感，这就是胜利，这就是一种征服。我们可以自豪地说，我们江南师专虎溪文学社的成员都是精英，因为我们已经登上了梅县地区的最高峰。我想回去后写一篇关于这次登山的散文，题目就叫《征服》。"

小涂带头鼓掌说："丁领队说得好。在我的眼里你们都是英雄！听丁领队说，你们中有不少同学是出生在城市、生长在城市，能够一鼓作气地登上 1300 米的阴那山最高峰，本身就是英雄的表现，一种英雄的本色。"

杨柳、傅珍等城市来的同学听了，心里骤然产生了一种自豪感。

小涂接着说："俗话说，上山容易下山难。我们就要下山了，大家同样要保持一种乐观向上的精神、不畏艰险的精神。"

丁一帆打断他说："不要说得那么严重，大家只要注意安全就成。大家活动活动筋骨，准备下山，争取九点钟下到灵光寺，然后稍作休息去叶帅故居。"

上山时，由于是在深夜，周围环境大家看不清楚，一心往上登，好办。下山时，天色已渐渐明朗，能看到周围的山形地貌，山径之陡峭，存在怕跌倒、怕摔倒的心理，特别是有些同学平时锻炼身体不够，脚都有些不听使唤的感觉。

好不容易走到离灵光寺不远的地方，大家正感到胜利在望时，突然，只听杨柳"啊呀"一声坐下了。白梅忙问："怎么了？出了什么事？"

"蛇。"杨柳惊恐地指着一条向路边"流窜"的毒蛇说。

"咬着了？"白梅蹲下来问。

杨柳点点头，卷起裤子，只见小腿上被蛇咬了一口，正流着血，伤口渐渐红肿起来。

丁一帆、李静夫、小涂、叶叔听了都急忙走过来。丁一帆听到杨柳被蛇咬后心如刀割，问蛇往哪里溜了，杨柳大概指了个方向，他拿着木棍追去。

叶叔急促地对他说："救人要紧。我去寻找些草药来。"说完仔细看了看伤口便去寻找草药。

丁一帆也许急着要追打毒蛇，没有听到叶叔的话。李静夫看到渐渐肿大的伤口，立马俯身下去，用双手牢牢夹紧她的小腿上方说："谁有绳子？"大家都说没有，他便迅速解开自己运动鞋上的鞋带，在杨柳的小腿上方抽紧扎实，然后用嘴吸出她伤口上的蛇毒血。

已经处在昏迷状态的杨柳见了心里十分感动，眼泪掉了下来。白梅、傅珍等都为李静夫的行为动容。

叶叔抓着一小把草药回来说："谁有水冲洗一下？"

傅珍拿着一个军用水瓶，扭开盖子，对着叶叔手里的草药倒水冲洗。叶叔把冲洗干净的草药放嘴里咀嚼烂，吐出来覆盖在杨柳的伤口上，然后再把剩余的草药咀嚼烂，找个塑料袋装好。

他的行动一气呵成，快捷迅速。丁一帆回来，虽然感到没有打到毒蛇有点遗憾，但看到杨柳正闭着眼睛靠在白梅的胸前，没有了惊恐、痛苦的表情，担忧的心便安定了。

过了好大一阵，杨柳慢慢睁开眼睛，见伤口敷上草药，正慢慢退肿，心里开始宽慰，又见大家围着自己，便说："对不起，不小心被毒蛇咬了，耽误了大家赶路的时间。"

白梅不客气地说："现在就不要说这样的话了。好点了吗？"

杨柳挪动了一下腿脚说："问题不大。扶我起来。"白梅与傅珍扶她站了起来，她挪动了两步，看着前面过了小溪就到灵光寺了，便说："很快就要到目的地了，我们继续走吧。"

丁一帆见她没事，松了口气说："真把我吓坏了。"

她瞪了他一眼说："我命大，不会死的。"说完要李静夫拿了她的书包，白梅、傅珍扶着她慢慢走路。

他们在灵光寺停车场边的小食店草草吃了早餐。开车时，叶叔走上车看了看杨柳的伤口，对她说："细妹，'茅事''茅事'。"

她把脖子上挂着的玉佛挂件放到他的手里说："感谢您的救命之恩，做个纪念吧。"

叶叔忙推却说："使不得，使不得。"

"这是我的一点心意。你如果不收下，我心里会非常难受的。"杨柳诚恳地说，坚持要他收下礼物。

叶叔见推辞不了，想起女儿几次闹着要他给她买支钢笔，便说："已然这样，那你就送支笔给我吧，让我的女儿用你的笔来好好学习，希望她也能像你一样考上大学。"

杨柳听了，从书包里拿出一支钢笔给叶叔。叶叔愉快地收下了，顺手把挂件套在她的脖子上。

叶叔下了车，走到李静夫身旁，紧紧抱着他说："好细哥，好细哥。"然后把手里的装有草药的塑料袋交给他，告诉他敷几次药，再买些消炎药吃吃就没事了。

小涂也许被感染了，也抱着叶叔说："没有你的神药和他的急救办法，这次要出大事了。"

叶叔说："这对我们山里人来说是小事一桩。"

丁一帆一边走下车来招呼李静夫他们上车，一边拍拍叶叔的肩膀说："你的行动使我们看到了客家人热情好客、助人为乐的精神。我们一定会记住你的。"

叶叔连忙摆摆手说："唔敢当，唔敢当。你们去吧。"

叶帅故居离公路还有一小段路程，客车开不进去，只能停靠在公路旁边。丁一帆领着大家去参观叶帅故居。李静夫借故疲倦了，留在车上照顾杨柳。还有几个同学也许太疲劳了，也留在车上休息。李静夫与杨柳隔着过道并排坐着。杨柳拉住他的手紧紧握着不放，轻声说："我错过了机会。"

他没有听明白她说的是什么意思，便问道："你错过了什么机会？"

"她比我漂亮、比我优秀、比我果敢、比我有远见、比我有判断力。"

李静夫终于听懂了，心里极不是滋味，一时不知说什么好。

"我已经感觉到，你们已经相爱了。"

他紧握着她的手，还是没有说话。

"真没想到，你和叶叔竟成了我的救命恩人。"她说完，眼泪又禁不住地流了下来。

他松开她的手，帮她擦干眼泪说："言重了。一切都是命运。但是，我们的乡情、友情、同学情谊是永远不会变的。"

她点点头，听了他的话，心里好受多了。这时，去叶帅故居参观的同学陆续回来了，丁一帆是最后一个回来的。白梅回到车上，也许是为了安慰杨柳，淡淡地说："叶帅故居管理得不是很好，就几间旧房子，没什么好看的。"

傅珍接着说："在这样的穷山沟里，出了个这样了不得的大人物，正是'英雄不问出处'。"丁一帆回到车上见杨柳在闭目养神，对大家说："参观叶帅故居，我感到是这次活动的最大收获。"

小涂清点了一下人数，看人都齐了，对大家说："这次行程的所有项目都已完成，我们现在回学校了。"

第十一章

夏天的太阳着实殷勤得很，才早晨五点多钟，就急急忙忙地从山中钻出来，要为人民服务了。然而，这个时刻正是一天内最为凉爽的最好时光，闷热得一夜模模糊糊、似睡非睡的人们，这时心情才平静下来，渐渐进入梦的佳境。它却自以为热情周到地来服务了，这就像一对热恋着的人正在餐桌上调趣，情味正浓，却被一位热情周到的服务员插进来，给他们一杯咖啡一样，叫人情趣大败。请不要怨恨太阳的冒昧，其实，这是自然规律，它也是没办法的，只不过要遵循这种自然规律，从而推动自然社会向前发展。若说能左右人们的，莫过于瞬间万变的社会生活了。每一分钟、每一秒钟的变化，都会令某些人欣喜，某些人悲哀；某些人高升，某些人落难；某些人的才华溢现，某些人的才华压抑；某些人生，某些人死……这是一个博大而错综复杂的大千世界！

在教授楼前，几棵白玉兰树下的一片空地上，有几个老头在打太极拳。其中一个是65岁的彪形大汉，尽管看上去肌肉已极为松虚，头发花白，轮廓分明的大方脸上显露出不少寿斑，可他的眼睛还具神采，通过热身,赭铜色的脸上渗着一些红晕。这红晕是在皮下,粗心的人是看不出来的。他就是江南师专的党委书记黄冷果。市委常委、组织部部长已找他谈过话，要他给各个学校的老领导树立个榜样，离休后是回山东老家，还是由市委老干局分套房住下，由他自己定，而且要他推荐、物色接班人选，但在还未批准以前，还是由他继续主持工作。从目前的情况来看，这学期江南师专的大事还是由他黄冷果说了算。昨天他接到省教育厅厅长的电话。电话里说，根据今年5月份中央有关教育改革的精神，该年的毕业生一律不得转行，如有特殊情况，也要严格控制把关。

他干了几十年的党政工作，很清楚今年教育改革的力度很大，是教育改革极为重要、极为难忘的一年。一是1月21日，第六届全国人大常委会第九次会议做出决定，将每年的9月10日定为教师节。今年的9月10日是我国的第一个教师节，从此以后，教师们也有了自己的节日。二是5月15日，由中共中央、国务院召开的全国教育工作会议拉开了序幕。会议通过了《中共中央关于教育体制改革的决定》。三是5月27日，中共中央颁布《关于教育体制改革的决定》。《决定》高屋建瓴，说出了广大师生的心里话，也说出了全国各族人民的心里话，具有特别重要的历史意义和现实意义。“教育体制改革的根本目的是提高民族素质，多出人才，出好人才。”说得多好哟。“改革的主要内容是：改革教育管理体制，在加强宏观管理的同时，坚决实行简政放权，扩大学校的办学自主权；调整教育结构，相应地改革劳动人事制度；改革同社会主义现代化不相适应的教育思想、教育内容、教育方法。经过改革，要达到：使基础教育得到切实的加强，职业技术教育得到广泛的发展，高等学校的潜力和活力得到充分的发挥，学校教育和学校外、学校后的教育并举，各级各类教育能够主动适应经济和社会发展的多方面需要。”《决定》还对增加教育投资，把发展基础教育的责任交给地方，有步骤地实行九年义务教育，调整中等教育结构，大力发展职业技术教育，改革高等学校的招生计划和毕业分配制度，扩大高等学校办学自主权，加强领导，调动各方面积极因素，保证教育体制改革的顺利进行等问题，做了明确的原则规定。四是出台了《中小学教职工工资制度改革方案》。自己心里想想就明白，仅半年时间连续出台四个重大政策法规和措施，中央重视教育的程度为历年之最。

当然，上述这些都是他在报纸杂志、电视新闻和广播中得到的信息。按照他多年的工作经验，这些改革政策法规和措施，只不过是个大框框，最主要的是看上面下达的文件规定的具体内容，而文件下来时，最少又是一两个月后的事。所以，目前这个非常时期是可以半执行和不执行时期。改革，过去他反感，一年又一年的大学毕业生都分配了工作，正在为“四化”建设大显身手，改什么？但反感归反感，还是要喊下去的。他决定按照省教育厅厅长的电话精神，以及本校的实际情况来权衡、把握毕业生的分配工作。高考恢复只有几年时间，不可能培养出大批教育人才，教育部门的教师队伍残缺不全的情况十分严重，甚至到了青黄不接的地步，而且其他部门也同样急需要大学毕业生，但师范学校培训出来的学生不做教师，教师紧缺的现象会更加难以解决。有些师范生不愿意做教师，想方设法转行到热门行业、热门部门，其本身思想就有问题。这种风气不扭转，不但教师紧缺的问题解决不了，而且会严重影响教师的工作积极性，影响教师在社会上的形象。省教育厅的决定是正确的，他完全赞成。黄冷果根据省教育厅的指示精神结合本校实际，向市委书记和分管教育的副市长提出，今年江南师专的应届毕业生一律充实分配到教育系统去，不得转行、外调。市领导表示支持，还说是为江南市的教育事业发展做了件好事、实事。

黄冷果还想到，几天前的一个晚上，洪伟来汇报学生会近来的工作安排，主要做三件事。他都十分赞同。同时，洪伟说了两件事：一件事是洪伟他自己的，说江南市委宣传部领导向他打了招呼，征求他的意见，去宣传部从事宣传理论工作，洪伟基本上同意，主要看黄书记的意见。他很高兴洪伟能把自己的毕业去向情况和自己的想法，向他汇报，征求意见。另一件事是反映有一天晚上，丁一帆他们利用文学社的集会，进行迷信活动，用扑克牌算命。这哪里像个大学生的样子？20世纪80年代的大学生真叫人摸不透。管了，说你保守、反对开放；不管嘛，又看不过去，他觉得不管，共产党出生入死打出来的天下，就会毁在这些青年的手里。他们只知道喊呀、闹呀，跳迪斯科呀，像洪伟一样的好青年有几个？不能不管啊，只要他还在江南师专一天，就坚持管一天。因此，今天上午，他主持召开党委会，学习贯彻落实中央有关教育改革的会议精神，研究部署当前师专的工作，以及应届毕业生分配的具体原则。

当离开家到党委会议室时，他对今天的会议内容的结论，已胸有成竹了。

他走进会议室，各位党委委员都等候在那里了。这也是他执政的一条不成文的规定。各位党委委员必须比他先到，这无非是要显示他的权威。有一次，校党委副书记、校长黄看石教授，没事先跟他请示有其他事要晚点来，比他迟到5分钟。他竟当面批评黄看石的党性不强，且组织纪律散漫，还发了一通马克思主义党性原则的教育，一直教育到黄看石当着众人的面承认错误，坚决改正为止。对此，黄看石毫无办法，因为他正常工作才几年时间，而且年龄又早超过了退休年龄，只是上级一时还没有找到合适的人选，才让他体谅组织的困难，暂时坐在这个位置上，有气也只能往肚里咽。他便采取半天请病假休息半天上班的方法。只因校长迟到5分钟，一上午的党委会，什么事情也没有研究决定，成了一堂活生生的党性教育课。更有趣的是，一位哲学系的助教把这事例作为典例，写进一篇题为《试论共产党员在教育改革工作中的党性原则》的论文里，说明党委在教改中的重要性，被他赏识，登在《江南师专学报·社会学学科专辑》中。那位助教也因这篇“优秀论文”被破格提拔为讲师。由此,谁还敢迟到,而被人“树碑立传”呢?

这次会议，陈洁雅副校长列席会议。她只有一年的党龄，还不够格做委员。这无非是要她知道党委决定了什么，省得别人再重复告诉她。现在虽然是校长负责制，学校校长行使权力，党委起监督作用，但有些地方、有些部门理解精神不到位，在“监督”两字上做文章，像江南师专，校长黄看石要做什么，党委书记黄冷果可“监督”一下，监督来监督去，权力自然又回到黄冷果手中。

会议在黄冷果书记的定调下，作为副书记的黄看石校长坐在会议室里，一直没有开腔，高度近视镜后的眼睛不知是睁着还是闭着，在会议表决时他的头也是似点非点。这种情况，委员们也许看得清楚，也许看得不清楚，只是各自都心知肚明。在黄冷果看来，会议开得生动活泼，非常热烈，民主气氛浓厚，充分发挥了委员们的聪明才智，经过反复讨论和修改，提出了学习贯彻《决定》精神的若干意见，最后对毕业生的分配问题做出如下决定：

一、学校各系要组织师生重新学习今年5月发表的《中共中央关于教育体制改革的决议》的文件精神，树立为“四化”而教，为“四化”而学的思想，坚决与中央保持一致，鼓励学生支边，到基层去，到老、少、边、穷地方去工作。

二、今年的应届毕业生全部安排在市内教育系统，一律不得转行、外调。要坚决杜绝其他行业利用各种政治和经济的优惠条件为诱饵，挖“师资”的墙脚。

三、在毕业生中开展一次“教师是全社会的最佳职业”的教育活动。这项工作，通过全校大会以及共青团、学生会等组织进行各种形式的丰富多彩的活动，增强毕业生争当教师的责任感、荣誉感和自豪感，自觉接受党和组织的分配。

四、由于各系教师紧缺，除继续在华南师范大学、华东师范大学等选拔优秀应届毕业生到江南师专任教外，各系可从应届毕业生中挑选一名成绩优秀的学生留校当辅导员。办公室、共青团等部门若缺行政管理人员，请各系、教务处和校务办公室上报名额和人选，再经校党委研究决定。

五、全体应届毕业生应根据“毕业生自愿填写毕业分配志愿和学校党委依据毕业生的志愿研究决定”的原则，服从组织分配工作。毕业生如不按学校决定，毕业后三个月内不向接收工作单位报到，造成接收单位拒收的，毕业生自行解决去向，学校不再负任何责任。

会议还表扬了学校学生会主动开展的应届毕业生思想工作座谈会、文艺晚会和“我为母校做一件实事”这三项活动，特别是前两项工作，在全校上下反应都很好。对于第三项做实事活动，黄冷果提议开展以“清洁虎溪河道，美化校园环境”为主题的活动。与会同志都认为很好，很有创意，共青团和学生会要马上开展行动。会议还通报了英语系陈明中教授因其及其妻子多次申请要求其到英国定居，上面已经批准了他们的申请。

委员们当然感觉这次会议开得很成功。在他们看来，这次会议的决定符合委员们各自公利和私利的心理和目的。尽管除了第二条本届毕业生不得转行、外调外，其他各条与上几届毕业生的分配原则大同小异，这无形中满足了他们的自尊心和私欲，只可惜的是应届毕业生留校比例比往年几乎减少了一半。但这也是上级的要求和规定，奈何不得。

在这群人中，只有陈洁雅副校长有点闷闷不乐。她想起不知是谁说的话，“在大学内，知识即权力。任何领域决定权应该为有知识的人共享，知识最多的人有最大的发言权，没有知识的人无发言权”。而学校的现状则恰恰相反。尽管上级有规定，但她还是觉得提高教师的地位仅仅是堵住几位另有其他特殊才能的学生的出路，是极为片面、狭隘的做法。她真想向黄冷果提出，不要压制学生的能力和自由选择，因为能力和自由这两个价值观念，只有得到重视，高等教育系统中的教化作用才会持续存在。但她只有听的权力，因为她没有表决的权力。然而，她马上就意识到，这无非是对丁一帆，还有白梅他们而来的。因为，以往也是中文系转行的较多，并且黄冷果书记应该看到、至少知道有关单位要他们的商调函。留校做辅导员，丁一帆前面还有洪伟、傅珍，而且他也许会不干，更主要的是黄书记他们也不会同意；到基层中学去教高、初中学生，又是否会埋没了他文学方面的才华？我们历来注重基层锻炼和直接生活实践，这本来是好的，但忽视间接经验、理论的吸收和知识的多层放射作用。实践经验与间接经验、理论，像硬币的一体两面。往往当那些奉行直接得取经验的人，用毕生的精力想得到经验成果或想从中发明出某种东西时，不是已精疲力竭，就溘然长逝，或当他动手时，就已被那些善于吸收他人经验的人研究出来了、发明了。这在中国是不胜枚举的事例，但人们往往只能悲叹一下，掉几滴泪后就忘了。由此，因材适用才是最好的方法。

然而，她只不过是江南师专的一个说话还很不响的副校长，只能通过自己对社会、历史的体味和观察得出一些慨叹罢了。她对自己的渺小和无能为力为自己的得意门生铺出一条希望较大的路而感到痛心、可悲。

“请洁雅同志留一下。”当陈洁雅就要走出会议室时，黄冷果把她叫住了。

她只得返回来坐在座位上，听他说话。

他用老人般特有的慈祥表情对她说：“你今天参加会议好像心不在焉，或者说在走神。”

她没想到黄冷果会在主持会议和讲话中还能关注她的表现。她知道他一定看出她没有对他的所有决定表示态度。她笑了笑说：“黄书记，我是列席会议的。”她的意思再明白不过了：我是只来听的，没有表决权。

“但说说你的态度还是可以的。”他是希望她支持他的，而她却没有表态。

她只得说了："黄书记，恢复高考才几年，说人才紧缺是全面性的，不但是教育系统。如果把师范院校毕业的学生都留在教育系统，这对人才的使用是不够合理的。"

"比如说呢？"他询问道。

"比如像中文系的洪伟，他把学校学生会领导管理得很好，是一个很好的行政管理干部。这些我相信您是看到了的，而且听说市委宣传部想要他，还来了商调函。还有像丁一帆，听说江南日报社也想要他，如果按照刚才会议的决定，他们都有那方面的才能，却不能转行，这不是不合理、埋没人才吗？"她一口气把要说的话说了。

"我完全赞同你的看法，洪伟确实像你说的，是一个思想觉悟高、有一定领导能力的好青年。但教育必须优先。说我有本位主义也好，我不怕戴这个帽子。我们从事教育工作的人，不为教育事业发展说话，总不成吧。因此，我会坚持认为，只有教育优先，才能解决各行各业人才紧缺的问题。"他虽然感到她对洪伟的评价很受用，而且他就要她说出这话，但也有必要解决她思想上的一些偏差问题。

她感到黄冷果在讲些大道理，说冠冕堂皇的话，这样谈论下去挺无意思，就说："我有什么做得不对的或不够的，就请老领导直说无妨。"

他感到她知识分子的味道来了，这怎么能担大任呢？她既然说到这个份上，就把自己心里的想法说了："你看，我和校长都是超期服役了。现在，我们不仅教师人才紧缺，就是领导人才也非常紧缺，老、中、青结合得不够，造成断层现象严重，青黄不接，特别是像你这样业务能力比较强的中年知识分子不多，而且要大力提拔任用年轻干部到各系、各部门，甚至领导班子，你们要起到承前启后的作用。因此，你不仅要有挑担子的思想准备，而且要有过硬的思想水平和领导能力。"

她听出了他的一些意思，连忙摆摆手说："我感到干现在的工作都有些吃力。"

他见她不温不火的样子，便一针见血地指出："我要留下你来谈心，就是要你在政治水平上、思想水平上要有明显提高。"

她感到再不接受，他也许就会上纲上线了，只得说："让我慢慢领会您的意见和建议，在领会中提高。"

"去吧。好好工作和努力，不要辜负了同志们对你的期望。"他见好就收，同时想起一件事，把她叫住说，"你知道李静夫同学吗？"

她被他这莫名其妙的一句话蒙住了，"谁？"

"李静夫同学。"他有点后悔向她提出这一问题，但已经提出了，便重复一次。

她好像想起来了，说："黄书记，您说的是在校门口修理电器搞勤工俭学的那个学生吧？"

"也许是吧。"他也拿不准。

"怎么了？学校不是一直支持鼓励这样的学生吗？"她好奇地问。

他毫无表情地说道："也没什么，就是这个李静夫，深圳市第二中学竟然要外调他。"

"这不是好事吗？这不是江南师专的光荣吗？"她更感到奇怪了，但一想到刚才会议已做出决定，应届毕业生不准外调了，于是说，"虽然是好事，但已经不符合政策规定了。"

他不知道她是真糊涂还是假糊涂，两人根本说不到一块儿。他叫住她主要是想探听一下李静夫有什么背景，见她没有理会出来，也就作罢，心里已有了打算：一个靠修理电器勤工俭学的学生，恐怕没有什么背景吧，但做事要留有余地，毕竟深圳市第二中学的商调函是千真万确的，如果李静夫真有什么背景，省里或市里的领导有打招呼，就做特殊情况处理；如果没有就按政策规定办事。于是便说："我也替他可惜。已然政策规定了，就谁也没有办法。"

他望着她走出会议室，心想，她确实还有典型的知识分子味道，还没有官场的经验，或者说还没有被官场浸染，或者也可以理解为不想染指官场，但最起码应该知道，对她说的这个"同志们"指的就是自己吧。转念一想，他自己哈哈大笑，如果她连这点都听不出来，说明她的官也只能做到这儿了。

黄冷果认为今天上午的会议开得很好，特别是与陈洁雅的谈话，既向她放了风、伸出橄榄枝、初步探听了李静夫的一些基本情况，又为洪伟留校铺平了道路。因此，他一路哼着山东小曲回到家。

在市三〇一化工厂当技术员的女儿黄晴儿看爸爸今天心情特别舒畅，边接过他的公文包边说：“爸爸，今天有什么喜事让你那么高兴呀？”

他边走向饭厅边说：“炒一两个好菜，让爸爸饮两杯？”

她撒娇地说：“你先说嘛。”

“你不喂饱我，我无力说话哎。”他边说边卷起袖子往厨房走去。

她忙把他推到客厅说：“我怕你了，老顽童。”

他乐呵呵地打开电视机坐在客厅看电视节目。这是一个极高雅而又极具现代装饰的客厅。东西两面墙壁上挂着齐白石、徐悲鸿、郑板桥和李苦禅的画，尽管都是复制品，但一片高雅之气还是弥漫着整个客厅。南边靠阳台。阳台上各种花卉繁多：吊兰、君子兰、秋菊、玫瑰、牡丹、杜鹃等各显秀气玲珑之态，给沉闷的空气里添了不少生气。客厅靠南边是一个电视机橱，令人味同嚼蜡的电视彩色图像正急急忙忙地走过去。紧靠电视机柜橱的是一台组合音响。这些都说明黄晴儿是个特会摆布家庭装饰的年轻女性。一会儿工夫，黄晴儿就把午饭做好了，向客厅里的黄冷果说：“中午忘记买菜了，原已做好一碗墨鱼炖猪手、一盘炒青瓜，看冰箱里也没有什么可口的菜，就加炒了个黄豆蛋饼，算是下酒的菜了。”

“黄豆蛋饼才是下酒的最好菜肴呢。”他来到饭桌旁，从酒柜中拿出他最喜欢喝的山东泰山特曲，而且是52度的。他倒杯酒先呷了一口，然后坐下，立刻拿筷子夹黄豆蛋饼，却被黄晴儿拦住了，“爸呀，别只顾你高兴吧。”

他还是夹了一块黄豆蛋饼吃了才说：“按照上面的指示精神，应届毕业生不能转行了。”

黄晴儿把屁股重重地坐在凳子上说：“这与我有什么关系呀？”

他马上一脸严肃地问：“你先回答我，你是不是喜欢洪伟？”

她脸上立马红晕一片，嗔怪道：“爸爸！”

“你是我的宝贝女儿。我能不觉察出一二来？”他呷了一口酒，深情地说。他想到妻子在“特殊时期”中忍受不住被游斗，一时想不开服过量安眠药没救过来。大女儿头几年又随军了，身边就一个女儿，都23岁了，他心里急啊，怎么会不留心她的神情举动呢？

“我是一个中专生,他又那么优秀……”她看爸爸已经知道自己的心思，也就不想隐瞒了。

女儿的话刺痛了他的心。正因为妻子早逝，女儿又要照顾家里的生活，学习成绩自然受到影响，没有跟上去。对此他心有愧疚，所以他也有心物色未来的女婿。他便和声细气地说：“你那函授大专什么时候毕业？”

她责怪他说：“我什么时候拿文凭你都不知道？你一点也不关心自己的女儿。”

“爸爸不是忙嘛。”他确实感到有点惭愧。

看着领导几千号人马的爸爸难得温柔敦厚的样子，她气消了大半，说：“这学期还有两科，考完了就能拿到大专文凭了。”

他举起酒杯说：“先祝贺女儿即将成为大学生！”

他喝完杯中酒，张开嘴接住她夹送过来的一大块黄豆蛋饼，高兴地说：“大学生对大学生，我女儿怎么不优秀？”

“爸，别说了。”她不好意思地说。

他接口说：“不说就不说吧。我看洪伟是个不错的孩子。”

黄晴儿这时悟出了刚才爸爸说的话：不能转行。这说明洪伟不能去市委宣传部了，只能选择留校。她这样就还有机会得到他。更主要的是爸爸已默认或同意她与洪伟谈恋爱。既然与爸爸说到这个份上，她就把另一个担心说了：“听说他在追求他的同班同学，一个名叫白梅的女生。”

黄冷果也听说过这个名字，好像是跟丁一帆一起组织虎溪文学社的，而且听说《江南杂志》社想要她，却没有看到她的商调函。现在她转行既不可能，留校恐怕也不可能，对女儿应该没有什么威胁。有些事情，就是对自己的宝贝女儿也不能明说，只能点到为止。为此，他说道：“晴儿呀，不管是工作上还是个人的事，既然看准了目标，就要把握好机遇才会有所收获。”

黄晴儿不再说话，默默地吃饭。黄冷果也不知道女儿听懂了没有。

黄冷果吃完午饭便要午休。因喝了酒，一直睡到五点半才醒来。学校管理层也知道，像他和黄看石这样超龄服役的领导下午一般都不去坐班。

他醒来后听到厨房里有响声，便说："晴儿，今天怎么这么早就回来了？"

"做几样菜给你解馋嘞。"她应道。

他起床来到阳台活动活动筋骨，浇浇花草。转眼间，就听到女儿在喊他吃饭了。他一看手表，已是六点半了。他惊叹时间过得真快。他刚坐下吃饭，便听到门铃响了。黄晴儿边去开门边想：谁那么不自重，吃饭时间来找领导？她打开门，见是洪伟，惊喜地说："进来吧。"

"谁啊？"黄冷果在饭厅问。

洪伟连忙说："黄书记，是我，洪伟。冒昧了，吃饭时间来打扰你们。"

"说哪里话，来得早不如来得巧，刚巧我们就要吃饭，一块吃吧。"黄冷果热情地说。

洪伟说："我吃过了。你们吃吧。我在客厅里看电视等你。"

黄冷果说："晴儿，叫他过来一块吃饭。"

她便说："听到了吧，'沙皇'说话了。"

洪伟只好跟着她来到饭厅，坐在黄冷果旁边。黄冷果对黄晴儿说："去拿个酒杯来，我们男同志喝几杯。"

洪伟见黄冷果这么热情，心里不知如何是好，竟有点拘束，想说不要又怕拂了他的意。他急着来找黄冷果，是因为下午他从城内回到学校，在教学楼前遇到往宿舍区走的黄看石校长。黄校长主动跟他打招呼，并对他说，上午学校开了个党委会，决定应届毕业生不能转行，还说"可惜了，可惜了"。但在他听来倒像有点幸灾乐祸的味道，于是他去食堂草草吃了晚饭，来找黄冷果打听了解情况。

黄晴儿在他俩面前各自放上一只倒满酒的酒杯。

黄冷果看到洪伟有点拘谨，便说："我一般也不喝酒。今天是星期六，休息时间，喝点无妨。"

洪伟还是不敢拿酒杯。

黄冷果呷了一口酒说："这泰山特曲是我们山东名酒。这是御贤坊生产的酒。因它南依泰山、北靠黄河的特殊地理位置，周围有众多泉水，为酒质清纯创造了条件。这酒采用南部山区泉之源头活水，配以优质高粱、小麦、大麦、糯米、豌豆等原料，经传统工艺，泥池发酵后酿制而成。"

他说到此又呷了一口酒，对洪伟说：“你喝喝看看。”

洪伟只得拿起酒杯呷了一口，皱了皱了眉头。黄冷果也许喝了两口酒，有了酒兴，继续说：“你感觉到了吧，这酒具有窖香浓郁、柔润芳香、醇正甘美、回味悠长等特点。”说完把杯中酒干了。他接着说：“小洪，干了吧。你不用怕，这酒还有一个特点，就是喝后不口干，不上头。”

黄晴儿见爸爸只顾喝酒，接过话题说：“吃菜，吃菜。看我的手艺怎样。”

洪伟这时才看了桌面上摆有一盘芹菜姜丝炒鲜鱿鱼，一盘香菇蒸滑鸡，一碗鲩鱼汤，一盘猪肝、猪腰、猪瘦肉炒的，叫不出名堂来。他总算找到了话题，指着这盘菜说：“这猪杂炒成的叫啥菜名呢？”

黄冷果颇为自豪地说：“这是我们山东菜，也是我女儿的拿手好菜。叫‘爆三样’。先尝尝吧。”

“是爸教我做的，好坏都是他的名声。”黄晴儿用筷子指指菜说。

洪伟夹来吃了一口，便说：“香滑可口。”

“算你会吃。”黄冷果来了兴趣，“这菜用猪肝、猪腰、猪瘦肉、冬笋、菜花、鸡蛋清、湿淀粉、料酒、精盐、味精、葱、姜、蒜末等爆炒而成。中国菜里以‘爆’而熟的品种不少。不管是东南西北菜、四面八方味，不外乎是用汤爆、油爆、盐爆、酱爆、葱爆等。资深厨师‘爆’出来的菜一准儿都是脆嫩、急汁的。不光有外‘口儿’，还得有‘里味’。爆菜本是‘北人所长’。爆菜讲究的是火候，能凸显火候功夫的是原料。这里面就数‘爆三样’最‘爆彩’。它使用的原料有一个标准，非鲜肝不用，非里脊肉不浆，五六道工序清洗加工成或块或片或条。我们山东擅长用酱爆、爆油滚炒，‘碰汁’调味后，肝的脆嫩、肉的滑润相得益彰。食之口感层次丰富，酱香出头，淡甜收口，里味鲜香。”

黄冷果像说书一样的叙说像机枪连射，洪伟听得糊里糊涂，心想这个老头，不仅做工作头头是道，喝酒吃菜也是一套一套的，心里顿添一番敬佩。

黄晴儿见状，对黄冷果说：“爸爸，不要在学生面前卖弄这些陈词滥调了。只顾着说话，菜都凉了。”

黄冷果举起杯与洪伟碰了一下，知趣地说：“女儿说得对。喝酒，吃菜。”

洪伟喝了两杯酒，脸红耳热。

饭后，黄晴儿收拾好饭厅和厨房后，便回到她的房间温习功课。黄冷果与洪伟坐在客厅里喝茶。

几杯热茶下肚，洪伟便向黄冷果汇报学生会的主要工作情况，过后还说了陈述副主席要辞去职务的情况，希望学校领导考虑能够尽快补选一位副主席。黄冷果充分肯定他主持学生会的工作，把他在党委会上的意见说了,要求他尽快组织开展以“清洁虎溪河道,美化校园环境”为主题的活动，这也是把学生会提出的“我为母校做一件实事”的具体化。

洪伟听后说:“还是黄书记站得高、看得远，虽然‘为母校做一件实事’看起来好像很具体，但我们就是不知从何事做起，而黄书记能直指具体事项，及时为我们指明了方向。”说完马上表示要在一周内组织实施好黄书记的指示精神。

黄冷果听了心里很舒服，阐述他的想法:“确实是这样，我们要做的实事很多，从哪一件实事做起？哪一件实事最有意义呢？这就要我们善于开动脑筋。清洁虎溪河道，就是为了保护母亲河、美化母亲河，还一个美化、净化、绿化的母亲河给广大师生，这意义就非常重大了。希望小洪能够从这件小事中体会到，只要挖掘得对，就能从中发现其重大的历史意义和现实意义。”

洪伟听得频频点头。

“这也是当‘一把手’的要义之一。”黄冷果好像已把他当作女婿般来耳提面命为官之术了。洪伟更有醍醐灌顶之感，只是自己要了解的内容却迟迟不见其说起，自己在深受教诲时也心急如焚，他想总不能老是侃侃而谈和频频点头了，便喃喃自语起来，好像有什么难于出口的事情在左右着他。他漂亮的脸蛋还是好看的，特别是喝了两杯酒，虽然感到头有点晕，但看上去更显得容光焕发。黄冷果终于发现他在吞吞吐吐，就说:“你还有什么事吧？尽管说，尽管说。”

“只是，只是……”他斜眼看看黄冷果，见是鼓励的目光，便试探着说，“只是我们学生会的工作没做好，特别是我们学生会个别负责同志，忽视了对马列主义和三中全会后政治思想的学习，资产阶级自由化思想严重，沾染了资产阶级腐朽没落的思想。……”他这话听起来好像对黄冷果的讲话风格有现学现卖的感觉。

“直说吧。”不知是天气太闷，还是嫌他在自己面前也来这一套，黄冷果这个说惯官样文章的人也嫌他啰唆了。

“学生会宣传部部长白梅为了达到其去《江南文艺》杂志社的目的，竟不惜向丁主编献殷勤，据人反映，有不正当的……”

“对同学要爱护有加，不要乱说毫无根据的话。”黄冷果听了高兴，说明女儿说他在追白梅的事情并不属实，当然也不排除有吃不到葡萄说葡萄酸的情况，但无论如何，他俩相爱的可能性已不大。

洪伟见他反而帮白梅说话，好像自己要诬告她一样，只好继续说下去：“今天下午，我和团委书记范炳去团市委汇报学校的青年政治思想工作，看见她头发极乱地从文联宿舍里走出来，范炳喊了她几声，她都当作没听见，急急忙忙地奔上公共汽车。唉！都怪我平时对她帮助不够。”

他说完低下了头。

“你不要难过，如果真有此事，责任在我们，是我们校党委对学生思想教育工作做得不够。”黄冷果被他这样直率的自我检讨式的话语打动了，在他眼里，这个小伙子更加成熟了。在历届的学生干部中，他最满意的是他，既不夸夸其谈，放空屁，又不隐瞒事实，胆小怕事，而且善于理解领导的意图，善于自我批评和检查自己的不足，严格用共产党员的标准要求自己。从他的身上，他看到了希望，这真是个难得的人才啊！他觉得白梅的生活作风问题是她本人的思想问题，并不是洪伟帮助不够的责任问题，不要给他精神上过大的压力。因此，自己必须主动把责任承担过来。而且临近毕业，还有很多工作要靠他去做，不能消了他的锐气，更主要的是他通过校党委的决定堵住了洪伟要去江南市委宣传部的去路，洪伟只有一心一意地留校了。如果洪伟留校目的达到后，黄冷果也就达到了如下两个目的：一是洪伟成为他在师专的第三梯队，在这人才紧缺，急着用人之时，他要破格提拔他为团委副书记，成为他在师专权力的延伸人；二是自己的宝贝女儿对洪伟有意思，希望能借此成全此事。因此，应更多地关心他、爱护他。

他端起茶杯喝了口茶说：“你有什么考虑？”

洪伟近来比较频繁地来的目的就是想把毕业分配的去留敲定，只是苦于如何开口才能更圆满无缺呢？他还没有想好。现在黄冷果主动提出，他喜出望外，但还是忍耐住性子试探着说："我是您老看着成长的人，我想多锻炼锻炼自己，多涉猎一些东西，所以想去江南市委宣传部，听说还来了商调函……"

"你的想法很好。市委宣传部面对的是全市宣传工作，视野比较宽，是个锻炼人的好地方。这是一个青年人应有的追求。市委宣传部也确实是来了商调函，但是，非常可惜，上面有指示精神，今年的应届毕业生一律不得转行。校党委也没有办法，只得按照上面的精神办。"

"像丁一帆那样来了商调函的呢？"他递给他一支双喜香烟掩饰自己的不安说。这么重大的决定，洪伟一直不知，惊愕自己消息来得慢，若不是遇到黄看石校长，还不知上午学校开了党委会呢。他心里一阵紧缩，为了再证实一下，便把丁一帆也带出来了。

"你都不成了，何况他人？纵使就是可以转行，这个狂妄之徒也不成！"黄冷果一听到丁一帆不知为什么心里就气。他接过洪伟的香烟点着火，狠狠地吸了一口。不管是谁在他面前提到丁一帆的名字，他心里都不快。

一阵沉默，洪伟也觉得奇怪，为何要急于想得到丁一帆的情况呢？这无非是一种仇恨和嫉妒心理在作怪。他恨自己的涵养还不够，既造成黄冷果的不快，又没把自己的毕业分配问题问出个眉目来。他的脑功能迅速地转动着，有了。他说："他这正应了您老曾经教导过我们的一句话：一切离开马列主义、毛泽东思想的行为，不管它伪装得多么漂亮，也不过是猖狂一时的东西，终于会在革命的照妖镜下显出原形，被钉在历史的耻辱柱上。"

"记忆力真尿尿。"说这样的俗话，不仅证明黄冷果高兴了，而且不把他当外人了。这个随着南下部队扭秧歌的"文化兵"，其实只读了三年小学，20 世纪 50 年代初期进驻广东一所大学两年，竟获得了一张大学文凭。谁想得到 30 多年过去了，才派上了用场？一贯以老大粗自居的他，原来也是个知识分子。

"有理走遍天下吧。"洪伟已觉得心烦热燥了，端起茶一饮就是半杯，心里才一阵凉爽，现在去江南市委宣传部的路已经堵了，只有留校一条路了，他要在黄冷果高兴的时候把自己的要求说出来。他说："黄老，我感到在您手下工作能学到许多东西，这我铭记在心。但同时我也感到我的学识还很肤浅，想留校后能向您学习更多的东西，不知有无希望？”

“我看嘛，本来你一开始就说留校，也许问题不大，但是，现在全校上下都基本知道你要去市委宣传部，而且还来了商调函，这就说明你不想留校，转眼间又说要留校，怎么办才好呢？”说到这里，他有意停了下来。

洪伟听了心里凉了一半。本来按照以往的规定，应届毕业生转行是没有问题的，只要与学校领导表示表示自己的心愿，学校领导同意就成，也就是说黄冷果同意就成。今年不知上面哪位领导神经出了毛病，说不能转行就不能转行了，搞得就是一心向着自己的黄冷果也觉得难办了。但他心里马上暗下决心：留校、留校，一定要留校！一定要跟定黄冷果，才能达到这一目的。他想起身跪在他的面前表明自己的态度，但起身时腿在藤沙发扶手上碰了一下，终于又坐了回去说：“这也是学生不成熟的表现，希望黄老指点指点。”

黄冷果眼看着电视，手敲击藤沙发扶手，像是自言自语地说：“这事确实有点难办。从哪里说起，有什么理由呢？”

洪伟急得不知如何是好。这时，也不知黄晴儿何时冲过凉了，只见她从卧室袅袅地走过来，一袭粉红色的睡衣将她的妩媚、性感展现得淋漓尽致，洪伟只觉得手心开始冒汗，一股暖流流过全身，心跳和呼吸也随之加快，只听她说：“什么难办、说起、理由的？”

黄冷果有点不高兴地对她说：“你不要干涉爸爸与学生的谈话。你复习好你的功课。这次考完毕业了成了大学生，才是你要做的事。”

“我这次考完毕业了，你是否把我调回学校来？”她既是有意在洪伟面前将他一军，也是有意向洪伟透露她的个人信息。

他笑笑说：“你真有这本事，也就符合学校招人的必要条件。爸爸就放下这老脸，利用点特权，答应你的要求。你想去人事处还是图书馆？”

她听他一下子说出两个部门，不解地问：“去人事处怎讲，去图书馆又怎讲？”

黄冷果又回到领导者的口气说：“想当领导就去人事处，想清闲就去图书馆。”

她高兴地说："我才不信呢。到时候你反悔说你没说过怎么办？"

黄冷果用手点着她笑哈哈地说："没用的女儿，连老爸的话也不信。"

她转向洪伟说："洪伟哥，我怕他反悔，你就做证人，看他以后如何反悔。"

洪伟见她从卧室出来，也许是酒精的作用，平时相貌一般的她使他感到有美若天仙之姿，再看了她的不该看到的东西，早已心猿意马了。这一声"洪伟哥"，令他在心底里有了喜滋滋的感觉，而且他们的对话……想起自己留校的事，只要求求她跟黄冷果说说，还用什么说起、理由，还有什么难办？由此，他连忙说："我做证，做证。"

"好嘛，爸爸，你记着哎，这下你总算赖不掉了呀。"她对黄冷果说后，又对洪伟说："我有两道题不知怎么做，你能给我指点指点吗？"说完也未待洪伟回答，便朝卧室走去。

洪伟看看黄冷果，只见他起身说："你能帮就帮帮吧。我也要出去散散步，呼吸呼吸新鲜空气。"说完出门去。

洪伟见黄冷果发了这话，便欣喜地进卧室去辅导黄晴儿。

第十二章

洪伟说得没错，他在城内看到白梅头发极乱地从市文联宿舍里走出来，确实是事实。

因为是星期六上午，毕业班的学生各自写毕业的自我鉴定。写鉴定不是什么难事，白梅三下五除二地把鉴定写好，看还有不少时间，就邀杨柳、连瑶池等去市内逛街并看了场电影。当然她的目的是因为自己去《江南文艺》杂志社的商调函一直还没有发出，就想去见见丁主编，看能不能把这事定下来。看完电影已经是下午四点多钟了，她跟杨柳她们说她想去《江南文艺》编辑部送稿件，是否一起去。杨柳她们知道她的意思，便推脱说有事要先回校了，她就自己去了编辑部。没想到今天正巧是周末，编辑部没有人上班，她便去了丁主编家里。

白梅把两年多来渐渐积蓄起来的对丁一帆的感情，终于倾泻出来了，结果是使她感到了失望后的轻松，自己毕竟是把人生应走的那段路程走了。她现在急切要做的事，就是希望去《江南文艺》杂志社的事有个完美的答案。她要完成她父亲一生的追求而未能实现的事业。

《江南文艺》杂志社的主编姓丁名锋，住在市文联一幢六层的宿舍里靠东的最上一层。本来他这个文联副主席兼《江南文艺》杂志社的主编，理应能够分到三、四层的任何一个套房，然而他发扬风格说，某领导资历老、某领导工作时间长、某某是60年代就很有名的作家，他毕竟才40多岁的人，而且刚当选为副主席，理应由他来住最高层。这倒被年老体弱而又做调研员的老领导赞赏不已，认为有如此豁达的中年干部上来，江南市的文化事业后继有人。然而丁锋有丁锋的想法，住最高层，他要压千人之下的心理得于平衡。这里登高望远，视野宽广，空气清新，而且又是尽头，尽头的一个独立王国，一个迷宫。既是写作的清静环境，又是与作者谈创作提意见的优雅之室。他的文章龙飞凤舞，极能摄取各个时期的政治风云，如他的一首代表作诗歌《毒草与鲜花》，就说明了他的为官为人为文为事之品：

资本主义如毒草，
社会主义似鲜花；
毒草不铲是笨蛋，
鲜花不爱是傻瓜。

总之，他很符合中国当前对干部的要求和条件：前途是光明的，道路是曲折的，允许人犯错误，允许人改正，重在政治表现。他就是达到了这些干部标准的领导干部。每一任领导对他的工作都很满意，这就不言而喻了。

白梅下了公共汽车，转了一次车，买了两斤苹果，就朝六层楼登去。

一阵音乐门铃响后，门开了，露出丁主编的脸，他惊喜地说："是小白啊！快进来，快进来，这么久没来了，还以为你把我这个不称职的老师忘了呢？"他说话极富感情，她坦然地笑了。

"临近毕业，事情较多，几次想来都没挤出时间来。"她把拎着的苹果送到他伸过来想拉她的手上说。

白梅在客厅里坐定后，觉得很静，就说："丁阿姨他们呢？"说完她心里头便觉得有种不安感，以往她都是星期天来的。

"上班的上班，上学的上学，就剩下我这个总被人遗忘的人了。"丁锋风趣地说。

她想到丁一帆只见过他一次，便说他是个官气十足、没有思想、喜欢自吹自擂的人，但她总觉得他平易近人，而且很风趣。同一个人，因与不同的人接触，他们的感受区别竟是如此之大。

他把削好的一个苹果给她。她看他的眼睛是明亮、清澈的。当她接过苹果后，他仿佛突然忘记了什么，放下水果刀一边朝他的卧室兼书房走去一边说:“差点忘了,《江南文艺》第三期有你的一个组诗,大样已经出来了,来看看。”

她高兴地说:“请丁老师拿出来看看。”

“还是进来吧。”他在里面说。

她只好走进去。她第一次进他的书房兼卧室，以往来都是在客厅里座谈。卧室内有一张书桌和椅子，旁边有一个书柜：上半部分是玻璃门，下半部分是木板门。他的书不是很多,有《列宁全集》《革命样板戏选集》《毛主席的红旗飘万代》《三中全会以来》，还有浩然的《金光大道》、欧阳山的《三家巷》、丁玲的《太阳照在桑干河上》及贺敬之、郭小川、艾青的诗歌集等书籍，书桌上有一半的地方堆着杂志和书籍。一张茶几和两张棕褐色的沙发，沙发靠背摆放着潮汕地区出产的白色抽纱绣巾，煞是好看。一张有床单垫的八脚顶帐床。整个房间虽然不是很文雅，但好像也不俗气。白梅坐在沙发上接过他递过来的诗稿大样看起来。她有一种清雅而又兴奋欲醉之态，这使她本来的美更添上一层迷人的色彩。丁主编仿佛也醉了，卷了一下舌头，把已溢满口内的唾液咽了下去，把头向她凑了过来。白梅闻到一股男人的气味,心里一阵惊恐,就把还没看完的大样递到他面前说:“还可以，基本上没有改动。”

他没有马上去接她递过来的大样，而去握她的手。她把手缩了回去，他才接住大样说:“在江南市区这么多女作者中，不，应该说是女诗人中，你的诗别有一番意境,不少人都来信说喜欢你的诗。看来你是前途无量啊!”

她连忙接过话题说:“都是丁老师指导下的一些进步。我想问问……”说到后面，她不大好意思地喃喃起来。

“看你,有什么事尽管说,难道你还信不过老师?”他微笑着诱导她说。

“我就要毕业了，你曾跟我说过，想要我来编辑部当编辑。”她来的目的就是要解决毕业分配商调的问题，把这一问题说完，心里感到一阵轻松。

“这个嘛,我们已经做了初步研究,基本上同意了。”他轻松地看着她说，在她听来这事在他的眼里根本就是一件小事。

白梅心里顿时升起了希望之光,理想就要实现了。她感激地对他说:“丁老师，我一辈子忘不了你对我的提携之情。”

她的心扉确实被深深地打动了。

他也不再说什么，觉得火候已经到了，一种强烈的不知升腾过多少次的要得到她的欲望，在他心里蠢蠢欲动了。他不知道这是第几个女作者了，但他知道这是最美的一个，这一点是确定无疑的。他走到书桌边，在信笺上写着什么，然后从公文包里拿出一个印章，在嘴唇边哈了几口气，然后压在信笺上。这一连贯的动作之迅速和准确，像是他早就知道要办这样一件事似的，他撕下那张信笺，回到白梅的身边说:“小宝贝，现在你该满意了吧?!”

她见是请求商调她的信函，边看边说:“满意了，满意了。”竟没去想他这句话的不同处。

他把商调函拿回来放在桌子上，然后俯下身快捷地伸手来抱她说:“小宝贝，但你还没满足我啊!”

她还没有反应过来，他已抱起了她。她这才知道他要干什么，急切地、奋力地挣扎叫嚷着:“丁老师，你是我尊敬的人，别害了我呀!”声音凄惨而撕人心肺。

他抽出一只手，拿起沙发靠背上的抽纱绣巾，塞住她的嘴，另一只手快速解她的衬衫扣子，一时解不开，干脆扯开她的衬衫，只听“嗒、嗒、嗒”的几声响，她的衬衫纽扣被扯断了。掀起她的内衣，一双雪白的小兔，活蹦乱跳……她自认为有能力像抵挡洪伟的求爱一样抵挡他的进攻，但他如此迅猛强硬的袭击，而且又是在这叫天天不应，叫地地不灵的地方，她绝望了。

“你这畜生，看你干的好事!”突然一声响，压在她身上的他被掀开了，她看到了怒气冲天的丁阿姨在说，“我早就关注你的一举一动了。你这个狗改不了吃屎的东西!”然后转向白梅狠狠地说:“还不给我滚!”

白梅惊醒过来连忙翻起身来对丁阿姨说:“感谢你!丁阿姨!要不是你及时回来，我就要被这个禽兽糟蹋了。”说完冲出房门。她走到楼下仿佛都还能听到宿舍内的打骂声。

她盲目地走了一段路，有一个迎面走过来的小女孩突然回到她的身边说：“姐姐，你的衣服没有扣纽扣。”

她一时羞愧难容，才想到那羞辱的一幕，忙拉紧衣服，走到最近的一个女时装店，买了一件白花格衬衫穿上，把换下的那件衣服丢在店里。

她回到学校宿舍，一头扎在床上，蒙上被子，号啕大哭。

她仿佛做了一个梦，一个噩梦。天在往下沉，地在震荡中裂开，万物在倾斜，在旋转。一切都变得模糊，一切都变得可恶，鲜花谢了，绿叶枯了。

这是一个令人窒息的世界。

这是一棵刚刚开花的白梅树，仿佛被春天里的淫雨所透发的山洪吞噬；这是一棵修长笔直、极能成材的白梅树，却被夏天里的台风所淫威卷刮，抛进深深的苦海……

她尽管受到丁主编的污辱，但还是庆幸丁阿姨的从旁帮助，使她幸免被毁灭。她不明白，一个人想要干点事业，为什么要这般艰辛、迷茫、痛苦？为什么每走一步都要流下咸涩的泪水，留下弯弯曲曲的脚印和血泪混合的心迹？难道社会生活就不能给人一些希望，一些可以慰藉的东西？

怎么空气是那样的少？怎么空气变成了一簇簇火焰在舔灼她的身体？怎么走进了一片黑暗的世界？像是在一个黑洞里，怎么又有光亮？是从哪里射进来的？她努力挣扎着想睁开眼睛，但眼皮像一扇被锁着的沉重的铁门，她被闷压得透不过气来。她终于睁开了眼睛。光亮是日光灯发出的青白的冷光。原来已是晚上了。

“你醒来了？”这是谁的声音这般甜润，是傅珍？是杨柳？她把头侧向声音的一边，她看清楚了，是杨柳。她心里又一阵疼痛。在这个时候见到杨柳，她更有一种说不出来的滋味，便又把脸侧过去。

“你好点了？该吃点什么了吧？”

又是那甜润的声音，她不理会。她不想她看自己的笑话。

又是一片死一般的静寂、烦闷，天要下雨了吧？她要出去走走，离开这令人窒息的地方，到外面清凉的世界里去。被人看见也没有多不好，反正是在晚上。

杨柳对白梅从没做过过分的事，但她总对杨柳不满，这些杨柳都不计较。当然这主要是因为丁一帆。今天，她和傅珍见白梅半天没有起床，以为她病了，然而爬上床去摸了一下她的头，并没有发烧，再问了几声都没反应。傅珍见白梅不太理会她，就说让她好好休息。杨柳便去帮她打回了晚饭，以便等她起床来吃。刚才见她睁开眼睛，高兴地问候她，她却不理睬，也就觉得算了，从上架床下来躺在自己的床上想心事。

白梅见房间里静了下来，以为杨柳她们出去了，于是起身整理了一下衣服，从上架床下来，朝外面走去。

杨柳看着她那疲倦的身影，心里不安起来，她要去干什么呢？现在她神情很反常。她知道她今天下午去市内了，或许是去《江南文艺》杂志社的事没办成，给了她打击，怕同学们笑话。白梅一心想去《江南文艺》杂志社，至少文学社的人都是知道的，如果去不成，她也许会因为自己的精神支柱突然倒下而痛苦，空虚绝望，从而干出些傻事来。想到此，她跟着她出去了。

外面没有一丝风，天空像是被凝固了的一块铁板，只有炎热的气温的弥漫，仿佛这块铁板每处都藏着炸弹，随时都会爆炸一样。除了那些还想进修本科的学生，他们不怕炸弹随时爆炸，就像阿基米德不怕刺刀抵住背脊一样，待在教室里、宿舍里，去啃那些枯燥无味的永远也演算不完的习题和某某科专家、教授的像天书一样莫名其妙的难者难、易者易的专著，其余的就往树林里、草坪里钻，漫步到虎溪河岸、杨梅桥上去溜达、纳凉。

杨柳远远地跟在白梅后面，关注着她的情态。她真怕自己曾经想做的事情会在白梅的身上发生。因此，白梅走到哪里，她就跟到哪里。

“杨柳，怎么一个人在散步？”

一个人影突然挡住了她的视线。她定睛一看，是洪伟。她对他从不感兴趣，就淡淡地说：“谁也没规定不准一个人散步啊。”说完继续走她的路。

洪伟刚从黄冷果家里出来，本来应该心情极佳才是。但他并不是这样。当他走进黄晴儿的卧室时，他就预感到要有什么事情发生。然而，当他走进去时，黄晴儿坐在书桌前做作业，见他进来，招呼他走到书桌前，拿出作业本，指着一道习题要他看。他一边看习题一边往她的胸前看，又看到了她那半露的雪白的乳房，不由得心猿意马起来。她问了几次，他都只是支吾几声。她有点火了，站起身来，正碰到他的脸。他顺势就把她抱住。

她挣扎说：“洪伟哥，你怎么能这样呢？”他不说话，把她的嘴封住了。她推了几下，没有推开他，身体便软了。他已经有三年没有近女人身了，如干柴遇烈火，一路攻城略地，便把黄晴儿拿下了。由于久旱逢甘雨，他还想再下一城，被她挡住了。

他离开黄晴儿的家，被冷风一吹，仿佛一下子清醒过来。他马上意识到自己做了件傻事。因为有与蔡厂长女儿的经验教训，自己一直都怕重犯这样的错误。他是个过来人，也知道黄晴儿对自己有意思，一直有意回避她的目光，怕再与领导女儿发生这样的事，添加麻烦。然而，命运之神又一次让他重蹈覆辙，叫他如何是好？这是不是黄冷果书记设下的陷阱？想到这里，他打了个激灵，冷汗便冒了出来。于是，他仔细地像放电影一样地回想整个过程，又好像不是，是自己做贼心虚还是……去黄冷果家、向黄冷果提出自己的想法、向黄晴儿进攻等都是自己主动的。

这一切的一切，都是自己想留校所一步步实施的事情。

这些事过去了就过去了，只是与黄晴儿的事，这次恐怕不能像与蔡厂长女儿一样了结了。他想到李静夫的如山口百惠一样美丽的女朋友，连一个靠勤工俭学读大学的人都能交上如此美丽的女人，自己身为学校学生会的主席、学校的优秀学生，却谈了个相貌平平的中专生，不，即将就是大专生了。他担心的是别人还会说他攀龙附凤，靠与学校党委书记的女儿谈恋爱来达到留校的目的。如果是这样，他即使留校又有何脸面见人？然而，像目前这样的形势，不靠她又能靠什么留校呢？先留校，其他事情以后再说。

洪伟还想到，黄冷果是个超期服役的党委书记，是“兔子尾巴——长不了”，是个就要离休的人，只要稳住他们父女就成，一切车到山前必有路。他就这样一路想着，遇到了杨柳。他顿时觉得杨柳确实比黄晴儿要漂亮千万倍，心里又泛滥起来。虽然他跟杨柳没有什么直接接触的机会，偶尔找白梅商量学生会的工作，在她宿舍里和她见过几面，闲谈几句，她也多是戏谑他的语言，但他觉得更有一番情味，心里会挠痒几天。他已经感觉到在他面前有她和白梅这两个美人，他的心是难平静的。只是中间还横着个丁一帆，他对杨柳更没有机会可寻，现在也许机会来了，机不可失，时不再来。他跟上她说：“杨柳，我跟你透露个消息。”

他见她没再说什么，就说：“我说了你不要生气哟。”

她想尽快摆脱他的纠缠，好跟紧白梅，就说：“我不生气，你说吧。”

“你不能留校了。”他淡淡地说。

她听了心里一颤，自己怕哪个就来哪个，于是试探说：“‘百晓哥’，你怎么知道我不能留校？”

他故作神秘地说：“你反正不想听，就算了。”

她的胃口被他吊起，反击道：“你不说也罢。”

他看她情急的样子，心里暗暗高兴，便说道：“你不知道吧，上午学校开了党委会，其中一项内容就是研究了应届毕业生的分配问题。各系基本上只能一人留校当辅导员。”

她想了想，以往都是每个系最少两人留校当辅导员，现在如果各系仅一人留校，按成绩当然是自己，但英语系留校可能性较大的还是连瑶池了。她毕竟是学生会的组织部部长。这样一来，自己确实不能留校了。她心里便有点惆怅，不由叹了口气。他看在眼里，也叹了口气。她好生奇怪，便说：“你是学校红人，还愁没有好位置呀？叹什么气呀？”

他假装忧心忡忡地说：“学校党委会还做出规定，应届毕业生一律不准转行。”

“那，你去市委宣传部也不行了？”她问道。

他把手一摊说：“那还用说？”

她看他那手势有点做作，想到他纵使不能转行，留校也是没有问题的，他无非是对她不能留校有些幸灾乐祸，便也想戏弄一下他，于是说道：“你是我们的领导，转行不成，留校是绝对没有问题的，我只是希望你能帮我一把。”

“帮你留校？”他有意问道。

“难道你不愿意？”她看着前方白梅的身影说。

“我的大美人，只要你真心求我，哪有不愿意的？而且你留校了，我也留校，不是两全其美？”他向她大献殷勤，边说边向她靠近。

“这有什么关系？”她的语调有一丝丝的甜润味儿，说话的同时加快了步伐。

他见她是在明知故问，胆子也就大了，说道：“因为我又可时时见到你了。见到你，我就想起了很多很多美妙的故事，那千古流传的《孔雀东南飞》、那家喻户晓的《梁祝》……”

她接着他的话说：“见到你，我也想起了……”

他一听，漂亮的大眼睛发出明亮的光亮，原来她也是个通情达理的容易动感情的美丽姑娘。他迫不及待地问：“想起了什么？”

“想起了大海。”她做了个要拥抱的手势。

“啊！大海。我也非常喜欢。”他美得忘乎所以了，真是天赐良机了。他要抓住这一良机，大显才华一下，让她知道他的才气绝不比丁一帆这小子低。他充满感情地抒情道：“您那宽广的心胸能容纳世间的一切喜、怒、哀、乐、悲、苦、愤，既能给人伟大的思想，又能使那些狂妄之徒自愧形秽；您有时候静如处子，碧波粼粼，色彩斑斓；您有时波涛万顷，翻江倒海，波澜壮阔，……人们因为您的存在，而感到生活的快乐和生命的意义；人们因为您的博大，而感到世界的宽广。啊，大海！我神魂梦游的大海！啊，大海！我不可缺少的生命！”

他一口气朗诵了这许多，兴奋得英俊的脸上发出红晕的光亮。他深情地看着她说：“杨柳，大海简直太美了。真是英雄所见略同。”

“但很遗憾，我会晕船，一想起大海就想吐。”

“你……”他猛然觉得自己被愚弄了，极为恼火，但又发作不得。

她却像没有发生什么事一样地朝白梅林中走去。他顺着她的方向望去，只见有个身影走入林中。他知道那是白梅，她的身影他太熟悉了。他想起几天前的一个晚上，他看见白梅进入林中，然后丁一帆也进去了。杨柳是否暗中来偷看他俩的幽会？是否她们都爱上了丁一帆，他们的恋情被杨柳察觉了，正在吃醋，去暗中跟踪？他一阵高兴，决定引发杨柳的醋意，报复她。他追了上去，说：“哈哈，原来你是个特务，在跟踪人家？”

“跟踪又怎么样？”她继续走着。

“吃醋嘛！”

她的脚步停了下来。洪伟见状，更来了劲，随便编个事说：“昨天，我去找白梅商量学生会的工作，宿舍里的人说她出去了。在宿舍过道上遇到从外面回来的傅珍，问起她，她说好像看见白梅进白梅林去了，我就找去找她，你猜她在干什么？”

他见她正竖着耳朵听，就停了下来。他知道女人的制命点。果然，杨柳问了一句：“她在干什么？”

“说来都不好意思，你不要骂人啊。”他有意卖了个关子。

她有点急了，瞪了他一眼说道：“尽管说你的。”

“真不堪入目。”他继续吊她的胃口。

“就你啰唆。别说了。”她给他一个脸色。

“她和丁一帆抱在一起亲嘴呢！”他绘声绘色地说。

“你，你下作。”她跺着脚说。

“我说你不要骂人，你却骂人了，有失大美人的风度哟。”他也不是个省油的灯，调侃说，“有本事，你骂他们去。”

“好呀，丁一帆你这小子！”她在心里骂道。她想起昨晚去找他，却没有找着。被毒蛇咬伤的事中，丁一帆的表现使她感到不满和不爽。如果按照他的做法，不仅毒蛇打不到，而且她也会因此丧命，由此也充分暴露了他的性格弱点，只想着如何去解恨，不知道如何去保护自己心爱的人。她心里曾掠过一阵阴影。他是自己的保护神吗？回来后，她与他还没有单独相处过。现在看来，他原来是脚踏两只船。她心里难受起来，眼泪也流出来了，朝林中奔去。

洪伟本想放声大笑一下，乐一乐，但还是忍住了，还是跟着她去为好，看看是否还有什么更精彩的节目。

白梅已走到白梅林西侧的尽头，虎溪河的北岸。这里是虎溪河折向南流去的 135 度的弯曲处，到这里乘凉的人较少，白梅曾和傅珍她们偷偷地来这里游泳。这时河风飘来一丝丝的凉气，她稍稍感到轻松些，但还是感到浑身燥热得很。她在河岸边看着碧黑的焕发着万千波光的河面畅想着，徘徊着。

杨柳正想前去，只见白梅已脱了白花格衬衫，露出光洁的肌肤和乳罩，然后脱去了长裤，剩下三角裤衩，借着朦胧的月光，她的全身顿生一片迷人的银辉。随后，银光闪闪，她纵身跃入虎溪河里，一片银辉在杨柳、洪伟眼中消失了。

“啊！救人呀！”也许她又想起她那投河未遂的一幕，才发出这样荒诞的叫声。

但这一声却提醒了同样看清楚了这一幕的洪伟。他被白梅那优美的体态、光洁的肌肤迷住了，情欲勃发。他想起他挑拨她与丁一帆之间的矛盾的未成、她对他的冷漠与忘恩负义、她对他的求爱的拒绝等等，这一切的一切一齐涌上他的脑海。一种复仇的火焰与刚才跟黄晴儿意犹未尽的肉欲一齐喷发，他拔腿跑了过去，跳入河中。

杨柳跟着跑到河岸上。

白梅在河中，感到从未有过的快意，一切的忧愁和烦恼，都随着这快意的出现而消失得无踪无影。她尽情地享受着这一切。她在水中一时蛙游、一时仰游、一时自由泳……她的游泳技能娴熟，动作优美稳健，这就难怪她在校运会上获得女子游泳比赛全能冠军了。她正在体味着这无穷的乐趣时，突然一个黑影急呼呼地从岸上跳下来。她还未弄清楚是怎么回事，那人已游到她的身边，一只手朝她的身上摸来，然后抓住了她的乳罩。她一边挣扎一边说：“什么人，你给我滚开！”那人滑脱后又朝她袭来，并说：“白梅，我来救你！”她听出是洪伟的声音，就说：“我们河水不犯井水。你再无礼，我就喊了。”“这里没有井水。”他又挽住了她的身子，又在她身上摸捏着。她奋力挣抗，时沉河底，时露河面。她的抗争更激起他的兴奋，对她摸捏的力度更大了。她午饭后一直没有吃过东西，体力渐渐疲倦，而且又是个女的，哪里斗得过正大发兽欲的男人。她浑身无力，渐渐瘫软了。洪伟又摸捏了她一阵后，不便也不敢在河水中久留，边拉托着她边朝岸边游去。

杨柳目睹了这一切。如果是不知情的人看来，洪伟一定是在救人，而且最后确实是他把白梅救上岸的。此时的杨柳后悔自己刚才的那一声，为洪伟的“救人”行动有了借口。她既后悔又痛恨自己，但更多的是痛苦。她总算看清了洪伟平时道貌岸然、学生楷模的丑恶嘴脸。她走向他们，待洪伟把白梅拉上岸时，她狠狠地朝洪伟胸前猛击两拳。洪伟没想到她会来这一手，向后退了几步，仰脸掉入水中。

杨柳连忙给白梅穿上衣服。洪伟已爬上岸来，对她说："两拳真有劲，打得好！"她也不去追究为什么世界上会有这样厚颜无耻的人，只能迅速地帮白梅穿好衣服。发现白梅身上有几块紫黑的伤痕，眼泪簌簌地掉了下来。她心里说："白梅，我对不起你，我害了你呀！"

这时已围了不少人，正七嘴八舌地议论着，并看着热闹。洪伟要求背白梅回去。杨柳一把推开他，像怕他夺去自己神圣的东西一般，狠狠地说了一句："你给我住手！"洪伟却露出了一丝不易觉察的笑容。从这笑容中可以看出他的扬扬得意。他见白梅没有大的危险，扬头用双手扫了一下湿润的头发，便知趣般地站在一边。而被围观的人则将他的行为看成是英雄的行为，向他投去敬佩的目光。有人围着他询问救人的细节。他怕久留难以回答众人的问话，连忙摆手说："没什么，小事一件，小事一件。"

一位好心的围观者听他救人后还那样谦虚，建议说："小心着凉了，你还是先回去换衣服吧。她已经没有危险了，你放心去吧。这里有我们呢。"

他顺水推舟地说："那我先走了。多让你们劳心了。"说完还边走边回头看了几次，一副放心不下的样子。

杨柳待白梅苏醒过来后，慢慢扶她坐起来，并把她的手搭在自己的肩上。白梅见是杨柳，先是犹豫了片刻，把想伸向她肩上的手缩了回来，但见围观的人渐渐多了，就没说什么，双手还是搭在她的肩上。杨柳边简略地回答他人的询问边拨开他人，携扶了一阵后，便背起白梅朝女生宿舍楼走去。

第十三章

洪伟按照昨晚与黄晴儿的约定，今天的晚餐没有去学生饭堂吃，而是到她家去辅导她复习功课并吃晚饭。

开门的是黄晴儿，她给了他一个微笑后，小声对他说："'沙皇'心情不好，跟他说话小心点。"

他点点头，见在客厅里坐着的黄冷果看了他一眼便继续看电视。他尊敬地对他说："黄书记好！"

黄冷果并未回话也未点头，他和黄晴儿便不敢去沙发上坐，也不敢离开客厅到别处去，站着等黄冷果发话。他来时心情极佳，充满想象，这时心里却七上八下，不知会有什么灾难要降临他头上，令他如身在油锅一样难受。

死一般的寂静过后，黄冷果终于发话说："家门不幸，家门不幸。"

洪伟听出了他的话外之音，昨晚的事他知道了。他看了黄晴儿一眼，她正低着头，双手拨弄着。

"我家教失败，家教失败。"黄冷果像对他们说又像是自言自语。

"爸，你不要再自责了。你这样自责，我心里难受！我不是跟你说了，我是爱他的嘛。"她哀怨地说，眼泪就要掉下来了。

洪伟看在眼里，心里一阵爱怜，这事是自己主动的，不能让她受委屈，就说："这事责任在我。"

黄冷果就是要他说这话，于是说："你有什么责任？"

洪伟只得说："因为我爱她，是我主动提出来的。"

"是真爱她，还是想留校？"黄冷果穷追不舍。

洪伟坚决地说："是真爱她。"这次虽然自己没有想好，但是已经没有退路了。

黄冷果也放缓了语气说："你真爱她，她又说爱你，我就相信你们的话。如果只是为了留校做出这样的蠢事来，你未毕业就会被开除了。再者，纵使你留校了，因为你们没有爱情而没有结果，说明你的动机不纯，只是想留校。如果这样的话，就是留校了也会开除公职的。"

说到这里他停了下来，见洪伟已经满面冷汗。他接着说："本来你们年轻人的事，我不会过问，因为你们都是成年人了，小洪还是经党多年教育培养的优秀党员。但是，你们明白吗，纵使你们真心相爱，你们考虑过这样做的后果将是什么？你们想过吗？"

他和她都没有说话，像一对做错事的孩子，只有面对大人教诲的份儿。

黄晴儿听了他的话，看着洪伟说："当然是结婚呐。"

洪伟见是如此状况，不仅只能表白对她的爱情，而且不能对黄冷果提出留校的事，只有死心塌地跟着黄晴儿，才有他的光明前途了，便说："我跟她的想法是这样的。只要晴儿不嫌弃我，就是我一生最大的幸福。"

黄晴儿听了他的话，心里很高兴，也不管黄冷果还在眼前，就拉着他的手对他说："洪伟哥，你分配到哪里，我就跟随你到哪里。"

洪伟偷看了他一眼，好像他反而难为情似的，放在沙发上的手放也不是举也不是的样子。只听黄冷果说："你们嫌我老糊涂也罢，嫌我管得严也罢，反正作为长者，要对你们说的话也说了，随你们去吧。"说完向他们摆摆手，意思明摆着，让他们想干什么就干什么去。

洪伟见黄冷果因为他与黄晴儿的事，对他变得不冷不热的样子，是对他的过火行为极为不满的显露，因此便感到自己留校的事会更为遥远，便拉了一下她的手，意思是让她当着他的面向他提出留校的话。人在自己不能把握自己命运的时候，总是希望对自己的命运有一个较为明确的走向，心里才比较踏实。洪伟在情急之中哪能想到只要按照自己的既定方针去做，别说留校，就是再往好的方面想也不为过。也许她没有理解他的意思，也许她理解了，但对他的想法嗤之以鼻，反而拉着他去厨房帮她做饭。

黄冷果对洪伟昨晚的表现确实有点气愤，真是胆大妄为，今天如果不给他一个下马威，以后如何能控制他？他望着洪伟的背影又想，这个人有思想、敢起落、有野心，但也明显可以看出欠谋略、心计，就是说还嫩了点。这一路走来，他基本上没有偏离自己的思路。若因想留校而与女儿谈恋爱是情有可原的事，人往高处走嘛。昨晚，自己有意说去散步，也只是想给他俩一点空间，能够渐渐把恋爱关系确定下来，也唯有把恋爱关系确定下来，最起码自己人中有默契、约定，才能最后确定他的留校问题。这小子不仅如此，竟敢把生米做成熟饭。这样敢作敢为的人，今后不是成为人杰，就会成为人渣。当然，这也许跟人的阅历和经验有关，这也是年轻人的共同特点，目前他们幼稚一点反而给人一种真实可信的感觉，同时对人也不能求全责备。他又想，自己毕竟老了，也可能是自己看走了眼。

果然，刚到厨房里，她便低声地、关切地对他说：“被‘沙皇’吓着了吧？”

他伸了伸舌头说：“真是判若两人。”

“昨晚，你也太心急了点。”她娇羞地说。

“那不是因为太爱你了而闹的吗？！”他边说边向她说起留校的事。

她边洗菜边说：“我看你是个聪明人，怎么对这事却这么糊涂。你看现在他在气头上，能说这事吗？”

“离毕业时间不多了，我不是心里急嘛。”他还是没有把这事放下来。

她干脆说了：“真是孽障，你就放心地做你的事吧。这事包在我身上。”

他顺势亲了一下她的脸说：“这是你自己说的哟。”

她回亲了一下说：“还孩子气呢。”

洪伟想，虽然她不是自己心目中追求的恋人和结婚对象，心里还有疙瘩，但已经弄成这样，还有什么办法呢？也许这就是人们所说的婚姻吧。昨晚与白梅的亲密接触还历历在目：当触摸到白梅光滑优美的腰身时，他心里战栗了一下，随后随着她的反抗，他的心脏在加快跳动，加大了抚摸她的速度和力度，使他非常满足，终于与心爱的人有了身体接触。当然，昨晚能救落水的白梅，倒要感谢那个讨厌的杨柳的那一声“救人”，使他有足够的理由去接触她的玉体。同时，为了增添自己留校的理由和条件，他已与学校广播站负责人说了派人采访他救人的先进事迹，并在明天中午的广播时间广播。

“你发什么呆？”黄晴儿看他愣愣地站着，于是问道。他看到她粉红的脸颊，心里有了冲动，便想抱她，她扭腰挣脱说：“你怎么这猴急的？”这让他感到她也还有娇媚的一面，便盼望着快点吃完饭好辅导辅导她。

第二天上午，也就是星期一上午，洪伟参加了在学校礼堂举行的江南师专毕业生工作会议暨学校团委和学生会联合召开的本校应届毕业生应如何树立“教师是全社会最佳职业”的学习讨论会。学校领导陈洁雅副校长出席会议并讲话，学校团委书记范炳主持了会议。陈洁雅在讲话中说，今年是广大教育工作者的喜庆之年。为什么说是喜庆之年呢？一是中共中央、国务院召开了全国教育工作会议，二是颁布了《中共中央关于教育体制改革的决定》，三是出台了《中小学教职工工资制度改革方案》，四是确定每年9月10日为教师节，今年是第一个教师节。这充分说明中央对教育工作的重视和关怀，学校要求广大师生要认真学习领会中央教育工作会议和《中共中央关于教育体制改革的决定》精神，增强师生的光荣感和责任感，为我们教育事业的蓬勃发展做出应有的贡献。特别是即将走向社会、走向教师队伍的应届毕业生，第一年当教师，刚走上讲台就迎来第一个教师节，难道作为人民教师不感到光荣和骄傲吗？这不是一个非常值得纪念的日子吗？同时，她宣读了学校党委对应届毕业生分配的五项规定，希望认真执行，不辜负学校的殷切希望，成为教师队伍中的优秀人才。她还在树立“教师是全社会最佳职业”学习讨论会上听取了几位师生的发言后说，随着中央和各级党委政府对教育工作的重视和支持，又有广大师生的共同努力，教师是全社会最佳职业，教师是“人类灵魂工程师”将一定会当之无愧的。

紧接着，洪伟代表团委和学生会就星期四在学校虎溪两岸举行的以“清洁虎溪河道，美化校园环境”为主题活动的具体事项做了安排部署，要求应届毕业生一律不得缺席，如若请假，要经系主任和团委书记批准，同时各系要准备好彩旗、横标、工具等，务必使整个活动生动活泼、多姿多彩。

丁一帆和傅珍、连瑶池、李静夫等参加了会议。他们听了陈洁雅的讲话，心情都极为不佳。反而对洪伟说了什么，没有多少记在心里。他们个个像泄气的皮球，无精打采。丁一帆转行的愿望没戏了；傅珍也会因为洪伟不能转行，留校的机会不大；连瑶池也感到如果各系只留一个人留校，杨柳的各科成绩比她好，她留校的希望会受到影响；李静夫外调深圳任教的事也会化为乌有。他们感到不对劲，怎么说不能转行、外调了？为什么事先没有任何征兆？难道就因为有对教育工作的四大喜事，就可以实行部门保护主义吗？学校这一决定，对他们来说有如晴天霹雳，打得他们措手不及。面对突然而来的冲击，他们各怀心事：如何才能走出目前的困境？这无序的征兆，或许正意味着一场暴风骤雨即将来临。

杨柳因要照顾白梅，便向系主任请假，没去参加这个会议。她担心白梅在思想疙瘩还没有解开前，情绪会有所反复。当时她把白梅携挟回宿舍，放在自己的床上，就催傅珍叫校医。校医诊断结果是风寒，血气低弱。包了一些退烧片并打了一支针，又发了张病号小灶卡，并叮嘱杨柳要好好照顾她，关键是要加强营养。

经过一天的调理，白梅睡眠很好，一直睡到今天八点多钟才醒来，人清醒了些，而且高烧基本退了，但又有点低烧。她见杨柳坐在床边守着，极过意不去地说："我没有什么大病，只是受了点凉，很快就会好的。你还是去参加会议吧。"

杨柳还想安慰她，傅珍推门进来说："白梅，有个作废的好消息。"

"已是好消息，为何又是作废的？"杨柳好奇地问。

"《江南文艺》杂志社不是要你去当编辑吗？这不是好消息？"傅珍认真地说，"是吧，但是上午学校召开的会议已经规定应届毕业生不准转行了。这白梅的好消息不是作废了吗？"

杨柳想岔开话题，对傅珍说："你去开会了？会议这么快就结束了？怎么知道白梅去《江南文艺》杂志社的事不成了？你别道听途说嘞。"

"会议还未开完。"傅珍说道。她是听完陈洁雅的讲话就溜差了。因为她没有心思去听洪伟的工作安排部署。她感到她留校的最大障碍就是洪伟，他不能转行了，若要留校，她就没戏了，所以当听到他讲话时就心烦意乱了。"洪伟才讲话，下面就议论纷纷，有人说他是见义勇为、救死扶伤的英雄、学习的榜样；有人说他是披着人皮的禽兽……这该相信了吧？”

“臭嘴。”杨柳不客气地打断她，看了白梅一眼，向她眨眼说，“傅珍，你今天怎么了，尽说些不该说的话。”

傅珍确实被突然而来的事砸蒙了，她以为有了这条所谓的好消息，溜的有理由，白梅也不会见怪。没想到后面说的正刺痛白梅的心。果然，白梅听了说：“是英雄，是狗熊，天会知道，会报应他的。”

傅珍马上转了话题说：“你身体好点了吗？你看我的这个烂嘴巴。”

白梅淡淡地说：“我这两天也想了许多，也基本上想清楚了。身体已没有什么，就是还有点提不起精神来。我现在还有什么好消息？一切由它去吧。”

“真是可惜了，这该死的不得转行的鬼政策。”杨柳不经意地惋惜道。

白梅听了，眼泪又流出来了。杨柳惊愣了，嘴张得大大的没有说话。

“人算不如天算。”白梅无力地说。

“确实人是胜不了天的。”傅珍也不无感慨地说，并把陈洁雅在会上说的应届毕业生的五条规定详细地说了。

杨柳虽然心里早已清楚这事了，但听了还是愕然，想到自己留校当辅导员的希望已经不大了，但见她们都心灰意冷，总不能大家都灰心丧气的，于是劝慰说：“看你，有点挫折就说丧气话。”

傅珍认真地说：“杨柳，我不比你气大，你是好样的。”说完，她伸手去摸白梅的额头，连低烧也退了，“吉人自有天相，没事了。杨柳，你继续看着她，我去食堂打饭给你们。”说完拿起书桌上的保温瓶去食堂了。

“你说哪里话，我的脾性哪有你的好？”杨柳对傅珍说，“这次听你的，你去吧，我会照顾好她的。”

白梅见傅珍走后，慢慢坐起来说：“杨柳，我对你讲实话吧，我差点被丁……丁……”

杨柳听到这里，脑中轰的一声响。又想起昨晚洪伟对她说的事。她气恼地说：“好啊！丁一帆，你够下作的。我找他算账去！”

她还未说完，就风风火火地朝门外冲去。

“回来！”白梅也不知哪来这么大的力气，大喊了一声。

杨柳愣在那里，眼里发出困惑的光，见白梅大喘着气，就慢慢地走回床边坐下，像一个不知道做错了什么事的学生在等待老师的惩罚。

“看你想到哪里去了，我说的是《江南文艺》杂志社的丁主编。只是你不要跟别人说起这事就是了。他想要我来交换工作。若不是丁阿姨及时赶回来，我就遭殃了。”

杨柳终于想到她前天从市内回到学校后的反常状况，想起那天晚上洪伟对她说不能转行的话，再次验证他确实是个“百晓哥”，什么事情他都能先知道，如果白梅那天也能像洪伟那样提早知道会议消息，她就不会去找丁主编，也就不会发生被丁主编污辱的事了。她想到这里，顺势扑在白梅的身上说：“我们为什么要变成女人啊！”

白梅也抱住她说：“都怪我幼稚，又特别爱虚荣，被别有用心的人利用了。”

杨柳想起陈明中对她的虚伪和利用，确实是因为年轻阅历浅，容易轻信别人而使自己吃亏，便说：“这也怪我们过于轻信这可恶的社会。”

“起来吧，压得我好痛，受不了。”白梅推推她说。

她不好意思地坐起来说：“男人都不是好东西。”

“这要分析，我看丁一帆就不错。”白梅像想起什么，说道。

“你爱他？”她极不情愿地说出这话。她觉得奇怪，今天不知为什么，白梅今天什么都肯谈。

白梅眼睛亮亮的，点点头说：“如果他爱我，我就不会像现在这样心灰意冷了。可惜，他不爱我，却爱你。当时我简直嫉妒死了你。”

白梅青白的脸上是那样安详，好像还有了红润，这是人到了真正无私的时候才具有的表情。

杨柳心里激动，拉着她的手，抚摸起来，也不知是因为有一个男人爱她，而这个男人又是她极爱的人而高兴呢，还是为白梅没有得到他而痛楚，她柔和地说：“其实，他也有很多缺点。”

“看来，你也很爱他。用不着脸红，从你这句话里就可知道。他正因为有缺点才可爱，这些缺点是男子汉都具有的缺点。而那些完美得几乎没有缺点的男人倒要我们去提防，打开完美的迷雾去认识他。”

“你今天简直是一个哲学家。”杨柳好像重新认识她似的。

“我也不知道为什么，今天我好像一下子就明白了许多道理。”白梅青白的脸上露出一丝微笑。

杨柳在静静地体味着她的话。

白梅见她在认真地听着，就继续说：“杨柳，你说怪不，刚才我还做了个奇怪的梦。”

“什么美梦？”傅珍推开门进来问。随后连瑶池她们也叽叽喳喳地进来了。

看来，上午的会议已经结束，但从她们疲倦的面容里可以看出，会议的目的没有达到，收效甚微。去年，学校团委组织的一个“你最喜欢的职业”的无记名投票测验活动，结果百分之八十的学生没有填“教师”一栏，把黄冷果书记气得找来范炳狠狠地骂了一顿。

杨柳起身对傅珍说：“还是问现实的好，看午餐是否又是‘三路白军会战’？”

傅珍听了想起“三路白军会战”是她们女生给食堂的饭菜起的名称，即指经常性的白米饭、白菜、肥猪肉，于是笑道：“算你聪明，确实还是‘三路白军会战’。但白梅的不是，她的是病号餐，清淡开胃的姜丝葱花排骨粥。”

连瑶池她们都是吃过饭回来的，便要杨柳去吃饭，她们照顾白梅吃饭。

这时，学校的午间广播节目开始了。一段歌曲过后，报道了一篇通讯《杨梅河上的颂歌》。通讯详细地介绍了洪伟同学前天晚上如何奋不顾身地救落水者白梅同学的先进事迹，而且还加了本台短评。

短评上说：……从洪伟同学的身上，我们看到了80年代的青年，是充满朝气的有远大理想的一代新人。洪伟同学的事迹表明，曾经一段时间被人贬低的雷锋精神，是经受得住时间检验的，是在继续发扬光大，“两个文明”建设的春风已吹进人们的心中，已体现在人们的行动上。洪伟同学的事迹还表明，学校的政治思想工作是确有成效的，洪伟同学的成长是与这分不开的。正如古语所云：桃李不言，下自成蹊。我们相信，通过学习这一事迹，在“两个文明”这块芳林之中，会竞相绽放出一朵又一朵绚丽多彩的“文明之花”。

白梅正吃着粥，听了通讯报道，浑身还在疼痛的伤痕又被撕开。杨柳在学生食堂吃饭时听了，愤懑之火又从心中升起，报道还把她扯进去，她看到在吃饭的有些认识她的同学向她投来异样的目光。她胡乱吃完饭便急急地朝宿舍奔去。

黄冷果和黄晴儿父女俩也正在吃饭。黄晴儿听了先是惊喜，心爱的人做了件好事，向父亲投向幸福的目光，心里好像在说女儿找的对象不赖吧，女儿还是有眼光的。转念一想，洪伟救人之事正是她与洪伟亲热的晚上，是他走后发生的，救的又是同班同学，她心里便有了想法，纳闷起来。她放下筷子，对父亲说有点不舒服，先回房休息。

黄冷果听到这篇通讯，看了女儿的反应，感到在女儿与洪伟之间是有些问题需要洪伟解释的，更主要的是洪伟和学校宣传处的同志做出格了，在这样的时刻，一切以安定团结为主，还要这劳什子的“先进事迹”干吗啊！年轻气盛，年轻无知，再一想，如果搞得好，也许能为其留校增添砝码。一切看事态的发展再说。

正在吃着午饭的陈洁雅听了，惊愣了一阵后，心情不安起来，拿着一把折扇出了家门。

丁一帆听完后，简直怀疑自己的耳朵是否有问题，当向同学确定都听到此事后，一颗心急不可待地飞向女生宿舍……

两支队伍在同时行进着。一支是向洪伟学习，表决心做20世纪80年代的新雷锋的队伍，其中热血沸腾、气氛热烈的场面，是在书本上、电影电视里都能欣赏到的精彩画面；另一支队伍就较为复杂了，当然来的人都是来看望白梅的，但各自的目的不同。有的人是想欣赏一下她的“病态美”，有的人是想从中得到某种心理上的满足，有的人是表示同情、关怀，有的人是想从中了解事实的真相。

然而，“女人国”的将士们却筑成一道铜墙铁壁，不让这支队伍攻进来。女生宿舍区何时有的自动轮流执勤的值日制，没有人去考证。只是连刚入学的新生都愿意去遵守和执行这样的自行规定。反正，最多半年才轮到一两次，而每天午休都可安乐无忧地生活，何乐而不为呢？今天因为特殊情况，傅珍自愿加入宿舍楼的午休值班。

团委书记范炳来了被挡了回去，各科任课老师被挡了回去，男生被挡了回去……

陈洁雅副校长手拿一支檀香木扇来了，值班员和傅珍都没法挡住，也没挡她的念头。这是因为她的微笑，还是因为她在她们心目中的真正地位呢？还是因为她是同类项？不得而知。总之，她很自然地、不费力地冲破了这铜墙铁壁。

在宿舍里的杨柳、连瑶池等向陈洁雅问好、让座。白梅见陈洁雅在杨柳的指引下来到自己的床边，慢慢地坐了起来。陈洁雅见状连忙前去扶她说：“你还是躺着好。”

白梅还是坐起来，动情地说：“陈副校长，真没想到您会舍弃午休时间来看我。我再怎么也不敢躺着见您呀。”

“唉，看你啊，人都哭成这样了，还不忘记说俏皮话。”陈洁雅看见白梅红肿的眼皮说道。她是想让压抑的气氛轻松点。

白梅说：“只是被沙子打了，擦洗得较重。请您放心，没什么的。”

“白梅，你还年轻，一切都要放得开才成。古语云：留得青山在，不怕没柴烧。”她以为白梅听到学校规定不准转行，心里一时想不开，有轻生的念头，所以当她听到广播后，尽管是午休时间，她还是要来看看她，主要是想从精神上鼓励她解决好目前的思想问题。

白梅知道陈洁雅错误地理解为自己因不能转行而产生不好的念头，本来想向她解释清楚，但想到解释了又能怎样？还是不要加深她的思想压力，让她早点回去午休，就说：“我会按照您的指示精神办的，放松自己，留得青山在，不怕没柴烧。”

陈洁雅听了高兴地说：“你这样说了，我就放心了。这才是我的好学生。”

“我会是您的好学生的。陈副校长，感谢您的关心，您放心回去吧。”白梅用自信的眼神看着她说。

陈洁雅见她如此好强，来时的担心已全部释然了，拍拍她的肩膀，抚摸着她手说：“那我走了，好好休息。”

白梅心里感到特别温馨，突然觉得就像自己的母亲抚摸自己一样，真想留她多待一会儿，不想让她那么快就走。陈洁雅也感觉到了她的依恋，如果自己的女儿不是因为自己被批斗、被隔离审查，没有及时送医院医治而死去，丈夫也不会憎恨自己而与自己离婚，女儿也应该有白梅这么大了。她动情地说："当教师也不会影响你利用业余时间搞文学创作的。我有一个同学在市教育局当副局长，我跟他打个招呼，就让他协调一下分配你到江南中学任教。这样好吗？"

白梅听了十分感动，这样好的领导哪里去找呢？但她两天来想了许多，其中她想得最多的就是写诗歌等文学创作，她今后不会再有这方面的念头，再就是教师她是当定了，只有当教师才能提高人的素质和思想道德水平，只是不想在江南市任教,究竟去哪里任教一时还没有想好。于是她说道："真心感谢您的关心，我将永世不忘。但是，我不想到江南中学任教。我自己的事情，我自己会解决，请您一百个放心好了。我定会好好的！"

"我相信你。但毕业分配的事,再慢慢考虑不迟。"陈洁雅边走边说,"你休息好后，可要感谢感谢洪伟同学喏。"

白梅听了哭笑不得，说也不是，不说也不是，坐在床上一脸无奈和尴尬地望着陈洁雅走出去。杨柳听她这样说,在她走出房门后便忍不住向她说："陈校长，学校广播说洪伟救人是失实的。"

"啊，何以见得？"她还是继续走着说。

杨柳于是说："我就是报道中喊'救人'的人。"

"哟，你就是杨柳呀。我总算姓名与人对上等号了。你的诗写得也不错。"她回过头来看了杨柳一眼说,"如果失实,那你说出一二三来。比如说，白梅为什么那么晚了还单独一个人去游泳？你说了'救人'没有？为什么洪伟不是在救人？洪伟又为什么要编出救人的故事来？等等。"

被她这样追问，杨柳反倒不知如何说了。杨柳能说白梅在游泳前遭遇丁主编侵犯侮辱的事吗？能说出自己说"救人"是自己的条件反射吗？还有她哪里知道洪伟为什么要那样做呢？杨柳知道她在等着她的回答，思忖一阵后说："陈校长，请您相信我说的是真的。对于您提出的问题，我现在不能回答。"

她摇了摇檀香木扇说："我也不想探听你不能说的原因，但刚才白梅为什么不对我说这不是事实呢？难道我都不可信了？"

“陈校长,您别误解我们了。如果我不相信您,我就不会向您说起这事。”杨柳连忙解释，怕她对自己产生误会，接着说:“对于白梅为什么没有对您说，也许是她碍于宿舍里那么多人，不方便说。”

说着说着，她们已经走到楼下了。陈洁雅说道:“就算我相信你说的话，但我也要和白梅谈谈和了解了解情况才能下结论。杨柳，你说是吗?”

杨柳站在楼梯口对渐渐远去的陈洁雅说:“谢谢陈校长，我会向白梅转告您的意思。我相信事情会弄明白的。”

“好。回去照顾白梅吧。”陈洁雅回头向她招了招手说。

陈洁雅走到女生宿舍小区门口，值班的女生正与丁一帆争吵着，原因是她们不让他上去。傅珍在旁边不知向着谁好，干着急。陈洁雅见丁一帆急得像铁笼里的狮子，忍不住笑了说:“让他去吧。但不要待得太久，以免影响她们休息。”

丁一帆也不回话，径直朝三楼跑去，傅珍也跟着他上去了。

他来到304号房门口，狠狠地哼了两声。杨柳、连瑶池她们正想午睡，听到声音，住上层的就连忙放下蚊帐，装睡。正准备午睡的杨柳连忙扣上衬衫纽扣，打开门，站在门口说:“你来也不看时候，还是先回去吧。”

她说着就要关门，丁一帆双手推开门说:“回去?是啊!你说现在是什么时候?还来这一套。”

杨柳只得放他进去。

丁一帆对她们说:“不好意思,如果不是特殊情况,我不会打扰大家的。”然后走到白梅的床边，对她说:“难道广播上说的都是事实?”

白梅刚与陈洁雅说过话，身心俱疲，正想好好休息，但丁一帆来了，毕竟代表了他的一片诚挚之心，便说:“是怎么样，不是又怎么样?”

他说:“如果是的话，你就犯傻了;如果不是的话，我们就要它一个明白。”

杨柳想起刚才与陈洁雅反映情况后，如果要揭露真相，只有白梅自己站出来才能说清楚，而任何一个人都不愿提起自己伤心的事，且就要毕业了，又遇到今年一律不准转行、外调等情况，大家心里都很浮躁，哪还有心思去处理这些事呀。她也看到丁一帆明显地消瘦了，心痛地说:“不用急，待白梅精神好点后再说吧。”

他说：“我今天急着要来，就是想把这事搞清楚。就看白梅的了。”

白梅也不想把事情搞大，毕竟就要毕业了，这几天发生的事让她感到人心叵测，于是说：“谢谢你来看我。还是杨柳说得对，过几天再说吧。”

他见她有隐情，也许是怕宿舍里那么多人听到不好办，就说：“我要对各位姐妹们说，今天白梅说的事，听了也就听了，如果被我知道谁说出去了，我丑话说在前头，我不会对你客气！要说的话，我会说的。”

白梅听到他这么说，知道如果不对他说出实情，他是不会离开宿舍的，而且不对他说出实情，他也许会怀疑自己真的是因为不能转行而想轻生或有其他隐情，但是不能向他说出被丁主编污辱的事，按照他的直率性格，他若听到了也许马上就会去与丁主编拼命！这样无异于在她的伤口上撒把盐！但是，既然自己爱过他，也许他真的会为自己做主一回。而且，自己本来想既然命运对自己这样无情，忍下这口气也就算了，然而，洪伟却既污辱了自己还要公开当救人英雄，做了初一，自己也只能相陪做十五了。她立即坐起来，极不情愿地拉开衬衫，身上青一块、紫一块的伤痕映入丁一帆的眼帘。白梅含泪向他说了事情的整个过程。丁一帆听后浑身骨节都在咔咔作响。他紧紧地握着她的手，直到她喊疼，才回过神来说：“我其他办法没有，作用也不大。我想利用我们的《过河卒》杂志的最后一期，把‘救人事迹’的真相揭露出来。白梅，你放心好了。虽然学校规定女生不得去河里游泳，但也早已有过偷偷去游泳的事例了。”

“我只是替你担心。”她深情地说。

他看了杨柳一眼说：“担心什么，现在，我去江南日报社的美梦已经成了泡影。还有什么可担心的？”

白梅看着杨柳煞青的脸和双手死死地撑着背后的书桌，就对他说：“别说大话，这是一生的大事，要认真考虑。”

“条条大路通北京。你呢？”

“我已经想好了，去支教。”白梅虽然感到他有为朋友两肋插刀的优点，但也明显感受到他只顾自己仗义的一面而忽视照顾他人心理感受的一面，是那种不会照顾女人的男人，对他也没有什么依恋了，加上被丁主编、洪伟欺辱的事情，所以她突然感到自己虽然是江南市人，但已经对江南市没有什么留恋了，迅速做出这样的决定。

“你纵使不能转行，也是在江南市分配。支教的有的是像我一样从农村来的人，希望能碰碰运气，杀出条血路来。”他不解她的想法，劝解说。

她坚决地说：“你忘记了我也是从农村来的。我也能杀出一条血路来。”

丁一帆还想说什么，腰被杨柳的手碰了一下。她说：“现在已一点多钟了，还像老太婆一样的。要不要人活？连我都倦了。”

“好，就走，就走。”他边说边从口袋里掏出10元钱放到杨柳的手心，“给她加点营养。晚上通知文学社的同学到我们教室集中。”

她把钱连同他的手握住了。他立即感觉这双细细的小手是那样有力和温暖，再看她的眼睛，像充满阳光的天空中出现一片乌云。他又立即感觉到了一种明朗中的忧郁感。他转脸看着窗外的天空凝思着。她放了他的手说：“去吧。”

丁一帆回到宿舍，见还有几个要向洪伟学习的人没有离去，便对他们说：“向洪主席学习得差不多了吧。我们也该休息休息了。”

他们听了连忙起身与洪伟又说了几句好话，就告辞了。洪伟听了丁一帆的话，也没有听出什么不恰当的意思，像是搭讪又像是自言自语地说：“做好事也挺麻烦，不好意思，打扰大家的休息了。”说完便脱衣上床。

丁一帆爬上床去，将稿纸放在膝盖上，准备写揭露洪伟的报告文学，但一时心绪很乱，不知如何下笔。他想起离开女生宿舍时，杨柳看他有点忧郁的眼神，也心乱如麻。那天去梅县阴那山登高，与她的幽会，当时既兴奋又激动，而且有向纵深行动的欲望，竟被她制止了。现在想来也好，没有进一步发展，自己就有更大的主动权。其实，当听到她已失身后，他的脑子“嗡”的一声巨响，只是由于当时的特定环境，自己说对此想得开，过后自己无论如何也说服不了自己。在她被毒蛇咬伤后，他以为能一了百了，他去打毒蛇，只是因为他平时的直率性格帮助了他，没有被人看出他的阴险心理。从此他也感到自己不是个十全十美的人，或者说是个自私自利的人，他对此感到可耻，反而觉得自己有点不配她的感觉。这使他陷入痛苦之中，既想见她又怕见她，时常失眠，人自然也消瘦了。同时，参观叶剑英故居后，他的思想有了质变。记得参观时，大家都感到叶帅故居还没有进行多大的保护，故居没有进行修葺，连州级的文物保护单位也还未列入，还未对外开放。大家看了一下就嚷着要走。他却在叶帅的故居前坐了一会儿，沉思了一阵，突然感悟到，如果叶帅没有走出虎形村，也许他至今就是个村主任，或者是县级领导，只有走出去了，才能成为一代伟人！领悟了这一“真谛”，他的心灵深处震动了，像发现了一个珍稀秘宝一样激动。他暗下决心：一定要留在江南市！回到学校，他又与苟先团联系了，并见了江南日报社社长，对去报社确信无疑了，心里才稍微安定下来。然而，天有不测风云，上午的会议如晴天霹雳，击毁了他的美梦。他不知道自己如何吃完午饭回宿舍的。当他听到午间广播宣传洪伟“奋不顾身地救人的先进事迹”后，他第一时间就感到这是一篇失实的报道，因为他知道白梅是个游泳冠军，不可能会“溺水”。这对他来说是一个转机。因为如果把他假救人的事揭发出来，洪伟排在中文系第一留校的可能性就为零。他留校的希望骤然增大，就只剩下与傅珍、白梅竞争了。白梅看来已心灰意冷了，就剩下傅珍一个人了。他认为能竞争过她。所以，虽然逼着要白梅说出真相有点残忍，但也只能如此了。

他的思路被一阵起床铃声打断，他起身去卫生间洗漱后回到宿舍，清醒了许多。待同学们走后，他开始写揭露洪伟“奋不顾身地救人的先进事迹”的报告文学《杨梅河的哭泣》，然后开始设计封面。他认真思考了一阵就着笔画了。随着笔尖飞舞，一个新颖的封面就出现在他的面前。画面是一盘中国象棋残局，楚河汉界是写意的杨梅河；一个冲过河界的卒子已直捣宫殿，老帅不能闲坐帅椅，起身拔出尚方宝剑，走出帅位，立于宝座之侧，大有与过河卒一决雌雄之态。内行人已知道扣人心弦、惊心动魄的一着定乾坤的时候到了。当然也可以理解为他们就要毕业离开学校走向工作岗位，就如一盘棋下完了，也可以理解为他们虎溪文学社今年的最后一期，对于师弟师妹们能否继续把虎溪文学社搞下去，就由他们去决定吧。他拿着封面设计，眯着眼睛欣赏了一下，觉得很满意，接着就开始写《编者的话》。

丁一帆就是这样一个怪人，越到急逼之时，才思越敏捷，奇语妙出，别具一格，大放异彩。仅一杯茶的工夫，他就一挥而就了《编者的话》。

鉴于此不长，录之如下，先睹为快：

我们无法抗拒夏天的热情相待，谨于《过河卒》最后一期予以相报。如此薄礼，谅她不意为寡情。

本期中，丁一帆的报告文学《杨梅河的哭泣》，直面学校现实生活，虽显得粗糙了些，但见刀见枪，不能不给人以思考；陈希干的小说《校园·迪斯科》和罗伟中的小说《牌王》，在揭示当代青年如何对待事业与爱情的问题方面，有异曲同工之妙；李静夫的散文《碧池》，沉静而纤细；还有白梅的诗歌《生死柏》、杨柳的诗歌《野花》，立意奇特，构思巧妙，诗境清新明丽，宛若荷花绰约、轻歌曼舞……值得一读。

一个下午，丁一帆就在宿舍完成了三个任务。

吃完晚饭，他带着所有稿件首先来到教室。他刚打开教室的灯，李静夫就跟着来了。丁一帆问他："你今天去哪里了？一整天没见你的鬼影。"

"开完会后我去了一趟市内。"他回答说。其实，李静夫参加完会议后，就去了市内，一是去两家代销磁带的电器店看看代销情况如何，并收取已销售的货款。二是顺便到就近一间邮局营业所打个长途电话，把学校规定不能外调的事跟罗素兰说说。罗素兰听了后沉默了一阵说也无所谓，就是回苏州也就是那么回事，只是以后要增加调动工作单位的麻烦罢了，同时说再想想看还有什么办法没有，能争取这次毕业分配时直接分配到深圳最好。三是他每次去市内都要去大湖公园与罗素兰散步过的地方坐一坐，待一会儿。回到学校，他刚在维修室坐会儿，便接到罗素兰打到值班保卫室的电话。罗素兰说跟她爸爸说了，她爸说他有个战友在江南市军分区当政治部副主任，是否可以通过他打个招呼？李静夫回绝了。他认为不管这样办成办不成，通过上面压下来，对他都是个伤害。他需要有属于自己的空间。他在食堂吃饭时，听到白梅"溺水"被救的事，便去看望她，才知道晚上虎溪文学社开会的事。

丁一帆不方便问他去市内做什么事，只好问他："白梅的事，你知道吗？"

"在食堂吃晚饭时听到了。"他答道。

“这是我们的主席洪伟做的好事。”丁一帆说完把他写的报告文学《杨梅河的哭泣》拿给他看。

紧接着，杨柳、傅珍等陆续来到。白梅请假。丁一帆按照过去的规定把社员们送来的稿件分发给各位社员阅读，然后社员把阅读后对作品的看法提出来，批评否定、修改补充等都可以，畅所欲言，最后由丁一帆、白梅两位主编审定发表。社员们对其他作品都只是提出修改补充意见和建议。杨柳、李静夫等几位社员对《杨梅河的哭泣》却持不以发表的建议，理由是发表了并不见得能达到揭露洪伟的目的，因为广播站已经先入为主地宣传了他的所谓“事迹”，文学社刊物的覆盖面没有它大，除非能够在比它大的报刊上发表才能达到目的，否则，反而会加深对白梅的伤害。丁一帆和傅珍等的意见恰恰相反，认为虽然《过河卒》的发行数量和范围有限，但发至学校的领导和各系主任、各班级，还有各位的辐射带动作用，以及赠送与之有联系的一些大专院校，应该能够达到目的。当然，丁一帆答应会去《江南日报》联系看能否发表，按《江南日报》的一贯风格，发表揭露性文章是非常谨慎的，估计发表的可能性不太大。更主要的是通过《过河卒》发表这一文章，体现了本刊的办刊宗旨，为白梅伸张了正义，揭露了洪伟的丑恶。既然丁一帆、傅珍把这事上升到这样的层次，杨柳他们便不太好说话了。难道这不是为白梅伸张正义？不是揭露洪伟的丑行？这样崇高的行为和品德，还有什么理由不去支持？

丁一帆见杨柳、李静夫等没有再说什么，也就是表示他们没有了意见。于是丁一帆接下来对刊物的出版工作做了分工：李静夫等几位社员负责蜡刻钢板字；杨柳等几位社员负责印刷、分册；傅珍等几位社员负责装订、糊封面。整个程序大概是蜡刻钢板字要两天，印刷包括等待印刷字墨干要两天，分册、装订、糊封面最少要一天，这样算下来，最快也需要五天时间，也就是说到星期六才能完成整个出版任务。

第十四章

星期四下午，由校团委与学生会联合举办的“清洁虎溪河道，美化校园环境”的活动如期举行。只见沿着江南师专逶迤而过的虎溪河两岸彩旗招展，学校广播播放《没有共产党就没有新中国》《让我们荡起双桨》《年青的朋友来相会》《学习雷锋好榜样》等歌曲，一派热火朝天的景象。在彩旗中，有中文系、英语系、生物系、物理系、数学系等旗帜，还间隔插有“洁净母亲河，幸福你我他”“做新时期的大学生”“江南师专是我们洁净的家园”“脏了我一人，净了母亲河”等横幅标语，给整个活动增添无限风采。

洪伟这天一早起来还担心雨能不能停下来，因为6月是江南市的主汛期,何况已经到了中旬一直没有一个像样的下雨天。这两天,天气说变就变,连续下了几场大暴雨。洪伟心里忐忑不安，担心雨这样下下去，今天的活动恐怕就要泡汤了。如若改期,对他十分不利,因为离毕业时间越来越近了,离学校对毕业生的毕业分配时确定留校名额也就越来越近了。他希望这次活动能为自己加分，待留校名额确定后再开展这样的活动对自己就没有多大意义了。所以,当范炳说今天虽然天气好转,但河里洪水上涨淹没了河床、河滩上的垃圾，只能清理河堤沿岸的垃圾，效果不是很明显，而且洪水期安全系数不高，不如改期。然而，他力争说，这次活动今年是第一次，今后每年都可以继续把这样的活动搞下去。对于安全问题，都是大学生，安全意识比较强，而且在河岸上活动，不会有问题的。更主要的是，如果改期会打消同学们的热情和积极性，活动效果会被削弱，反而不好。范炳当然知道这次活动是洪伟发起的，而且得到黄冷果的大力支持，自己如果坚持取消这次活动，怕背了个打击学生积极性的罪名，也就不再坚持改期了。现在可好，天气完全放晴，他忐忑不安的心一下子放松起来：真是天助我也。

今天的太阳不是特别毒，但空气却特别的闷热，就是闲坐的人，也会觉得浑身的不自在，好像全身的毛血管都闭着，身内的热力无从扩散，积压得叫人喘不过气来一样。而为虎溪河两岸清理垃圾的师生们感到这是一项十分有益的活动，热情高涨，挥汗如雨，一扫闷热的气氛，充满活力。

洪伟陪同陈洁雅、范炳走了几个系打气鼓劲后，陈洁雅停在数学系与学生一起干，范炳则在英语系停下来干，洪伟便回到中文系来收垃圾。他看到丁一帆与傅珍一起收垃圾，他们已经将一个印有“日本尿素”字样的塑料袋装满了垃圾。他走到他们旁边说：“干得挺带劲的。”他见他们都没有说话，便带着关心的口吻说：“白梅身体恢复得怎么样？”

丁一帆听了他假惺惺的话，没好气地说：“她的身体怎么样难道你还不知道？”说完把装满垃圾的塑料袋往肩上一扛，往装垃圾的板车走去。他见板车上的垃圾满了，便帮着拉板车把垃圾运走。

他看着丁一帆离去的身影，装作很委屈的样子对傅珍说：“做人难，做好事更难。”

“她身体基本上恢复了，就是还很虚弱。”傅珍见他挺可怜的样子，于是说道，“不管怎么说，你也得去见见她。”

他见她有了回应，紧接着说：“她愿意见我吗？”

“你是他的救命恩人，怎么会不愿意见你？”她听了他的话，知道了他所谓的救人其实真是白梅说的那样，便反问他说。

他后悔自己说漏了嘴，边拾着残枝、残叶、垃圾边对她说：“我只是最近较忙，既要接受采访，又要做学生会毕业前的工作，没有尽早去看她，怕她见怪，所以怕她误解而不愿意见我。”

傅珍听了一边拾塑料袋、纸盒一边想，难怪说他是“政治明星”，没有好坏之分，只想永远正确，再配上他那灵活的头脑转得快，能反应敏捷地自圆其说，就别说他能把丑事当作好事说了，只要他认为需要，他也许还能把死人说成活人。

他见她不说话，以为她接受了他的说法，觉得她比丁一帆大气得多，便关心地说：“我知道你是江南市人，留校不留校都无所谓。但我认为你还是留校好。”

“有你和丁一帆，我还能留校吗？”傅珍不知是有意想堵他的嘴，还是因心直口快的性格把心里藏着的事说出来了。

他知道了她的心结，就说：“丁一帆能留校？按照校领导对他的看法，可能性不太大。对于我嘛，就是留校，也不会影响你留校。”

她来了兴趣说：“怎么讲？”

他卖起关子说：“我先问你想留校不？”

“想留校怎么样，不想留校又怎么样？”她也不是个省油的灯。

“不想留校就算了，想留校，我就看能否帮你说说话。”他对她增添了兴趣，于是卖了个关子。因为他想到黄晴儿对他说的两件事：一是说有个叫李静夫的学生，不知有什么背景，深圳市第二中学竟然要求外调他，“沙皇”对此规定不能外调还有所顾虑。他听了真是妒火中烧，李静夫的桃花运好，他亲眼看到有个不比白梅、杨柳差的姑娘在追求他，就使他感到自己有点无地自容。现在可好，李静夫不仅桃花运好，而且事业运也奇好，他真想不明白，上天为何对其如此青睐？为此他当场就要和黄晴儿亲热，以发泄其心中的不快。二是黄晴儿与“沙皇”说了，要他留校但不去当辅导员，而是去团委或去办公室、人事处当干事，半年后当团委副书记或副主任、副处长。黄晴儿还说“沙皇”基本答应了。

他听到傅珍问：“那你不想留校？”她知道中文系只有一个留校名额，有点不解和迷惑。

他自信地说：“我当然要留校。但你若留校，我就不占中文系的指标。”

被他这样一说，傅珍有些感动了，没想到他对自己这么好。自己还曾为了能留校，支持丁一帆发表揭露他的文章，同时又写信反映丁一帆的问题，目的就是想把他们打下来，自己好留校。现在看来，虽然他不是个完美的人，也有卑鄙可耻的一面，但自己与他比起来，好像比他还卑鄙可耻。

她本来对他也没有什么大的矛盾和坏的感觉，现在看他就不仅觉得他是个美男子，而且还不是个心地太坏的人。她妩媚地看着他说："那就先谢谢你了。"

"那你怎么谢我哟。"他马上感受到她的意思，就是愿意他帮她的忙，便又恢复了他的原状，感到她虽然没有白梅、杨柳漂亮，但比她们善解人意。他这些天来与黄晴儿一有机会就奋战，搞得性欲十分亢奋，眼眶有了乌影，明眼人一看就知道是肾火攻心、外阳火内阴虚的表象。果然，傅珍只是妩媚地一看，就勾起了他的欲望，穿着的短裤已不能掩盖下面雄心勃勃的东西在展望。此时傅珍已走到岸边靠近河唇的一排木桩旁，正伸手想把缠绕在露出水面的一条木桩上的垃圾清理掉，感到力量不够，回头想叫他帮忙，一眼看到站在她身后的他的雄心勃勃展望的东西，立马花容失色，惊愕得手足无措，一时没有站稳脚跟，掉入河中。洪伟连忙跳入河中抢救。她掉入河中后，庆幸在忙乱中抓住了木桩上的垃圾，垃圾脱离了木桩，她便死死抓住大堆的垃圾随它飘浮。而洪伟跳入河中后，也许用力太猛，离她较远。他几次试图接近她，都没有成功，最后只见他浮现了几下，就再也没有看到他的身影。

傅珍被随后跳入河中的几位同学救起，却还未见洪伟的踪影。几个水性比较好的同学便跳入河中搜索打捞，却没有发现他的身影。这时大家慌乱起来，感到事情不妙，各系会游泳的同学都到河里搜寻。大家有点奇怪，洪伟是个水性好的人，虽然洪水上涨，但也就只有齐腰深的水位，只那一排木桩处稍深一些，但也最多两米深，而且面积不阔，于是便集中在此搜寻。有的学生还拿来长竹竿，几个水性好的人顺着竹竿潜入水底搜了几次都不见踪影。加入搜寻队伍的李静夫于是建议，从下游 100 米处采取结成人墙地毯式的办法往上搜寻，看能否找到。现场指挥抢救的陈洁雅、范炳采纳了他的建议。最后，在 60 米左右靠近河岸的拐弯处，李静夫和陈述的脚同时都像被什么东西挡住了，随后马上感觉到是个人，便与旁边的同学说了。大家一齐把人捞起来，果然是洪伟，立马抬上岸进行抢救。陈述还迅速对洪伟进行人工呼吸，却感觉到他的心脏停止了跳动。

陈洁雅果断派人回校打电话到医院请求医生来抢救，并通知其家属前来。没一会儿，医院的救护车来了。医生迅速对洪伟进行了一番抢救，最终还是没有把他抢救过来。

傅珍听到这一不幸消息，当场昏厥过去。杨柳从英语系活动地点赶来，马上按住她的人中。过了一阵，傅珍才慢慢醒来，哭得泪流满面。杨柳边劝她边和连瑶池等扶她回校舍。

陈洁雅回到学校值班保卫室，抓起电话就向黄冷果汇报这一突发情况。

黄冷果听到后好久没有说话，随后对着话筒说："你们等等，我马上就过去。"

黄晴儿从厨房里端着菜出来，听到他的话，再看爸爸从来没有出现过这样难看的脸色，便知道学校发生了什么大事。为了缓解、调整一下他的心绪，她便对爸爸说："再大的事也要吃完饭再去，洪伟很快就要回来了。"

黄冷果听到"洪伟"二字，这才想到要把这事告诉女儿，而且迟告诉不如早告诉，便走到她身旁痛苦地说："他再也回不来了。"

她听后如晴天霹雳，"砰"的一声，端着的碗掉到地上。他把她揽在怀里，简要地把他救人的经过说了。她靠在他肩上竟悲伤得流不出眼泪。突然，她推开他要冲出去。他猛然拉住她说："你怎么去？"

她捶胸顿足，这时眼泪才直流不止。他也没有劝阻。过了一会儿，他才说："见他一面吧。我老了，当是为了照顾我的身体健康而去。"

她想想也只有这样才能去，便擦干眼泪，整理了一下衣服，拿了一件爸爸的外套，扶着他出去。

黄冷果父女来到学校门口，黄看石、陈洁雅、范炳他们都在等着。黄冷果拉开救护担架上的盖单，端详了洪伟一眼。他感到女儿扶着他的手在颤抖，怕她控制不住惹出麻烦，便把盖单盖上了。医生、护士便把担架拉上车，开走了。他走到值班保卫室，黄看石他们跟进来。他坐在沙发上说："通知家属了吗？"

范炳扶引着一对50岁左右的男女走到他面前说："这就是他的父母亲，他们就住在江南市郊，听到消息就匆匆赶来了。"

他站起来握着他俩的手说："我们对不起你们啊！"

洪伟的父母只是使劲地摇着他的手说不出话来，泪水再次夺眶而出。

“人死不能复生，节哀吧。”他接着说，“你们生了个英雄，我们学校出了个英雄。”

洪伟的父亲说：“伟仔从小就爱出风头，是学校把他培养成英雄的。”

陈洁雅看到这一幕眼眶又红了，动情地说：“不，是我们共同培养出了个罗盛教式的英雄。我们要向洪伟同学学习！”

黄看石对黄冷果说：“后勤处已安排好英雄的父母及其亲属的吃住，我们要成立一个治丧委员会处理后事。”

“好。我就算主任吧。”他说，“看看家属的意思，如果没有问题，我们就定在星期六上午开追悼会。”

范炳说：“具体的事我们会办。黄书记、黄校长、陈校长你们先回去吧。”

黄冷果站了起来说：“既然我们几个领导都在，我们就算是开会或说是临时动议，学校追认洪伟同学为‘罗盛教式的好学生’和‘优秀共产党员’‘优秀学生干部’的光荣称号。”

黄看石、陈洁雅点头称是。黄冷果和黄看石都走了，陈洁雅留下继续处理一些事务。

追悼会由范炳主持，陈洁雅致悼词，黄冷果、黄看石等学校领导及中文系全体师生、各系派代表参加了追悼会。

悼词上说：“洪伟同学是我校的优秀共产党员。入学以来，他严格用共产党员的标准来要求自己，坚持无产阶级的党性，坚持党的‘四项基本原则’，坚决反对‘资产阶级自由化’，坚决执行党的教育方针政策，学习目的明确，学习精神焕发，学习措施得力，学习成绩突出。他处处以身作则，一切从大局出发；不管在什么情况下，都严于解剖自己，显示出无产阶级先锋战士的本色，是一个优秀的共产主义战士。”

悼词上还说：“洪伟同学的逝世，是我校的一大损失。他热心学校各项工作，特别是热心学生会的工作，为团结和鼓励广大学生为党而学，为国家而学，为献身教育事业而学做出了表率，是广大学生学习的楷模。洪伟同学品行高尚，乐于助人，每每在关键时刻都能够挺身而出，体现出舍己救人、乐于奉献的精神，是中华民族传统道德文化的忠实实践者，是符合四个现代化建设要求的‘四有’人才、‘四有’新人。”

悼词上又说："洪伟同学虽然逝世了，但他的精神却永远活在我们的心中，他永远是我们学习的榜样。"

追悼会结束后，李静夫竟在这种场合遇到傅百强老师。他正在迷惑之时，见到了他旁边的傅珍。他才惊讶地知道他们是父女。因为在实习时傅百强没有谈起他的女儿在江南师专读书，而傅珍也没有说起过她的父亲在红都中学任教。这次当然是为了表达被救起的傅珍的一片心意。他走向前去，紧紧握着傅百强的手说："非常想念老师，几次想去见您，又怕您那严肃认真的面孔。"

"不想见老师，还说出那么多理由来。"傅珍替他说。

李静夫说："你还敢说我，你明明知道我和丁一帆到红都中学实习，你也不说你爸在那里教书。特别是我，你爸是我的指导老师，你也不说一说，你说我冤不冤？怕我抢了你爸？"

傅百强拍拍他的肩膀说："你想想，若是傅珍告诉了你，你还有心思认真实习？实习不及格找她说说情就过关了，对你有什么好处？"

被他这样一说，李静夫没得说了，感受到了老师的用心良苦，再想想这样的场合也不便多说话，便说笑道："毕业前我会邀同学去你们家'打饭皮'的。"说完又对傅珍说："注意保重身体。"刚走了几步，遇到丁一帆，他们又和傅百强寒暄了几句，才各自离开。

那天下午，丁一帆拉板车运走垃圾后回到现场，洪伟已被救上岸，当时他感到无比的沮丧，不知是没有了对手，还是因自己做了件明为揭露他的报告文学，实为想把他搞臭搞垮，以争取自己留校的事而沮丧。他多次谴责过自己，又多次为自己辩护，本来自己可以被分配到江南日报社，却因不准转行的规定而不能从事自己热爱的事业。虽然上级和学校把此事说得冠冕堂皇，为了教育事业，但除了教育事业，中国就没有其他事业了？其他事业就不重要了？所以与洪伟争留校名额也是不得已为之。为此，这几天他都是在昏头昏脑、浑浑噩噩中度过。

星期一上午，丁一帆在去教室的路上，接到团委书记范炳通知他到其办公室。他边走边想，也许是揭露洪伟的事被他知道了。这几天，由于洪伟的事，大家都把《过河卒》出版的事搁置一边了。他刚走进办公室，范炳就开门见山地说："这次找你来，本来是学生处涂处长找你谈话的，由于他临时接到去省里开会的任务，黄冷果书记便要求我来找你谈话。"

丁一帆坐下后强装笑脸说："难得范炳书记找我谈话，该是让我留校吧？"

"看你想留校想疯了。"范炳对他没有什么好印象也没有什么坏印象，顺着他的话说道。

"那就先谢谢范书记了！"他这样说是想把气氛搞好。

"别想得美，有你好果子吃。"范炳马上脸色严肃起来说，接着把办公桌上的几封信扬了扬，说道，"这里有三封信反映你的问题，希望你如实回答。"

他盯着那些信，心想自己没有得罪谁啊，怎么弄出揭发信来了？他一脸茫然地望着范炳，等待着下文。

范炳说："你是在红都中学实习？"

他不假思索地说："是。"

范炳继续问道："是不是有个叫黄卫东的老师？"

"是的。他是我的指导老师。他怎么了？"他更犯迷糊了。

范炳认真地说："他反映你在实习讲课时，严重背离教案，也就是严重背离社会主义教育方针，大搞资产阶级自由化那一套，在学生中散布说，现实中的人是只有兽性没有人性的人，给成长期的学生的思想造成严重的混乱。在学校期中考试中，对你授课的内容，学生都按你的结论答题，没有按教案中的正确答案回答，使学生的期中考试大部分不及格。这不仅影响了学生的学习积极性，而且给学生注入了非无产阶级的思想观念。是不是这样？"

他想了想说："我在讲鲁迅的《狂人日记》的课文时是说了，学习鲁迅的这篇小说，有着强烈的现实意义。它就是要人们认识到，人的兽性大于人性，现在到了要灭兽性、倡人性的时候了。怎么与资产阶级自由化联系在一起，与严重背离社会主义教育方针联系在一起？"

范炳说："问题是你确实混淆了学生的思想意识和思想观念，造成了学生答题错误。黄卫东老师还说，当时只给你及格，就是考虑到不要影响你的毕业。现在看来，当时就不能心慈手软，应该给你一个不合格。他来信要求撤回原来的意见，给予不合格的评语。”

丁一帆听了额头已沁出豆大的汗珠，望着范炳说：“怎么办？”

范炳没有回答他的问题，而是说：“还有两封匿名信，一是反映你无组织无纪律，未向学校领导请假，未经学校领导同意，擅自带领一帮人去梅县登高旅游，在途中有个叫杨柳的同学被毒蛇咬伤，如果不是抢救及时，就会造成死亡事故，在学生中影响极坏。这是不是事实？”

他没有言语，低着头。

“如果真是这样，若出了人命，你丁一帆负得了责吗？”范炳严重地说，“二是反映你要在虎溪文学社的刊物《过河卒》上发表揭露洪伟救人是假，行兽欲是真的报告文学，是不是？！”

丁一帆听后一直在想这两封匿名信是谁写的，杨柳、白梅、李静夫、傅珍、陈希干、罗伟中，还是……他排除了杨柳、白梅、李静夫后，联想到黄卫东老师，傅珍的可能性最大。因为白梅反映洪伟的问题时，陈希干、罗伟中不在场。而且还有两点能说明是她：一是这次参加洪伟的追悼会才知道她爸爸就是红都中学的老师傅百强，她对她的爸爸在红都中学任教却一直隐匿不说。而她的爸爸是李静夫的指导老师，也不对他说其女儿就是中文系的傅珍。如果对他说了，他一定会跟大家说的，因为她是虎溪文学社的重要社员。他为什么不对李静夫说傅珍是他的女儿，这不能不说是个谜。二是傅珍为了能够留校，也许会串通黄卫东老师一同向他发难，以实现她顺利留校的目的。但从黄卫东老师敢署真名来看，好像又没有联系、串通的意思，他只是把自己对他照本宣科、味同嚼蜡的讲课不感兴趣和不满，影响了他在学校中的教师形象等发泄到自己身上。否则，他不会署真名的，这就如傅珍不敢署真名一样。她若署真名就会遭到大多数同学的唾骂，并在同学中不能立足，更不能达到她要留校的目的。尽管如此，从两封匿名信的内容和支持自己揭露洪伟假救人的情况来看，可以肯定是傅珍干的，目的就是为了打击、排挤掉与她有竞争力的人，以达到其留校的目的。然而，自己虽然有百分之九十的肯定和保证，但毕竟这只是自己的猜测，不能说出口，也不能在表面上对她怎么样，只能恨在心头，打落牙齿和血吞，但无论如何不能让她的阴谋得逞。

范炳见他不语，知道反映的都是事实，叹了口气说："真是'若要人不知，除非己莫为'啊。"

"学校会对我怎么样？"他可怜巴巴地看着范炳说。

范炳不容置疑地说："一是宣扬资产阶级自由化，反对党的教育方针，否定无产阶级的教育思想，搞乱学校教学秩序，造成学生思想混乱，影响极坏；二是违反组织纪律；三是与学校宣传的先进典型唱对台戏。这三项合起来，当然要开除了。"

这三条像一颗炸弹炸得他头破血流，把他的一切美好愿望炸得粉碎，从到江南日报社去当记者不成到求其次留校，现在看来不仅留校不成，而且毕业也不成了。他要改变这一被动局面，最少要能毕业，要不真的没有面目回去见父母。于是，他几乎未加思虑地向范炳乞求道："范书记救我。只要不开除我，要我干什么都成。"

这时，范炳才起身给他倒杯茶，然后坐回去，像是自言自语又像是对他说："该怎么办呢？"

他在洗耳恭听。

范炳像是自言自语说："可惜《过河卒》已发送邮寄了，怎么去减少和消除它的影响呢？"

他马上说："还没有。"

"你现在只有说实话，才能看能否解决问题。"范炳忠告他说。

他诚恳地说："到了这个时候，我怎么敢对您说假话。"

"那信中说是上星期六发送邮寄的。"范炳不解地说。

"原定是这样，只是因为洪伟的事，我的心情还没有调整过来，还没心思去召集他们去干完此事。"他如实说。

范炳说："这样就好办了。把它封存。"

丁一帆心想，洪伟都死了，还揭露什么？只是其他作品没了出路可惜了，但现在已顾不了那么多，就说："听你的。"

范炳听了比较满意，随后说："对于登高的事，好在没有出人命，如果出了人命，就谁也保不了你了。但深刻的检讨是少不了的。"

“我愿意写。”他真似饥不择食了。

“对于黄卫东老师反映的问题，这个比较棘手，可小到什么程度，我把握不了。这要看黄冷果书记的意见。”范炳如是说。

他听到要见黄冷果，心里就发怵，便试探着说：“检讨我会写。他那么大的领导，还是烦劳您去跟黄书记圆说圆说，好吗？”

范炳有点儿发火地说：“这么大的事，你让我怎么跟黄书记说？说这不是事实，是人家冤枉你？还是说是事实，不要按规章制度办？这样的事你都不敢应对，当时做的时候为什么不多想一想后果？我帮助你分析原因，寻求解决办法，你却知难而退，那开除是开定了。”

丁一帆被他这样当面一扫，觉得自己确实有得寸进尺的意思，就说：“范书记，首先感谢您的开导，其次您的分析确实到位，使我感到压力在减少、希望在增加。我没有什么其他意思，只是想到要见黄书记，心里有点不踏实。”

范炳见他确实是诚心要挽回不利局面，而且也确实不忍心让他因为这样的事情而不能毕业，于是向他建议见到黄冷果后该如何说。丁一帆听了连连点头。

丁一帆来到学校党委书记办公室，敲门进去。在张秘书指引下，他选靠门边的一张沙发坐下，接过办公室张干事送来的茶，喝了一半，浏览了一下四周。办公室不很宽敞，靠东西两边墙壁放着沙发，北京式的。南面紧靠办公桌有三张椅子，黄冷果靠北向南地坐在办公桌前看着一份文件。南面的墙上是两张地图：一张是中国地图，一张是世界地图。

张干事招呼好后在黄冷果身边低声说了句什么，就离开了办公室。丁一帆感到室内空气沉闷，便把东北角的风扇在最低挡处按了一下，风扇不满的情绪有了发泄。丁一帆坐得有些倦了，但他还是遵照范炳的话，保持着冷静，在等待黄冷果开口。他把右腿提起压在左腿上。黄冷果的第六感官感觉到他跷起了二郎腿，心里骤然火起，把文件一丢说：“放肆！”

丁一帆本能地把腿放下，紧张地说：“黄书记，我知道错了。”

黄冷果没有想到他这么快就认错了。他原以为丁一帆来找他，是因为范炳没有把他说服，所以才在他进来后冷遇他，等待他犯什么小错，当他发现他跷起二郎腿时，才把文件一丢，给他一个下马威。这时听了他的话，便知道范炳基本上把他搞定了。范炳不愧是一个老政工干部，竟这么快就说服了他。他马上口气缓和地说："年轻人知错改错就好。"

丁一帆没想到他如此和善，便大胆地走到他办公桌前的椅子上坐下说："黄书记，我辜负了学校的教育，做了一些蠢事。"

"什么蠢事？"黄冷果口气更加随和地说。

丁一帆这才认真看了他一眼，感觉他有点老态龙钟，而且疲惫不堪，但眼睛还是炯炯有神。他诚恳地说："在范书记的指导教育下，我想做好如下几项工作：一是对于还未出版的刊物《过河卒》不出版，全部封存；二是对于登高的事，我确实是无组织无纪律，好在没有出什么大事，要不给学校的名誉造成的损失是难以估量的，我会做深刻的检讨，并从中吸取教训，今后加强组织纪律性，做一个遵纪守法的人；三是对于在红都中学实习期间的讲课，只是因为我太喜欢鲁迅的《狂人日记》了，便从自己的感受来讲，没有从大局的高度上来讲，而且我对它的认识也不是很正确的，但绝不是受资产阶级自由化的影响，扩大它的影响，更不是与无产阶级正确的思想对着干，与党的正确思想对着干。"

黄冷果听了心里简直乐开了花，对他说："毛主席说过：'惩前毖后，治病救人。'你初步有了这样的认识，说明我们学校的教育工作是成功的。世界上没有不犯错误的人，关键是要知错即改，改了就好。但话又说回来，检讨书是一定要写的，要不我们学校领导也不好交代。对于红都中学黄卫东老师反映的问题，因为涉及别的单位，还要费一番努力。"

丁一帆这时想起范炳的话，就说："黄书记，我有一个不成熟的想法，想向您提出来，您看成吗？"

"说说看。"黄冷果鼓励说。

他便说："在洪伟同学的问题上，我有认识上的偏差，经过团委范书记的启发教育，我提高了认识，洪伟应该是我们新时期青年学生学习的楷模。为此，我建议学校要加大对他的宣传力度，不仅要把他树立为学校的典型，而且要把他树立为江南市的典型，甚至全省的典型、全国的典型。"他看到黄冷果鼓励的眼神，继续说："如果学校同意的话，我想帮助学校去江南日报社联系，请记者来宣传报道他的事迹，在全市掀起学习洪伟的热潮。”

黄冷果这时有点不大相信自己的眼睛了，眼前的丁一帆智商绝不低于洪伟，如果过去学校对他有什么看法，也只是学校的责任，就是没有把他挖掘出来，没有发挥他的长处，致使他往相反的方向走去。对于宣传洪伟的事迹，正是他最近一直思考的问题，丁一帆说的就是他想的，把洪伟的事迹宣传好，一是说明学校这几年来的政治思想做得好，才出了这样一个人才，这样一个青年学生干部，这样一个优秀共产党员，这样一个罗盛教式的好学生；二是也给女儿一个安慰，她的选择没有错。他高兴地站起来说：“我认真思考了一下你的建议，感觉到学校应该好好考虑一下，待我与学校其他领导沟通商量后，再让范炳通知你。”

丁一帆也站了起来，说：“黄书记，那我走了。”

“好吧。”黄冷果说，“对于红都中学黄老师处，我想等到你和范炳去江南日报社联系工作时，叫范炳与你去见一见黄老师，向他道个歉，争取他的谅解，如果不成再做计议。”

丁一帆虽然感到没有全面解决问题，但能够达到这一步完全是范炳的功劳，今后要好好感谢他。对于黄卫东那里，只能走一步看一步了。

中午吃饭时间，范炳就通知丁一帆向辅导员请个假，下午和他一起去江南日报社和红都中学。来到市内，范炳说先去红都中学看望黄卫东老师，便在学校附近的商店买了两瓶鱼肝油和一袋苹果。丁一帆争着要付钱，被范炳挡住了。丁一帆便说：“范书记帮着我去说情，怎么可以还要你破费呢？”

范炳说：“黄书记交办的事就是公事。我们办公事哪能自己出钱？”

丁一帆听了感到不好意思，自己惹出的麻烦，还要学校帮助出钱擦屁股，对黄冷果有了新的看法：他并不是同学们说的僵化的人。他想到这里也就不说什么了，把礼品拎着。他们在红都中学一位副校长的陪同下，去见黄卫东。黄卫东见到范炳和丁一帆，先是有点愕然，然后又有点不大自然，但很快镇静下来。范炳向他说明来意：“丁一帆同学就要毕业了。他见我要入城办事，便对我说，如果方便的话是否带他入城，想在离开学校前来见见实习时的老师。难为他想得到黄老师，我就带他来了。”

被范炳这么一说，黄卫东其实知道他们是冲着他的那封信来的。他写那封信，主要是丁一帆那放开来说的讲课，打乱了他的教学方法，学生对他的讲课越来越没有兴趣，甚至于考试也不按教案的正确答案回答，使他在学生中的威信大减，不写信不足于发泄他的怒火，但是看到范炳说得诚心诚意的样子，俗话说“棒子不打笑面人”，就先应酬一下，看看丁一帆的态度再说。

丁一帆见黄卫东的表情没有想象中的那样不近人情，心里安静下来，看了范炳一眼，见是鼓励的目光，又把来时车上范炳耳提面命的话回想了一遍，然后把礼品送到黄卫东面前说：“毕业前，学校举办了‘教师是全社会最佳职业’的学习讨论会，使我进一步提高了对教师职业的认识和热爱，同时也感到当一名教师要有较高的政治觉悟和思想观念，不能让不利于社会主义教育事业的各种思想混淆视听。我便想到在实习时，没有按照您的要求进行实习讲课，现在想起来，并对照社会主义的教育思想、教育政策、教育方法，发现我的讲课偏离了教学大纲，偏离了您的教案要求，不仅给学生带来思想上的混乱，而且给他们今后的人生道路的发展带来不利的因素。所以，我这次来一是向老师道歉，二是希望老师向学生转达我的失误，对他们所造成的思想混乱表示歉意。”他说完已心燥口热，虚汗从额头沁出。他不知道这完全不是出自他自己内心的话，能否使黄卫东相信并被说服。

黄卫东听了他的话，感觉到他已提高了认识，又有了悔改之意，再看他泪流满面的样子，反而感到自己是否做得有点过火了，而且他认了错，又买了礼品来看自己，自己也应该得饶人处且饶人，就接过他的礼品说：“本来，当时实习结束时，我对你的实习表现是不大满意的，想打个不及格，然而一想，人家考上大学也不容易，随着时间的推移，你一定会认识到自己的我行我素是会毁了自己的前途的，就勉强给你一个及格。现在看来，你是一个可塑之人，还未走出校门就认识到了自己的不足，好哟，好哟。”

范炳见好就收说：“难得有这样好的老师和学生，我都羡慕死你们了。”

丁一帆对他们说：“都是领导和老师教导有方。”

黄卫东深有感触地说：“学校真是个革命的大熔炉啊，只要我们做老师的尽心尽力地教好书，学生认认真真地读好书，听党的话，遵守学校的规章制度，我们就一定能培养出符合社会主义的‘四有’新人。”

“是的，是的，我一定按照老师的教导去办。”丁一帆不得不回答道。

范炳见说得差不多了，看看手表说：“师生的情谊都叙了，师生的目的也都达到了，我看是否先到此，今后还有的是时间说话，你们说是不是？”

黄卫东和丁一帆都说是。范炳和丁一帆便与黄卫东握手话别。

他们随即来到江南日报社，丁一帆找到苟先团，向他介绍了范炳并说明了来意。苟先团听了非常感兴趣，说是抓了条“大鱼”，要好好经营它，还责怪丁一帆为什么不先写条消息报道。丁一帆不知如何说明情况，范炳便说：“主要是我们学校对新闻这一块不太专业，没有及时组织人员进行报道，这是我们的失误。”

“我没有责怪学校的意思，我是说他，他应该知道这一事迹的重大意义。要不我们报社也不会要他来当记者了。”苟先团说，“啊，我想起来了，也许是不能转行了，还有情绪吧。”

他见丁一帆只是苦笑，接着说：“这样吧，一帆先写篇消息，补救一下。我再带你们去见胡社长。”

范炳点点头，丁一帆就在苟先团的办公桌上写了篇消息交给苟先团。苟先团只是把日期改为“日前”，就带他们去见胡社长。见到胡社长，苟先团介绍了他们并说了他们的来意。胡社长连忙兴奋地说：“感谢你们为我们提供这样一个非常好的新闻题材。这对鼓舞青年向上的精神、提高全民族的社会道德有着鲜明的时代气息和时代特征，特别是为江南市整个精神文明建设树立了典型，有了学习的榜样。记者部要派出精兵强将，把这一新闻做新做深做活，把它写成像罗盛教式的新时期的英雄形象。”

苟先团把那篇消息交给胡社长说：“我一定按社长的指示办。我想是否先发条消息，造一造气氛，也有个由头。同时我想亲自出马，一是洪伟的先进事迹非常感人，我要在采访中学习他的事迹；二是我要把这一动力变为压力，把它写成经典的新闻作品。”

“好。就把这一光荣的任务交给你，但我也有话在先，你必须在一个星期内把见报稿件拿出来。”胡社长说到这里就有送客的意思。

“十分感谢报社的大力支持，特别是胡社长的大力支持！”范炳像忘记什么似的说，“差点忘记了，来时拿了几本校庆四十周年的画册，请报社的领导和记者指正。”说完便叫丁一帆去把车上放着的十份装有校庆画册等礼品的袋子拿上来。丁一帆很快就拿上来交给荀先团。胡社长看都没看便向荀先团吩咐道：“把这事跟值班老总和你的主任说说，画册给他们各一份。”然后把他们送到了门口。

荀先团雷厉风行，和他们一起回校采访，并在车上与他们商谈了采访提纲和确定应该采访的有关人员。

回到学校，他们带荀先团去见黄冷果书记。张干事说黄书记有事在家处理公务。范炳便对荀先团说：“这件事是黄书记要求做的，我看就暂时不见黄书记了，先找有关人员采访吧。

荀先团却想，如果连黄冷果的面都不能见一下，连一把手对宣传自己学校的人都不知道是谁，自己来采访干啥？就说：“还是先见黄书记为好，看他有什么指示。”

范炳便带荀先团和丁一帆去见黄冷果。丁一帆没有去过他家，当然想去，但又感到自己去不大方便，就对范炳说：“你们去吧，我就不去了。”

荀先团听了，未待范炳回答就说：“这篇稿子要我们共同完成，你不去听听怎么成呢？”

“一同去吧。我看黄书记是个通情达理的人，应该不会见怪的。”范炳像是做个顺水人情的样子说。

见到黄冷果，他热情地欢迎他们。一套客套话后，范炳叫丁一帆去沏茶。丁一帆把茶沏好后，在每人面前的茶几上放上一杯，坐下聆听黄冷果的指示。黄冷果说：“洪伟是我所接触到的学生中最优秀的一位。对于他的大概情况，你们都知道了。我想强调的是：面对资产阶级自由化的进攻，面对现在社会上有一股一切向‘钱’看的思潮向各方面渗透和腐蚀的倾向，洪伟同学经受住了考验。同时，面对社会上和一些学校中存在的雷锋精神渐渐消失的现象，洪伟同学的事迹无疑给了他们有力的一击。”

他呷了一口茶，见荀先团和丁一帆在飞快地记录着，心情无比舒畅，继续说：“不说其他，就我知道的洪伟同学，有两件事令我十分感动。一是有些学生想方设法想转行、留校，让我们学校领导非常头痛，不知如何安排留校学生的时候，我曾问过他，市委宣传部来函要你，因为上面有规定不能转行了，你该不会有什么情绪吧。他说没有，听从学校的安排。过了几天，他来汇报工作，我又对他说，按你在校的表现，留校没有问题。你们想他会怎么回答？一定会说愿意留校。但我们都错了。他说，同学们都想留校，就把留校的名额让给其他同学吧，我想到最艰苦的学校去教书育人，贡献自己的青春年华。二是他还一直义务帮助、辅导我的女儿复习考试，我女儿只剩下两科考完就大专毕业了。可他就这样离去了。”他说到这里哽咽了。

他们听了都连声唏嘘。突然，丁一帆不知是因为被洪伟的事迹所感动，还是因为别的什么原因所激发，倏地站起来说：“我愿意继承洪伟同学的遗愿，帮助您的女儿考完最后两科。”说完，他自己都感到惊奇自己为什么会说出这话，但开弓没有回头箭，话已经说出去了，只有看黄冷果的态度了。

大家愣然了一下，范炳带头鼓掌后说：“好事。”

苟先团跟着说：“这太令人感动了。”

黄冷果再次认真看了丁一帆一眼，见他虽然有些激动，但还是认真的，就用手示意他坐下说：“今天正好她休假在家，让她出来见见面。”然后对着一个房间说：“晴儿，出来一下。”

稍等片刻，只见一个房间里走出一位中等身材，白净的脸上带有红润的女子。她向各位点点头，倒茶，在丁一帆看来做得非常自然得体。黄冷果便指着丁一帆说：“这位是中文系即将毕业的学生丁一帆。他写文章还是不错的。我想请他帮助你把剩余的两科考完。”

黄晴儿看了看丁一帆，感到他虽然没有洪伟英俊帅气，但也有一股不服输的男子汉气概，便说：“我这个人比较笨，希望你有耐心哟。”然后向丁一帆说了辅导复习的大概时间和科目，便回房去了。

黄冷果与他们就如何写好洪伟的先进事迹交换了意见，就送他们离开了。

他们来到范炳的办公室。范炳把要采访的人员安排张干事根据开出的名单依次通知到他办公室接受采访。

学生会的陈述、连瑶池先后来接受采访。

范炳见到了吃晚饭时间，就说先采访到此，陪苟先团在饭堂吃了晚饭，并送苟先团回去，第二天再继续采访。

第二天上午，苟先团要求先到洪伟救人的现场看看。范炳和丁一帆通知李静夫等几位当时打捞洪伟的同学到现场接受苟先团的采访，再到中文系洪伟学习的课室和宿舍，对随机遇到的同学进行采访了解他生前学习生活的点点滴滴，然后回到范炳的办公室，继续采访有关人员。

傅珍是要采访的重点对象。傅珍进来后，范炳向她介绍了苟先团和采访意图。苟先团问她："洪伟同学既是你的同班同学，又是你的救命恩人，你对他的先进事迹会有更深的感受，希望你能从悲伤中走出来，向我们详细说说他的有关事迹。"

傅珍很配合，尽量回忆挖掘洪伟过去所做的好人好事和能使她感动的事情，但对于那天救她的事却说得很少，好像她不大愿意回想当时的情况。确实也是，自从洪伟救她的事发生后，她在学校面临极大的压力，她陆续听到好多同学在背后说她，就是因为她在活动中好表现自己，致使他身亡。而她又十分想留校，造成她思想压力很大，一直精神恍惚，不知如何是好。

苟先团见她如此，启发她说："救人现场的事很重要。我想你当时也是被吓得不知所措，你看这样好不好，我问问题，你回答'是'与'不是'。"

她点点头。

苟先团说："你们边拾垃圾边谈革命理想、谈如何为我国的教育事业发展多做贡献。是不是？"

她想了想，当时是一块拾垃圾，但不是谈理想、贡献，而是谈他帮助她留校。一半对一半不对。她点点头后又摇摇头。

苟先团有点晕了，问道："是与不是？"

她摇了摇头。

苟先团严肃地说："不是？你摇头、点头都不仅是要对自己负责，而且要对洪伟同学负责。这才是一个被英雄救起的人应有的态度。"

她点点头。

"是了？"苟先团说。

她感到不如点头，便又点了下头。

敬先团高兴地说："这就对了。你不慎落水后，洪伟是不是紧跟着跳下去？”

她这回没有犹豫地点头。

苟先团说：“这就好了。他是不是多次接近你又被无情的洪水冲走？”

她茫然地望着苟先团，见是鼓动的目光就点点头。

苟先团继续问：“他最后一次用尽全身的力气把你托到一堆垃圾上，就再也没有见到他的踪影？”

她愕然地望着苟先团。

苟先团没有看她的眼睛，接着说：“这就是英雄的高尚风格，把生的希望留给他人，把死的危险留给自己。你说是不是？”

她点点头。

苟先团见她点头后低下头，以为她不堪回首，就劝解说：“人死不能复生。作为生还的人，更应该珍惜光阴，化悲痛为力量，做社会主义‘四有’新人。”

丁一帆补充说：“报答救命之恩的最好办法，就是要继承其未竟的事业。”

苟先团用笔指指丁一帆说：“说得太好了。”

她想到当时他不仅说他自己能留校，而且要推荐她留校的事，但有丁一帆在面前，又不方便说出来，只好说：“我基本上已经从悲痛中走了出来，我是真希望能继承他未竟的事业呀。”

“他的未竟事业就是去基层学校任教和支教。”丁一帆像是提醒她又像是回答她。

她听了脑子“嗡”的一声，没有说话。她这才醒悟到，而且已经相信她已被丁一帆引诱进入他设计的话题陷阱，造成铁的事实，已经是“哑巴吃黄连——有口说不出”了。自己为了能留校还写了匿名信举报他，为什么就没有想到，比自己更有进攻性的他一定会利用各种手段来排挤、打压自己，把自己排挤出留校的行列。因此，自己在进来时看到丁一帆在这里，就应该想到，丁一帆为了能留校，已经出卖了自己的灵魂，成了只变色龙，思想来了个一百八十度的大转弯，主动向学校有关领导靠拢、献媚、献计、出力，从揭露洪伟的急先锋转变为拥护洪伟的追随者。为此，他设计与他有竞争力的她，引诱她进入陷阱就在所难免了。同时，他已经取得了学校有关领导的信任，自己的匿名信没有起到作用。她真后悔现在才意识到这一点，但已经晚了，已不能再说什么了，只能强忍住就要流出的眼泪。

荀先团听了深有感触地说："江南师专的思想教育工作做得好啊。从学生会主席到一般同学的觉悟都很高，使人感动，深受教育！"

范炳问荀先团："荀主任，你还有什么要问的吗？"

他想了想说："没有了，叫下一个吧。"

傅珍听到这里，也不待他们说什么，站起身就走，说不出是喜是悲的眼泪已经夺眶而出。她的内心好像在呐喊：洪伟同学，我的英雄！你为什么那么快就跳下河去？你为什么不看清楚掉入河里的人是不是急着要救？！

荀先团看着她的背影说："她好像还没有从悲伤中走出来，你们要好好关心、开导她。"

范炳说："请你放心，我们会的。"

他突然好像想起什么，说："我们还没有采访洪伟前一个被救起的人呢。快叫她来。太感人了。"

范炳与丁一帆互相对视了一眼，范炳说："那次的事迹，学校广播站做了报道，我们就用那篇稿件好了。"说完示意丁一帆去叫张干事把那篇稿件拿来。

"也好，先看看再说。"荀先团只得附和道。

他们趁这个间隙说了说市里的一些花边新闻，娱乐放松一下。

张干事把那篇稿件拿来了。范炳看了一下便交给荀先团。荀先团接过来看，也许是丁一帆的好奇心重，也许是他喜欢写作，想看看他人是怎么写的，走到荀先团身边凑近看。这一看不打紧，那字迹竟然是洪伟的。他大吃一惊，连忙用手捂住嘴巴，再看看范炳，他好像没有觉察到自己的变化。他便退回座位，心里像打翻了五味瓶。

荀先团看后连声说："令人感动！"

范炳说："那还要找她谈吗？"

他说："有这篇稿件，不找也罢，只要复印一份给我即可。"

"你拿去算了。保存你的大作是最好的保存。"范炳如是说。其实，范炳是觉察到丁一帆惊愕的表情，只是不动声色罢了，正好他提出要拿去，这对谁都有好处。

苟先团对他俩的配合非常满意，就说："下一个。"

范炳用试探的话说："经过两天来陪同你采访，我们学到了许多东西。你不愧是《江南日报》的一支笔，采访工作深入细致，令人佩服。我想说点外行话，不知道你采访的内容够不够，如果采访得差不多的话，我们是否就去完成我们采访计划的最后一项内容？"

苟先团翻了翻笔记本说："够丰富的了。我们最后一项内容是采访学校的副校长、中文系主任陈洁雅，并向她汇报整个采访活动的进展情况。那我们去找她。"

他们便收拾好东西，去陈洁雅的办公室。

第十五章

那天，丁一帆前脚走出黄冷果的办公室，李静夫后脚就在张干事的引导下来到他的办公室。李静夫未待张干事介绍他，就连忙向黄冷果鞠了个躬，自我介绍了。张干事给李静夫沏了杯茶后就退出去了。

黄冷果也许对李静夫的自我介绍印象好，也许是刚刚与丁一帆的谈话，因丁一帆突然改变了态度令他高兴，所以在李静夫看来，他的心情很好，这种气氛很有利于交谈。他喝了一口茶，端着茶杯来到黄冷果的办公桌前坐下，把自己想了无数回的开场白说了："黄书记，我完全赞成学校关于应届毕业生不准转行等的正确决定，这完全符合中央、省委的要求，符合教育部门的要求和需要。特别是黄书记在学校大会上的讲话，既按照上面的精神，又结合学校自身的实际，把坚持原则和本校的实际情况结合起来，既有普遍性又有特殊性，达到人尽其才的目的。"

黄冷果见到他，确实心情舒畅，一是丁一帆的转变，二是李静夫在寻找洪伟时所表现出的智慧和实际能力，同时他所具有的至今令自己也还没有弄明白的他背后的神秘背景也令自己好奇。听了他的话，他感到他的政治素质竟如此之高，因此，他更感兴趣了，这届学生中真是藏龙卧虎呀。他便笑着说："怎么既按照上面的精神，又结合学校自身的实际，把坚持原则和本校的实际情况结合起来，既有普遍性又有特殊性了？"

李静夫见他一下子就抓到问题的实质，暗叹他对语言高超的理解力和渗透力，直说道：“按我对您的讲话精神的理解，准许留校就是结合了自身实际和特殊性了，不知对不对？”

“你这样理解也成。那你就应该没有什么意见了。”黄冷果当然能够想到他找他的目的，就想顺手牵羊地把路封死。

只见李静夫不慌不忙地说：“如果我这样理解您的讲话精神正确，那么我外调到深圳第二中学也是符合您的讲话精神的。”

“怎么讲？”黄冷果像遇到了强手，不得不强打起精神。

他冷静地说：“因为两者都没有离开教育系统，而且要与其他转行的外调严格区分开来。”

这一点，黄冷果是没有想到的，被他这样一说，一时不知如何回答。然而，他毕竟是官场老手，镇静自若地说：“纵使你说对了，这也只是我们工作中对有些问题考虑不周罢了，无妨大局。”

李静夫不得不进一步说：“学校宣布的应届毕业生的分配政策，我想应该是上面没有下发文件的。如果有的话，我想看一看文件。”

黄冷果听了有点吃惊，他怎么会知道其中内幕？他不得不重新审视他，但是当对上李静夫看他的眼睛，他反而避开了，有些底气不足的样子。他本想说你还没有资格看文件，但确实没有文件依据，怕硬碰硬下不了台，于是深呼了一口气说：“你不要怀疑政策的真实性，我们领导层不会做没有政策依据的事。你刚才说的外调应有所区别，我想是有一定的道理，但规定已经宣布和下发了，不能因为你的情况而改变。”

李静夫听他的口气比较温和，便接过话说：“正因为我的情况比较特殊，所以我来向您汇报。我知道只有您才能够解决这一难题。”

“你的情况确实比较特殊，但这个口子不好开啊。”黄冷果摆摆手说，也想再探探他背后有没有背景。

“难道周市长没有跟您打招呼？”李静夫把身体微微前倾地小声说。

黄冷果见他有点神秘的样子，对他说的话不是听得很清楚，好像他说到周市长打过招呼。他想了想好像没有，但市里有两个周市长，一个是市长周广阔，一个是副市长周拉德，不知他说的是哪个周市长，如果问的话，怕他说自己老了，耳聋了，还怕他在市长面前说自己的闲话。但这终于应验了自己的猜测，他背后一定有人，要不，一个靠勤工俭学的人怎么会被特区深圳接收，怎么会清楚外调还有不同之处呢？怎么会知道要上面下发的文件？说不定这小子是哪个大领导的儿子也说不定，别惹出事来。由此看来，管他说的是哪个周市长，或者是牛市长、杨市长的，只要背后有人说话就成，就能把事情交代过去。他马上变得非常干脆：“既然领导说了话，我跟学校几位领导碰碰头研究研究，看能否与其他离开教育系统的外调区别开来，与留校一样看待。”

李静夫站了起来：“谢谢黄书记的关心爱护！”

他对往外走的李静夫说：“现在我还要对你提出要求：在学校未做出应届毕业生毕业分配名单决定前，你要管好你自己的嘴巴。”

李静夫回过头来再向他鞠了个躬说：“一定照办。”

其实，李静夫在去黄冷果办公室之前，罗素兰就来电话说，深圳第二中学已经说了，鉴于其学校急需教师和当前的现实情况，学校只要求他的毕业证书是真的，没有档案也要。李静夫早就感到自己不是个教书的料，纵使分配到学校教书，最后他很可能还是去做生意或办企业。他对自己的未来有充分的信心，认为自己能成为一个优秀的企业家或杰出商人。本来，他去路已定，不想去找黄冷果的麻烦，但有点不甘心，而且有两件事情促使他去试一试。一是在领会黄冷果的讲话中，他琢磨出只能在教育系统内安排与外调到外地教育系统工作没有矛盾，有矛盾的只是外调到教育系统外工作的人，而深圳第二中学属于教育系统内，只要跟黄冷果分辨清楚这一关系后，他会无话可说的。但规定一旦做出后，一般情况下很难改变。唯一能够改变的就是要有外力，就是要有人说话，给学校领导回旋余地。他在一次偶然的机会看《江南日报》时，发现一节重要更正，说是参加一个会议的市领导本来是周拉德，却写成周广阔。他就想，如果跟黄冷果说话时含糊地说周市长打了招呼，再把声音说小点，也许黄冷果不敢当面问他是哪个周市长，如果他真的问，就说“难道这也要向上面的领导周市长打招呼才成吗”来应对。这主要是受罗素兰的父亲要跟他的战友打招呼的启发。因此，他决心去见一见黄冷果。他把这一想法跟罗素兰说了，她听了哈哈大笑，说反正最坏的情况就是不要档案了，不妨一试，就当“猫公戴笠嘛——赌撞”好了，也许有意想不到的效果。果然，他这一试，没想到事情竟是那样的顺利，他为此还暗暗偷乐了好几天。他又把结果跟罗素兰说了，她对他赞赏有加，说真想马上飞到他身边给他一个吻。为此，他也落了个读报的习惯，每天都想看报纸。这不，这天他又到值班保卫室看报，看到《江南日报》头版头条刊登了一篇由该报记者苟先团和通讯员范炳、丁一帆采写的长篇通讯《青年榜样 学生楷模——记舍己救人英勇献身的江南师专学生会主席洪伟》。他拜读后，对于洪伟的事迹，因他人都死了，无所谓好坏之评，倒是对丁一帆的变化之快连声唏嘘。唏嘘一阵后，李静夫接着看其他新闻，突然报纸被人一把抢去，抬头一看竟是杨柳，便笑着说："几天不见，你也变劫匪了？"

"你还有闲心来看报纸？"她装着心里有气地说。

"你遇到什么事了？"他看她清瘦了一些，于是关切地问。

她见他认真起来，就说："也没有什么事，就是感觉心里有些烦躁罢了。"

他见值班保卫室内除了老胡外没有其他人，就想她一定是为毕业分配的事而烦恼，便说："你还想留校啊？"

她没有说话。

"我们到了这个时候就要面对现实。"他确定抓住了问题的核心，感到有必要帮助她排解问题。

她抢问道："现在的现实是什么？"

他分析道："从学校的情况来看，你留校的可能性不太大。因为学生会主席洪伟牺牲了，陈述辞去副主席职务，宣传部部长白梅已写了申请去支教，只有组织部部长、英语系的连瑶池才能在下学期学生会换届选举中起到关键作用，所以她留校的可能性比你大得多，而且可以说就是她了。"

她见他分析得有道理，现实确实是这样，只是丁一帆不知怎样，于是说："只是……"

他直率地说："你是说丁一帆吧？"

她又没有说话。

"他嘛，留校。"此时的他好像就是黄冷果一样。他看她像在洗耳恭听，接着说："我在前面已经说了洪伟、白梅的情况，中文系就应该他留校了。"

“那么傅珍呢？她的条件也不比他差。”她迷惑不解地问道。

“从过去他们的表现来看，在学校领导眼里，应该是傅珍，但从现在的情况来看，就是丁一帆了。噢，你没看今天的报纸呀，你看看你手中的报纸就知道了。”

杨柳这才拿起报纸看了起来。待看完后，她有点怅然若失地说：“原来她要到基层学校去呀。”她说这话不知是为丁一帆能留校高兴还是失望。

他却感到她好像对他的分析不太相信一样，就说：“现在已经进入 7 月份了，应该就在这几天内学校就要开应届毕业生分配会议，我们赌一赌，看我分析得对不对，如果不对的话，我请你吃大餐，反之，你请。怎么样？”

“我看你分析得透彻，八九不离十吧。”她也想聚聚餐，就说，“赌就赌吧。只是……”她欲言又止。

李静夫觉得她对丁一帆还没有放下，现在是应该让她清醒的时候了，但还是选择性地说：“没想到丁一帆的变化真快。”

让她感到烦恼的、揪心的、怨恨的就是丁一帆。自从到阴那山登高后，她与丁一帆就一直没有单独约会过。她感到他可能对她失过身有一定的怪怨，要怪怨就怪怨吧，这是无法改变的事实，只要他还真心爱自己，自己一定能忍受这一点。虽然，从自己被毒蛇咬伤的事，她就对他有点伤心，觉得他不是一个很值得厚爱、深爱的人，但不知为什么就是割舍不掉，让她陷入欲罢不能的地步。同时，她还听到丁一帆和黄冷果的女儿在谈恋爱的传闻，更让她坐卧不安，本想来找李静夫想想办法，排解排解，没想到大家都知道他已变得不像之前了，就自己还蒙在鼓里。

李静夫见她拿着报纸发呆，知道她内心已经是翻江倒海，不是滋味了。他轻声地说：“现在还好，及早认识了他的真面目。一个从揭露洪伟迅速转变到歌颂洪伟的人，其他不说，人品就成问题。”

她想到他早就说过丁一帆不适合自己，当时只是认为他吃醋罢了，现在看起来，他看问题洞若观火。她想到这里便问：“那我该怎么办？”

“这个……”他一时不知怎么说好。

“我们说话还用打草稿？直说吧，急死人了。”她真诚地说。

他想了想说：“我想，你们还是要单独见一次面，要有个了断。”

他见她点点头，并希望自己往下说，便道："我们《过河卒》最后一期因为各种原因，一直拖着没有出版，去问问他的态度如何。"

"那我们一起去说。"她曾经想到这一问题，而且问过白梅。白梅对此已经非常冷淡，她只好作罢，现在她只有求助于他了。

"好吧。谁叫我们是从小学到大学的铁杆同学呢！"他仿佛像侠士一样地从凳子上站起来说，"走吧。"

他俩在教室里没有找到丁一帆，便到他的宿舍里找，但宿舍门紧锁。往里看，空荡荡的只剩下床架子、桌子，好像有一段时间没人住了。问旁边宿舍的同学才知，自洪伟逝世后，离毕业的时间也不多了，家在本市的同学便把被褥、行李搬回家去，外地的便到其他有空床位的宿舍挤一挤，也不知丁一帆挤到哪间宿舍。他俩只能到处试着去找他，终于在去教师生活区的路口遇到了丁一帆。

李静夫便把丁一帆拉到旁边的杨柳林里说："你这个社长架子真大，到处找你找不到，好不容易在这里找到你。"

丁一帆有点无可奈何地说："我现在还有什么架子可摆？"

"没有架子，那你就失职了。"李静夫像是认真又像是调笑说。

他看看李静夫又看看杨柳说："我失什么职？"

杨柳便说："你丢下我们这些社员不管，还不失职？"

他笑了笑说："这样看来，确实失职。主要是我最近较忙，请你们谅解一下。"

杨柳听出他的话有些陌生的味道，就说："我们也不敢责怪领导，只是想请问你《过河卒》最后一期还出不出版。"

他听到这里脸色一变，有些激动地说："我已经向学校领导保证过封存这一期。对于你们，想怎么办就怎么办。"说完就想走人。

她直说道："你真的变了。"

他把迈出的步子停住，见李静夫不知什么时候溜走了，便直视着她的眼睛说："我确实变了。"

"知道就好。"她柔和地说。

他坦诚地说："我实在对不起你，你忘了我吧。"

她心里一震，盯着他的眼睛说：“为什么这样说？”

他感到对她隐瞒也不是办法，就说：“我最近一直煎熬着过日子。我痛苦、沮丧、失眠、烦躁、忧郁、焦虑、恍惚、失落、暴躁，甚至孤僻，直想躲藏到一个没有人的地方了此一生。”

“你为什么有这样的想法呢？”她迷惑地问。

“因为，我的实习指导老师写信给学校领导，反映我在上实习课时违背教学大纲要求，擅自向学生灌输资产阶级自由化思想，混淆了学生的思想意识，使学生的学习成绩显著下降，给他和学校造成极大的压力，要重新给我的实习成绩评定为不合格。接着又有人向学校领导反映我没有向学校领导请假，无组织无纪律，擅自带领文学社的社员去阴那山登高，还差点闹出了人命案。还反映我为了达到留校的目的，与学校领导对着干，说学校树立的典型洪伟是个假典型。当时我听到后如晴天霹雳，因为这些都是真的，而且如果洪伟活着还好办，我可以坚持洪伟就是一个假典型，让洪伟的德行暴露在白日之中，遗憾的是他死了，这既让我有口难辩，又让人认为我居心不良，治我于不义之处。这就意味着我不能毕业，或者面临被开除的命运。你说，我能怎么办，怎么办！”他越说越激动。

她听了心如刀割，动情地说：“你可以跟我商量呀，让我分担你的痛苦呀。”

他叹口气说：“我能对你说什么呢？这些都是因为自己好出风头、自以为是、高傲、独断专行、不听你和李静夫等的劝说所造成的，我只能咎由自取，向黄卫东老师赔礼道歉，向学校领导写检讨、承认错误，以功抵罪，戴罪立功，换取毕业、保留学籍的命运。”

她已经泪流满面，情不自禁地拥入他的怀里说：“不管你怎么样，你要记住，我是你最后的避风港。”

他也动情地说：“杨柳，我是爱你的，但是……”

“我不要但是。”她仍在他的怀里说。

“但是，我只能把我们的爱情深深埋在我的心里。我们的爱情已不能继续了。”他想，只能快刀斩乱麻了，便坚决地说，“因为我变得不是原来的我了，我已经不是一个疾恶如仇的人了，不是一个天真烂漫的人了，不是一个思想单纯的人了，不是一个正义感很强的人了。更主要的是，我已经是一个不值得你爱的人了。”说完，他慢慢地推开她。

她不放开他说：“不管命运如何，我永远爱你！”

他还是用力推开她说：“经过这次事件，我已经学会说假话，说一些违心的话，做一些违心的事，已回不了头了，而且有些事情，我已经不能左右自己了。我相信，你一定能找到一个比我强百倍的爱人，婚姻生活一定美满幸福。”

她用手遮住他的嘴说：“别说了，我不爱听这些。”

他扳开她的手说：“我必须走了。洪伟已被团市委授予‘青年模范标兵’的光荣称号，并号召全市广大青年学生向他学习，还要求各级共青团、学生组织迅速掀起学习活动热潮。同时，省报记者要来学校采访他的事迹，准备在省报报道他的事迹。学校要求我陪同配合记者采访。请你多保重！”

他两眼已含着泪珠，赶紧用手擦掉，便头也不回地走了。她痛苦地坐在地上，泪流不止。也不知过了多长时间，她感觉到李静夫已经坐在她的身边，她便擦干眼泪，默默无言。

终于还是她开了口：“感谢你陪着我。”

“同学之间还说这样的话？”李静夫说，“把内心的痛苦和困惑说出来，总比闷在心里好。”

“他没有你们想象的那么坏。”她若有所思地说。

“你们还继续保持关系？”他似乎有点惊奇地说。

“没有了。这段情结束了。”她突然像想起什么似的说，“我问你，‘不能左右自己’是什么意思？”

他接过话，顺着思路说：“一个人不能左右自己，只能是自己不能控制的东西，肯定是受到外力的作用而产生的结果。比如被人挟持、掉入他人所设计的陷阱等。谁不能左右自己，危险啊！”他说完站了起来。

她也站起来说：“真有危险？”

他见她对此事平淡，就说：“这要看是谁了。不愿意被人挟持的人当然危险，而愿意被人挟持的人则没有危险。”

她看着他说：“这是一帆说的。你看他是属于哪一种？”

他左右为难，说前一种吧，不是;说后一种吧，又怕刺伤她的心。于是，李静夫说:“我不知道具体情况，你说呢？”

“管它是哪种情况。祝他好运！”她像想明白什么似的说，“我想办一件事，请你帮忙。”

“说说看。”他不知道她葫芦里卖的是什么药。

“我想把《过河卒》最后一期出版，别枉费了大家的一番心血。”杨柳把自己的想法说了。

他听了激动地说:“你是不是疯了。这是个烫手山芋，一帆、白梅、傅珍都在躲避它，你却好，还敢碰它！”

“不。我只是想把那篇揭露洪伟的报告文学《杨梅河的哭泣》拿下来，补写一篇文章进去，再把《编者的话》中对此文章的评价删除。这样动的手术不大，你看怎样？”她征求说。

李静夫想了想说:“这样还可以，比较圆满。没想到你在这样的心情下还能想出这么好的主意来。不简单哟。”

杨柳听了心里很受用，不管是他有意夸奖她还是为了让她开心说的，都是为自己好，就说:“那就这样，这篇文章我来写，《编者的话》的删改也由我负责，你只负责刻印好，然后我们共同装订发送。”

晚上，杨柳在教室里写了篇《校园断想》的散文随笔，把初识学校的陌生、惊喜和融入，对学习生活的乐趣，对同学的情谊眷恋，即将要离开学校了，对学校的依恋和希望，等等，写得生动活泼，富有情感和哲理。她随手用了个笔名：宋江南。然后改写了《编者的话》。她拿出丁一帆设计的封面，看到那象棋残局，想到他的主张:“我的报告文学是以真实人物、事件为依据的，完全站得住脚。我写此篇报告文学没有什么目的，只是还事情的本来面目罢了。如果一定要说有什么目的的话，那就是呼吁学校要端正党风，端正校风。封面设计用一盘残局，用意是在说明《过河卒》已接近尾声，要结束了。当读者收到杂志，看封面已是残局，当然看完后，一局棋也就下完了。也就是说《过河卒》完成了它的历史使命。”她想到这里长叹了口气，没想到真正完成它的使命的人竟是自己和李静夫。

杨柳和李静夫把装订好的《过河卒》分发给学校领导和各系、各班级及文学社社员，再到市内邮电局寄给有联系交流的学校和报社、杂志社。杨柳没有听到学校领导对此有什么不好的反应，反而听到有人说这期办得有质量，特别是《校园断想》说出了毕业生的普遍心情。杨柳一直悬着的心才平静下来，不仅感到领头做事也不是件非常难的事，而且感到在毕业前做了件十分有意义的事。

杨柳非常惊奇李静夫对毕业分配的猜测的准确性。果然，学校两日后召开了应届毕业生分配会议，丁一帆、连瑶池等九位同学留校，白梅等六位同学去贵州省支教，李静夫等三位同学的外调也被批准了。其余的都是哪里来哪里去，到原所在地教育局报到，而且规定毕业生必须在 7 月 10 日前离开学校。

其中有一个小插曲，有想外调的学生对这次毕业生分配不服气，提出意见，认为学校对要求外调的学生采取了双重标准：有的人可以外调，有的人却不可以外调，是否有不正之风。学生处为此做了解释，像李静夫等三位同学虽然也是外调，但他们没有转行，还是在教育系统内，所以学校同意他们外调是完全符合中央、省有关保持教师队伍稳定、切实克服和解决教师队伍中青黄不接问题的指示精神，而且也是完全符合“实事求是”的马列主义、毛泽东思想这一精髓。这样既有大道理，又有相对合理的圆说，一下子平息了不同意见。按陈洁雅副校长的话来说，学校此次比较圆满地完成了毕业生分配任务。

紧接着是各班举行茶话会、聚餐和平时比较要好的同学间的聚餐、聚会。丁一帆也曾约过杨柳聚餐，杨柳便对他说，如果是单独聚餐就免了，如果是约虎溪文学社的社员们聚会，会去参加。但她一直没有接到通知，最后想想也是，如果聚会，白梅、傅珍他都不太好面对，不如不搞为好。这样真正成为一盘残局的正是虎溪文学社。

在离校的前一天，杨柳想起那次和李静夫打赌说输的人要买单请客，为了说话算数，同时顺便和一起生活的白梅、傅珍等聚聚，也算是表达同窗同宿舍的惜别情谊，就约了他们一起聚餐。傅珍虽然来了，但一直心情不快。喝了点酒后，她也许是不胜酒力或者是借酒消愁，发泄了一通不满情绪，说原来应该她留校的，后来有的人踩着她留校了。大家对此心知肚明，也不便说谁对谁错。不仅如此，她还愤恨地说，因为她是江南市人，户口又在市区，本应分配到市区学校任教的，前天去市教育局报到，工作人员接了介绍信后又开了张介绍信让她去市下属的桃县教育局报到；昨天去了桃县教育局报到，教育局却通知她到杨柳、白梅实习过的第五中学任教。她肯定地说这是有人在整她、害她。杨柳知道第五中学的环境，教育局这样对她确实有点冤枉，但与学校应该是没有关系的。杨柳和白梅也只能同情和劝说、开导她，没有他法。聚餐直到晚上十点多钟才结束。他们走到学校门口值班保卫室，老胡说有杨柳的一封信，并把信交给她。杨柳也没有细看就放进挎包里。白梅说要去见陈洁雅，与老师告别。

白梅刚按了门铃。阿珍开了门。

“是白梅吗？我想你一定会来的。”陈洁雅放下正在看着的《过河卒》，并示意她坐在她身边的椅子上。待她坐下，她用力地握了一下她的手说：“你不能消沉下去了。”

“陈老师，我不会消沉的。现在我只是觉得有些失落和无聊，对自己喜爱的文学创作的作用有些怀疑、动摇，只是决心不再进行文学创作罢了。同时希望早日工作。”她理了理头发说。

“老实说，你是我最没费心思去管的学生，有时听你称我为老师，我心里有些不是滋味，觉得惭愧。”她欣喜地说，“但你又是我最为满意的学生，这使我感到欣慰。刚才我看了你的诗作《生死柏》，就感到进步很大。此诗写得情意浓浓，荡气回肠，而且视角独特，诗意新颖。”

“老师过奖了。”白梅有点不好意思地说，脸上露出多日难见的红晕，像是恢复了往日的神采。

“就要毕业了，老师就夸奖几句也无妨。”她继续说，“还有那篇《校园断想》也写得不错，情真意切，所有感悟富有情感和哲理，而且写得清新活泼，署名是宋江南，不像是丁一帆写的，也不像是你写的，是谁写的？”

白梅没有过问最后出版的事情，不是杨柳就是李静夫写的，但她更倾向于杨柳，就说：“是英语系的杨柳。”

“这也再次证明，不是只有中文系的人才能写出好的文学作品。你们都有出息了。”陈洁雅盯着对面墙壁上一幅徐悲鸿的字画，好像感触到什么，发出了感叹，“然而，这也使我感到，我的大好年华白白地虚度了。”

“老师，你有你所处的历史局限性。你不要这样想。随着形势的不断好转，唉，这不是我说的话。我的成长，与您的为人、您对人生的态度、您广博的学识的影响是分不开的。您是我生活和事业的老师。”她真诚地说，“我一是来祝贺，二是来道别，感谢您对我的培养教育。”

“我有啥好祝贺的？”陈洁雅笑着说。白梅说道：“听说您的副教授职称已经批下来了，还听说接替学校党委书记黄冷果职务的人外派，黄看石校长的职务则由您接任。而且听到的事还多着呢。听说有人举报黄冷果书记专权跋扈，为其政绩贴金，树洪伟这个假先进典型。省里已派调查组到市里就他的问题进行调查呢！”

陈洁雅说：“我的副教授职称经省评审专家组评审过关是真的。其他事情我和你一样，也只是听说。但我相信，正义一定会得到彰显，罪恶一定会受到惩处，不说这些了。我原以为你和丁一帆是很好的一对，故在学校讨论确定你去贵州时，我还想争取你留校呢。然而，听学生处说你的申请书写得非常坚决，我才不敢坚持我的意见。怕你们怨我‘陈老太婆乱点鸳鸯谱’。”

白梅想起她问杨柳与丁一帆的爱情发展得如何时，杨柳说了句很有名又很流行的话“我欲将心向明月，奈何明月照沟渠”。她当时听了感到很含糊，有似是而非的感觉。本来这句话的意思是，我有心与你，你却无动于衷，毫不领情。内心的失落感自然不言而喻。但也有“星星不知我心，明月不解风情”。这句诗应该包含如下四层意思。第一种情况：明月原本就未曾感知到“我心向明月”；第二种情况：明月虽有感知，但的确无意照耀我心；第三种情况：明月已有感知，也有意照耀我心，但因一时间层云阻隔，月光未能抵达；第四种情况：明月已照我心，可我自己却未曾感知到。她和杨柳与丁一帆之间的感情纠葛，自己应该属于第二种。现在看来这样还好。那天，丁一帆找她说聚会。她直言对他说，你不发表那篇揭露洪伟的文章也就罢了，大家都能理解，因为最少不会伤害到别人的感情。他却反过来加入宣传洪伟的阵营，叫她这个爱他的人如何承受？！在她眼里他已经变得面目可憎，怀疑自己对他的爱情是否值得，因此庆幸他拒绝了自己的爱情。杨柳应该属于第三种还是第四种情况呢？因为丁一帆曾对自己说，他爱杨柳。而杨柳却没有正面回答，也许二者兼而有之。然而，无论是哪种原因，“我欲将心向明月，奈何明月照沟渠”，都是使人倍感伤心的，自己的真心付出毕竟没有得到应有的回报。正因为如此，“我心向明月，明月照我心”成了古往今来人们普遍的希冀。同时，她又想到，昨天听傅珍说，丁一帆与黄冷果的女儿黄晴儿谈恋爱了，还准备结婚呢。她想也许傅珍嫉妒他留校才恶意中伤他，后听人说确有其事，她就感慨万千，也许人世间就是这样无常。

陈洁雅见她不言语，以为触到她的痛处，便说：“我判断错了？”

“没有。”她带着好奇的口吻说，“老师，听说丁一帆与黄书记的女儿谈恋爱了。”

“我也是昨天才听范炳书记说的。”她想了想说，“晴儿也是个不错的孩子。她母亲早逝，靠她自己的努力学习，听说考试合格通过了大专函授的所有课程，就要毕业了，真不容易。他们如果成的话，也是很好的一对。我这样说你不嫉妒吧？”

“我跟他的事早就了结了。还有什么好嫉妒的，我祝福他们呢。”白梅平静地说。

“这样想就好。古语说得好，‘天涯何处无芳草’。”陈洁雅说完向她抱歉的一笑说，“我差点忘记对你说。你看我这记性。我查了一下，你支教的是贵州省司法部门，正好我有一个大学同学在那里当人事处处长，便打听了情况，原来要你们去是到监狱当教员，我怕你不太适应，请他能否帮忙调整一下。他回电话来说，他所属的一所中专司法学校也向他们要教师，就把你安排到那里。我来不及向你征求意见，你不满意不要怪我就成。”

她听了高兴极了，兴奋地说：“还说怪您，我还不知道如何感谢您呢！”

“不用说什么感谢的话。你是个很有灵感的诗人，我只希望你能坚持写诗。”

这是白梅最不想听到的话。她已经下决心不再搞诗歌创作了。她诚恳地说：“老师，您对我冀望那么大，我感到很难办到，会让您很失望的。最少近几年内，我没有心思进行文学创作。”

陈洁雅听完后，没有说什么，起身去卧室拿出一套书籍说："这是我恋爱时，我丈夫赠给我的一套《金圣叹眉批〈水浒传〉》，我一直珍藏着，现在转赠给你，对你也许有所裨益。"

"老师，这么贵重的礼物我不能收。"她连忙站了起来推辞。

"你见外了！"陈洁雅有点不快地说。

"老师！……"她的眼泪溢了出来，晶莹晶莹的。

"我并赠你一句话，不知是谁说的了：醉人的风光，只迷恋于既有方法又有智慧；既掌握逻辑又能想象；既具有哲人思想又具备诗人翅膀的开拓者。"陈洁雅那迷醉的表情，像对她说又像是对自己说。

"老师，我，我不会让您丢脸的！"她说完用手擦干眼泪，抱着书消失在陈洁雅已激起的泪光闪烁的视线里。

第十六章

在江南市火车站候车室，杨柳和白梅在焦急地等着李静夫。他们商量好在学校规定要求毕业生必须离开学校前一天离开，以表示个好兆头：一是表示同学间情谊久久长；二是表示杨柳所说的“九”就“走”了，走个顺畅。

离李静夫去深圳的火车只有半个小时了，也难怪她们着急。杨柳站起来张望说：“静夫这个家伙，平时挺守时的，今天怎么搞的？”

“谁说我不守时了？”李静夫从她们后面走来接话说。

白梅转过身见陈述也来了，就说：“人就是邪了，说谁谁到，好在没有说你的什么坏话。而且还带了个徒弟呢。”

杨柳便说：“还是徒弟有情义。”

陈述却向李静夫扮了个鬼脸说：“我能不跟着他来吗？他直到今天才带我去见他的客户，把他的账款结了，才把这里的地盘给我。你们看他多奸诈嘛。”

李静夫没想到他也不是个省油的灯，也想得寸进尺，想把钱有的关系直接给他。天下哪有那么好的事？不如当着她们的面揭穿他，便笑着说：“你们还说我的徒弟好，你们看过有这样揭发师傅老底的徒弟吗？我体谅他刚上手，他只要帮我去客户处看货、催款，就能得到每盒磁带 1 元的报酬，对这样美的事他还说三道四，一个典型的吃肉骂娘的阶级分子。”

杨柳见李静夫只拿了一个行李袋，像想起什么似的对他说：“你的其他行李呢？”

陈述说：“他啊，一个守财奴，只留了换洗衣服和牙刷、毛巾，把书籍、日常用品都卖给废品店了，把一学期都没有洗的被褥说是送给我，让我在电器维修室用，还卖了个人情。这哪里是教书先生的样子，简直是威尼斯商人。”

李静夫指指他对她俩说：“你们看看他，我是想在电器维修室打个铺，好中午打个盹，晚上困了在此过夜也成，没想到他把我的好心当作驴心肺了。说实在的，我去深圳当然主要去报到，但更主要的是要见女朋友和她的父母，然后再带她到苏州见我的父母。难道我还能带上被褥、日常用品等行李去见丈母娘吗？”

大家笑过之后，白梅不无嫉妒地对李静夫说：“我们折腾来折腾去，三年来得到最大收获的就是你这小子。”

杨柳也感慨地说：“真是，事业、爱情双丰收。什么叫美满？这就是美满。当然，白梅也出人意料的好。”

陈述抢着说：“不用支边支教了？”

杨柳看到白梅鼓励的眼神，便说：“支边支教就不好了吗？如果我没有记错的话，她是江南师专第一个分到省城工作的人。”

白梅补充说：“这不好说，因为司法学校不一定在省城，去报到了才会知道是否在省城，但去司法学校任教应该是没有问题的了。”

“吉人自有天相。”李静夫也还不知道此事，追问说，“怎么这么快就知道了？”

白梅便把陈洁雅说的话说了。

李静夫、陈述听了都很高兴。杨柳于是说：“那就改车票呀。”

李静夫一下子没有反应过来，说：“又怎么了？”

“要她请客呀。你不改车票，怎么能享受她的请客，分享她的快乐呢？”杨柳调皮地说。

白梅便说：“杨柳，你就别逗他了。他的心早就飞到他心爱的人旁边了。其实，杨柳才是福中之人呢。”

杨柳问道：“怎么讲？”

白梅说："俗话说，上有天堂，下有苏杭。你真是身在福中不知福了。"

杨柳想想确实也是，如果不是因为与丁一帆的恋情想留校，她是愿意生活在苏州老家的。她略有所思地说："白梅，你还记得那次玩扑克牌测命运的事吗？"

白梅说："怎么会忘记呢？"她想起扑克测运说她毕业后不是近走而是要远走，杨柳要与英语打交道，李静夫是个老实勤奋、有能有谋的人，丁一帆是个……他们都是无神论者，随便说说罢了。没想到现实竟是如此的应验！这时，候车室广播响了：旅客们请注意，要到深圳的旅客请拿好自己的行李排队进站。随后，广播播出歌曲《年轻的朋友来相会》：

再过二十年，我们重相会
伟大的祖国，该有多么美
天也新，地也新，春光更明媚
城市乡村处处增光辉
啊，亲爱的朋友们
创造这奇迹要靠谁
要靠我，要靠你
要靠我们八十年代的新一辈
……
挺胸膛，笑扬眉
光荣属于八十年代的新一辈
……

陈述打趣说："天意都这样安排，让去深圳的先行一步。"

李静夫对他说："这歌曲播放得正是时候，我们后会有期。但陈述你要送完白梅、杨柳后才能回去呀。"听到这一歌曲，白梅、杨柳连连点头，有种心有灵犀的感觉。

陈述拍拍他的肩膀说："放心去吧，别忘了向嫂子问好。"

李静夫和白梅握手说："希望你和杨柳寒暑假有时间来深圳玩玩，我一定尽力而为。我有机会一定去贵州看你。”然后与杨柳也握握手说：“我们很快又会在老家见面的。”

李静夫的开车时间是十点零六分，白梅的是十点二十分，杨柳的是十点三十八分。

杨柳走向列车，把行李放好，刚坐在座位上，列车便启动向北驰去。

杨柳把挎包拿下来，想起昨天回到宿舍后忙着整理书籍和收拾行李，忘记了有那封不知是谁来的信还没有看，便从挎包里拿出来，一看，是封从英国来的信。她的心像被蜜蜂蜇了一下，立即想到可能是陈明中写来的。她条件反射般地把信一丢，眼睛向四周巡视了一圈，见没有人看她，才感到揪心的痛，把头靠在座位的靠背上，闭上眼睛。

“姐姐，这是你掉落的信。”她睁开眼睛，见邻座的一个男孩手拿着信一边给她一边说。

看到他天真无邪的眼睛，她只好把信接过来说：“小朋友，谢谢你！”

这时，她的好奇心已经超过她的恐惧心，闲着也是闲着，看看这个江湖骗子究竟卖的是什么狗皮膏药。她打开信，信是用英文写的。

信中说，首先让我这个远在海外的人向你忏悔我的罪过。我从国内回到英国定居，与亲人团聚快一个月了。我在这里呼吸到了蔚蓝的天空下、大自然应有的新鲜空气，心灵深处感到无限的舒畅，但是也感到无限的痛苦，就是我的一生中犯下了一个不可饶恕的罪过。尽管我每天都到教堂去忏悔，却还是未能平息我心中的愧疚，我只有拿起笔来向你忏悔，希望得到你的谅解，我的灵魂才能得到安宁。

那是一个不堪回首的夜晚，魔鬼占领了我的心灵，我向你伸出了罪恶的手。可幸的是我这么一把年纪，当时虽然有那贼心，有那贼胆，却没有那贼力了。我只能躲在卫生间里，龟缩在地，任由水龙头的水冲洗自己的罪孽，直到麻木为止。

你是个纯洁的姑娘，是个容忍度强的或者说比较大度的姑娘，你把对我的愤恨埋在心底，使我在国内免受再次冲击、批判和判罪，得以顺利与家人团圆。我不仅对上帝赎罪，还向夫人、子女赎罪，他们谅解了我的罪过。我和我全家向你请求做我的女儿吧，你不愿意也成，无论如何，我们希望你能来英国生活和工作。如果你同意,一切手续和费用由我们来解决。现在,你收到这封信,毕业分配去向也许已经确定了,但我可以断定,你不能留校!因为这是在江南师专,不能由你的成绩来决定,只能由那里的各种因素,包括各种条件、关系所决定,而你在这方面是个弱项。我再次呼唤你,挺起你的胸膛大胆地来吧!

杨柳看后,不能控制自己,号啕大哭。

邻座的人见她如此,被吓得纷纷询问她发生了什么不幸的事,需不需要帮助解决。她摇了摇头,向大家露出欣喜的笑容。

一九八五年十二月一日至一九八六年一月二十五日初稿
一九八六年五月修改定稿于梅州城区梅江北岸清晖阁
二〇一一年十二月修改于梅州城区梅江南岸清晖阁

后　记

8 年前，有出版社要出版本书，却因出版社改革转型，主要出版经济学、政治学、社会学及社会心理学等社科书籍，不再出版纯文学书籍，因而把这事搁置了。现在，本书就要付梓了，我有几分高兴，几分感慨。高兴的是经历了 30 多年好事多磨，本书终于与读者见面了；感慨的是这 30 多年来已天翻地覆，市场繁荣，而人心更加无法捉摸，以至于使我更加向往那时的单纯岁月、青春年华和致青春的美好记忆。

现在——中国的现在是文学创作者的虚构及想象力跟不上时代的时代。因此，这篇小说中的人物李静夫、杨柳、丁一帆、白梅、洪伟、陈洁雅、黄冷果、黄看石等学生、老师和学校领导的形象，一个个鲜活地从我脑海中跳出来，他们之间的同学情、爱情、师生情、文学情是那样的真挚、纯洁、坦诚和执着；那时的学校生活是那样的纯朴、简洁、专致和活泼，让人感到身心舒适；那时没有手机、微信、网络，生活拮据，但活得充实而富有理想。我怀念那个时代的生活，怀念那个时代的青春景致，怀念那个时代的校园生活，怀念那个时代的大学生们、师范生们。

莫言说：“因了命途中的你们，我才没有荒芜了青春。”这句话好像是为我的这篇小说写的似的，这的确也是我当年 24 岁时创作本书的初衷和情怀。

作者

2019 年 12 月 26 日于梅城梅江北岸清晖楼

后　记

[illegible]

[illegible]

[illegible]

作者

[illegible]